—⊰ 中国散文 60 强 ⊱—

火凤凰

李木生 / 著

北京联合出版公司
Beijing United Publishing Co.,Ltd.

图书在版编目（CIP）数据

火凤凰 / 李木生著. -- 北京：北京联合出版公司，2024.8. --（中国散文60强）. -- ISBN 978-7-5596-7797-6

Ⅰ．I267

中国国家版本馆CIP数据核字第2024JJ6515号

火凤凰

作　　者：李木生
出 品 人：赵红仕
出版监制：张晓冬
责任编辑：张　萌
特约编辑：和庚方　张　颖
封面设计：立丰天

北京联合出版公司出版
（北京市西城区德外大街83号楼9层　100088）
三河市同力彩印有限公司印刷　新华书店经销
字数150千字　650毫米×920毫米　1/16　15印张
2024年8月第1版　2024年8月第1次印刷
ISBN 978-7-5596-7797-6
定价：65.00元

版权所有，侵权必究
未经书面许可，不得以任何方式转载、复制、翻印本书部分或全部内容。
本书若有质量问题，请与本公司图书销售中心联系调换。
电话：17710717619

"中国散文60强"丛书

编委会

丛书总策划

　　张　明　著名出版人

编委主任

　　邱华栋　全国政协常委
　　　　　　中国作家协会副主席、书记处书记

编　委

　　叶　梅　中国散文学会会长
　　陆春祥　中国散文学会副会长
　　冯秋子　中国作家协会原社联部副主任
　　吴佳骏　《红岩》编辑部主任
　　张　英　资深媒体人
　　文　欢　作家、资深编辑

中华散文的文脉与发展
——"中国散文60强"总序

邱华栋

中国是诗的国度,亦是散文的国度。

穿越千年时空,从明清至唐宋,再由魏晋南北朝至两汉先秦一路回溯,汉语言文学中的散文实乃根深叶茂,硕果累累。无论是"唐宋八大家"之雄文美文,还是骈俪多姿的辞赋,以及名垂史册的《史记》《左传》,均为中国文学史上的璀璨明珠。"散文"与"诗"一道,成为中国文学的"嫡系"。尽管,后来从西方引进嫁接技术所催生的"小说",大有"喧宾夺主"之势,终究还得"认祖归宗",血脉和基因是无法改变的。

在中国散文流变历程中,曾出现过两次鼎盛期。一次是被文学史家所公认的"先秦散文"时期。其时,伴随着春秋时期的思想解放,诸子蜂起,百家争鸣,一大批散文家以饱满的气血、驳杂的学识和破茧的精神,创造出了散文的繁荣和辉煌局面,对后世产生了极大的影响。

到了"五四"时期,中国散文迎来了第二次鼎盛期。白话文如劲风激浪,吹刮和涤荡着神州大地。沉睡的雄狮醒来了,偃卧的小草开始歌唱。许多学贯中西的进步文人,肩扛文化变革的大纛,冲锋陷阵,掀起了一波又一波的新文学浪潮。《新青年》上刊载的散文,犹如一束束亮光,不但给人以希望,还给人以力量。"五四"以来的散文作品,无论是观念和主题,还是形式和风格,都跟以往的散文迥然不同。最具代表性的,当属鲁迅先生的散文(包括杂文),其刚健、凌厉的文质,疗救了中国散文长久以来颓靡不振、钙质疏流的顽疾。此外,周作人、郁达夫、朱自清、萧红、沈从文等一大批作家的散文创作亦各具特色,呈一时之盛,影响深远。

时代的前行催生了文学的发展,然而文学与时代有时并不同步甚至充满了"张力场"。"五四"的个性解放虽然催生了一批个性鲜明的散文精品,但这样的生态并未持续多久,中国散文的波峰出现了向低谷滑行的趋势。有论者指出,"散文在50年代既是对解放区散文文体意识的放大,又是对五四散文文体精神的进一步偏离。这种放大和偏离表现在个体性情的抒发让位于时代共性或者时代精神的谱写,政治标准优先于艺术标准,批判性为歌颂性所取代等诸方面。"(董健、丁帆、王彬彬《中国当代文学史新稿》)1960年代初,散文创作一度出现了活跃,"专业"从事散文创作的作家群凸显出来,刘白羽、杨朔、秦牧相继登场,迅速成为散文界的三位名家。但他们的作品后人评价褒贬不一,认为其中颂歌式的写法较为单向,这种模式化的写作,不但对散文的建设毫无益处,反而扼杀了散文的个性和神采。

"文革"十年,中国散文更是一片凋零和荒芜,乏善可陈。1970年代末,一些历经浩劫的作家开始复血,解除思想枷锁,重新拿起笔来写作,中国散文才又凤凰涅槃,焕发生机。加之各种文学刊物纷纷复刊和创刊,以及大量西方文化读物的译介出版,更为这些饥渴、桎梏太久的散文作者提供了登台亮相的舞台和瞭望世界的窗口。

1980年代初期,伴随改革开放的热潮,思想解放大旗招展,文化随之繁荣,诸多承续"五四"精神的作家以笔为旗,抒发胸中压抑既久之块垒,出现了一批抒情性质浓郁的散文,使得现代散文这块"百花园"芳菲争艳,蔚为大观。特别是1980年代中期,随着作家主体意识的不断强化,中国文学开始呈现出一个崭新局面,作家从"集体意识"中抽身而出,重新返回"个体",注重对生活的体察和内在情感的表达。这一时期,散文的艺术性得以强化,文本的精神内涵和表现空间得以拓展。

进入1990年代，社会发展日新月异，城镇化进程锐不可当，文化领域亦呈多元格局。各种文学思潮相互碰撞，人文精神的讨论更是打开了作家们的创作思路。"大散文"概念的提出，引发了散文界对散文的内涵和外延的重新讨论和界定。风靡一时的"文化散文"热，成为文坛上一道靓丽的风景。"新散文""原散文""后散文""在场散文"等散文流派"你方唱罢我登场"，争奇斗艳，各领风骚。

及至二十世纪末，一批深具先锋意识和文体自觉的新锐作家，像一头公牛闯入瓷器店，使散文天地发生了激烈的碰撞和变化，形成一股新的散文潮流，提升了散文的审美品质和精神向度。

纵观1978年至2023年四十多年来，中华大地在"改开"的黄金时代中，社会生活奔涌激荡，各种思潮风起云涌，散文创作更是云蒸霞蔚、气象万千，涌现了众多成就斐然、风格各异的散文作家和具有思想深度、艺术上乘的散文作品。岁月的流水冲走了枯枝败叶和闲花野草，中流砥柱却巍然屹立。时间留住了新时代的散文经典，经典在时间的长河中绽放光芒。以沙里淘金的经典散文向"改开"的时代致敬，是我们不可推卸的责任和义务。

别看散文的门槛貌似很低，要真正写好，却实属不易。优质散文是有难度的写作，它不但需要作者的智识、胸襟、眼界、修养和气度格局；更需要写作者的态度、立场、慈悲、良知和批判勇气。遗憾的是，散文创作繁荣和光鲜的另一面，却是大量平庸甚至低劣之作的泛滥，不但败坏了读者的胃口，而且造成了物质和精神的极大浪费。散文作家层出不穷，散文作品汗牛充栋，可真正能让人记住的散文佳构却凤毛麟角。

散文要发展，文学要前行。发展和前行就要从平庸的樊篱中突围。在突围的过程中，散文作家不可太"聪明"，不可太世故，要永存对文学的敬畏之心。一言以蔽之，散文的尊严来自散文作家的尊严。也可以说，要想散文繁荣，首先需要有一批人格健全，品德高尚，铁肩担道义的散文作家。什么样的人写什么样的文章。特别是写散文，最容易看出一个作家的内在品质和境界涵养。一个人格不健全的人,哪怕他作文的技法再高妙,也很难写出撼人心魄、抚慰灵魂的散文来。作家精神品质的高低,直接决定其作品的精神向度。

  为了散文写作的突围和发展,为了建设独具特质的当代散文,也是为了更好地从经典散文中汲取营养,我认为有必要正视和重申一些常识性的思考。高头讲章的理论是灰色的,常识之树却蕤葳常青。

  一、作家的个体精神决定散文的优劣。常言道,散文易学而难攻。难在什么地方,不是难在技巧,而是难在作家个体精神的淬炼上。倘若作家的个体精神不够丰富,不够深刻,不够清澈,纵使他手里握着一支生花妙笔,也写不出令人称赞的散文。那么,如何才能做到个体精神的丰富性呢,这就要求作家时时刻刻不背离生活,要知人情冷暖,体察人间百态,关心民瘼,有忧患意识,不要做生存的旁观者。一个冷漠甚至冷酷的人,是不适合从事散文创作的。

  二、真诚是确保散文品质的基石。散文创作跟作家的生存经验息息相关,可以说,真正优质的散文,无不牵连着作家的血肉和心性。作家的喜怒哀乐,悲欢离合,都或隐或显地暗含在他的作品中。假如在一篇散文作品中,读者既看不到作者的体温,又看不到作者的态度,那这篇作品或许就是失败的。说明这个作者在他的作品中"说谎"或"造假",缺乏真诚之心。作家一旦失去真诚,为文必定矫揉造作,作品也必定会失去生命力。因此,真诚是散文的"生命线",也是"底线"。

  三、个性是促进散文生长的养料。人无个性便无趣,文无个性便平质。当下,每年都会诞生数以万计的散文篇章,但能够让人记住,且读后还想读的作品并不多,何故?概在于这些数量庞大的散文,无论题材,还是语感都千篇一律,像是从"模具"中生产出来的,缺乏辨识度。散文要发展,必须要求作家具有"个性意识"。"个性意识"不是标新立异,更不是哗众取宠,而是一种"创新意识"和"审美意识"。但凡在散文创作方面被公认的那些大家,都是"文体家",他们以自觉的写作实践,开创了散文写作的新路径。不合流俗方能独步致远,推动散文的建设和繁荣。

  当然,以上几点并非创作散文的圭臬,谁也没有资格去为散文"立法"。

散文是自由的创造，散文精神即自由精神。我之所以提出来，仅仅是希望引起散文同行们的重视和参考，共同为中国当代散文的发展尽力增光。

我们策划、编选"中国散文60强"（1978—2023）的初衷，旨在对新时期以来的中国散文创作作出梳理、评价和选择，试图精选出风格各异的代表性散文作家，以每位一部单行本的形式，呈现出中国新时期优质散文的大体样貌。此项目的发起人为资深出版人张明先生。多年来，他一直追求做高品位的纯文学书籍，也曾连续多年与中国散文学会、中国小说学会合作，出版年度《中国散文排行榜》和年度《中国小说排行榜》。2023年他策划出版了《中国小说100强》，反响不俗。身处喧嚣、纷杂的环境，能以如此情怀和心力来为文学做如此浩大的工程，不能不令人钦佩！

感谢张明先生邀请我和叶梅、冯秋子、陆春祥、吴佳骏、张英、文欢组成编委会，共同遴选出60位作家。我们在召开筹备会的时候，即将作品的思想性、艺术性、代表性以及影响力作为编选的基本原则。在确定入选作家名单时，我们认真商讨，反复研究，生怕因为各自的眼力、审美和趣味之别，造成遗珠之憾。好在我们的工作得到了作家们的积极回应和鼎力支持，惠风和畅，大地丰饶。

60位入选的作家，既有令人尊敬的文学大家，如孙犁、张中行、汪曾祺、史铁生、邵燕祥、流沙河、刘烨园、宗璞、贾平凹、韩少功、张炜、梁晓声、阿来、冯骥才等。这批散文大家的作品，文风质朴、清朗、刚健，充满了"智性"和"诗性"。无论他们是写怀人之作，还是针砭时弊，歌咏风物，都有着鲜明的文化立场和审美取向。他们或出入历史，借古观今；或提炼人生，洞明世事，输送给读者的都是难能可贵的"精神营养"。

也有被散文界公认的名家，如李敬泽、王充闾、马丽华、周涛、冯秋子、叶梅、筱敏、张锐锋、周晓枫、于坚、鲍尔吉·原野等。这些作家的散文作品，特色鲜明，风格独特，诚挚内敛，从内容到形式，都作出了各自的探索和尝试，为当代散文注入了活力。从他们的作品中，我们不但能够领略汉语之美，更可以借此反观生活与存在，寻找人之为人的价值和尊严。

还有散文界的中坚力量和青年才俊，如彭程、谢宗玉、江子、雷平阳、任林举、塞壬、沈念、傅菲、吴佳骏、周华诚等。从他们的作品中，我们见到的，不只是中国散文的文脉传承，更是自由精神的张扬。他们文心雅正，笔力锋锐，不跟风，不盲从，始终保持着独立的思索和判断，在各自所开辟的散文园地中精耕细作，以崭新的姿态参与和推动当代散文的变革。

其实，细心的读者不难发现，入选本丛书的老、中、青三代作家都有个共性，即他们均在以自己的作品审视心灵，心系苍生，弘扬真善美，鞭挞假恶丑，充满了正义感和人道主义精神。这自然与时下众多书写风花雪月，一己悲欢，充塞小情趣、小可爱的散文区别开来。正是因为有他们的存在，中国当代散文才呈现出一幅绚丽多姿的长卷。

需要说明的是，有些重要的散文家，如张承志、余秋雨、王小波、苇岸、刘亮程、李娟等人，由于版权或其他不可抗原因，未能将他们的作品收录进来，我们深以为憾。

我们还要感谢北京立丰天文化传播有限公司的资金支持，感谢北京联合出版公司的精心编校，他们慷慨和无私的义举，对于繁荣中国当代散文创作、对于赓续中华优秀散文文脉、对于中国新时期的文化积累，均具重大价值和意义，可谓善莫大焉。这套丛书的出版意义将同《中国小说100强》一样，旨在给读者以经典的指引，这既是一项重要的原创文学工程，同时也是助力推动全民阅读和研究传播文化的公益工程。

郁郁乎文哉，中国散文有幸！

是为序。

2024年5月12日星期日

（作者为全国政协常委，中国作协副主席、书记处书记）

目 录
Contents

001 ｜ 人生三叠（代序）

008 ｜ 午夜的阳光

010 ｜ 阳光书

013 ｜ 火凤凰

015 ｜ 被露水打湿的月亮

019 ｜ 囚之光

022 ｜ 夹在南宋北宋之间的这个女人

029 ｜ 唐朝，那朵自由之花

040 ｜ 马嵬驿的贵妃

057 ｜ 陆游与唐琬的沈园

068 ｜ 苏轼为王朝云写下的文字

073 ｜ 苏三离了洪洞县

080 | 新嘉驿的这个夜晚

085 | 探访呼兰河

090 | 冬　荷

094 | 枣庄青檀

097 | 曲阜古柏

102 | 孔林二月兰

107 | 一棵大树的倒去

109 | 一株小灌木与它的影子

113 | 云台山之梦

116 | 在山水与皇帝之间

137 | 孔子之死

151 | 去见阿炳

155 | 李白的最后时刻

160 | 孙犁的妻意

174 | 微山湖上静悄悄

182 | 蜀地物语

189 | 梭罗与他的瓦尔登湖

196 | 刘勰的浮来山

199 | 鱼·鱼鹰·鹰帮

204 | 妙响涤尘

208 | 俯首的鲁迅

216 | 鲁迅的动物伦理

人生三叠（代序）

过了五十

开了，落了。

五十个年头，一如五十朵花。虽然经过了时兴开谎花的年代，可是回望枝头，却有一枚又一枚的果实在。这果实，有生的，也有熟的。生的涩，待熟；熟的甜，待摘。

生于冬日的夜里，最记得也最珍贵太阳的温暖与明亮。于是，点点滴滴，都细心地收藏起，取暖，照明，并用这逐渐积聚的温暖与光明，祛除炎凉世态下的寒冷与黑暗、愤懑与悲苦。是从什么时候开始，这颗曾经诞生在冬夜里的心，开始有了春日的情致？这座运河边的小城，曾经是那样陌生而又格格不入的小城，是从何时起，开始一点一点融入到我的生命里？洞箫一样的竹竿巷，巷里光润的石板路，路旁老屋瓦棱上摇着的茅草，也就会一次次落在我梦的青枝上了。就连曾经给了我寒冷记忆的雪，也成了表达生命欣喜的婀婀娜娜的仙子，穿着或淡或浓的灯光的羽衣，将小城热闹成开满迎春的田野。

风雨总是免不了的，风雨也是不能回避的，尤其是当一个民族都在经受风雨的时候。何况一个没有任何背景的百姓家的孩子，总会有没完没了的难处在等着你，磕绊，挫折，连同不公平的境遇，有时会像家常便饭一样地腻歪你。但是磕绊与坎坷又算得了什么？路总是要走的。况且脚在，还怕没有路吗？障碍可以当作锤炼意志与品性的砧锤，荆棘可以燃作照路的火把。没有苦寒，哪有花香？没有风雨，哪有树壮？用汗水淘得的收获，那个味道，啧啧，才真叫好。散布在曲阜城乡间的古柏，总是让我产生着深深的向往。它们的树身已经被风雨錾凿得粗糙不堪、疤痕累累了，可它们却将百年千年的风雨都化作了生生不息的向上的年轮。不过话说回来，人生不如意者八九，也会有脆弱、后悔，甚至泄气无奈的时候。那就不妨歇歇，喘口气，再打上一盆热水烫烫脚、解解乏，或者干脆沉沉地睡上一觉。等新的太阳升起时，你就会感到新的力量又重新回到了身上。那时就动身吧，眼睛朝着前方，埋下身子，再重新上路。

瞧瞧世上的路，哪一条不是咱们百姓与知识者合力走出来的？世间最美妙的，当是与朝暾一起向前赶路的人了。

阅世，阅人，也阅己，过了五十的时候，心中肯定是有了一种透亮的感觉。这种透亮的感觉，就是孔子先生的"知天命"吧？这时你就会深切地感到，人生最大的难关，当是怎样跨过各种诱惑。这也许是比挫折、灾难更加难以逾越的隘坎。人生真正的失败，往往是失败在诱惑之下。人生最大的失败，当是为了不足挂齿的诱惑而耗去自己最为珍贵的生命了。政治的，经济的，思想的，情感的，虽然诱惑是炫目的，甚至有着"光明正大"的招牌，但是诱惑的背后，总是深渊，而滑进（更多的是跳进）深渊的代价，只能是堕落。也许我们会自嘲：谁不这样？也许我们会自解：就这一回，下不为例——但是，滚落的石头会停止坠落吗？也许我们会用漂亮的名号、称谓或者干脆就用安徒生裁下的那领"新衣"，将自己装饰起来。但是，我们的孩子还会对他们这样的爸爸、妈妈怀着尊重与挚爱吗？深夜里醒来，我们又如何面对自己早已没有了光彩的灵魂？

只有善于拒绝诱惑的人，才能勇敢地拥抱生活。

看惯了悲剧，岂能不对磊落的人生和炽热纯粹的情怀产生着澎湃的热爱与自豪？真诚地做人，本色地生活，敢恨敢爱，也正是在与这些丧失了光彩的灵魂的对照中，越发地让人知道了这美好人性的稀罕珍贵了。也有过彷徨，也有过犹豫，也有过自责的吧？但是你在曲折多变、灾难频仍的时空里摸索着人生的真谛，攥紧着向上的追求，也坚守着人格的独立与贞节。天使其实大多是从地狱中超拔而起的，好比出污泥而不染的荷花。这是怎样的一种沁人肺腑的清香啊，就是风雨把它撕得粉碎，也无法改变它对人间爱的承诺。那一湖湖的碧波，就是大地对于这荷的永不干涸的深情了。

尽管还会有风雨，也还会有诱惑，但是自主而又自由的心绝不会中止已经开始的飞翔。情感是常青的。思想是常青的。生命是常青的。花开花落，果生果熟，脚下的路正没有尽头。五十个年头犹如五十朵花。落了，又开了。

写成于 2003 年 4 月 11 日

六十岁语

昨天下午，与孙伟、孟强、田义海、孙旭诸位兄弟去嘉祥县的青山看青檀。

青檀无语，却写尽沧桑，粗、糙、矮的树身上零乱着稀而单薄的枝干，且又身偻干佝，还局促着浑身的疙瘩。壤少石多，根就狠扎，竟能冲石成缝，或干脆死死地抱紧了石头，百年不松。雨少，石多更留不下水，根须只有穿过石或沿着石往下伸了再伸，哪怕有一根触到了地底深处的泉，也让生命挺住、延续、萌新，在寂寞里咀嚼日月的味道。也就捡块石头砸砸凸挤着疙瘩的树身，震得手麻酸，似乎比石头还硬。再蜷曲了中指敲敲，又隐隐有青铜的鸣响。就有了几分喜爱，左看右看，握抚不已，哪忍离开。自己猜思自己的喜爱，个中缘由，恐怕是将青檀化作六十岁的自己了。

沧桑最宜清简，如孔孚的诗，我渐渐地用惯了减法。逝者如斯，来日苦短？就将自己肩背上的包袱杂物，该扔的快扔，痛快地放下。不止如此，还有清理，让繁乱的头绪在清水冷风里涤去大半，哪怕只余一条细而曲折的小道，脚步也就有了清晰不疑的前方。扔掉，放下，涤去，步履自觉轻捷，加之省去选择的工夫，也就能在"苦短"的时日里，尽可能走出远些的路途来。先哲的那段话让我读之再三："你们要进窄门。因为引到灭亡，那门是宽的，路是大的，进去的人也多；引到永生，那门是窄的，路是小的，找着的人也少。"

光是减，会成零。也要有加，譬如农民种庄稼，要合理密植。学习是加，汇细流成不涸的深潭，就是遇到连绵的旱季，也能活己惠人。洗涤也是加，清除污垢，多些再多些干净与清洁。多了这些干净与清洁，即使陷入浊世的困境，也能岸然兀立。对于只有一次，且已耗去了六十个春秋的生命而言，自由更是多多益善。金钱当然不能衡量人生的质量，能衡量的，就是看一个人在有限的生命里，获得了多少自由。生在中国，生在中国的当下，裴多菲的那首关于生命、爱情与自由的诗，仍然显得十分可贵。自由的获得，不管是挣扎还是冲破，社会不能给予的时候，就得自己拼命地护住了心上的自由。犹如镣铐枷锁，有形的无形的，没有钥匙打开的时候，那就只能横下一条心：砸碎。

人生的加法，最当紧的，还是让爱的火焰在心上燃烧，燃得越久越旺就越好。生理的各项机能，也许会渐弱渐老，唯有心上的爱，非但不能弱去老掉，还要燃烧得更加明亮与旺盛。晚霞难道只是燃尽了夕阳？不，它点着星空，又引燃了旭日与朝霞。再是深长的寒夜，再是沉重的苦难，也无法彻底剥夺大地的温暖，因为大地之上，敞开着我们野草们热气腾腾的怀抱。

在这本命年的一年间，是怎样在用着生命的加减法？检视下来，还是有着小小的欣慰、一个没有虚度光阴的劳动者的欣慰。年初，几乎减去了一切，屏蔽了一切，就是写诗，魔道一般，像泥鳅钻在汁泥里，让自己钻在自己的心里。三四十首诗歌，在不到两个月的时间里，流淌而出。此后，一本虽嫌单薄却也有着野草坚韧脉搏的诗集《野草的呼吸》，通过作家出版社的审阅，于五月初自费印刷出版。三月下旬，与夫人一起去美国半年，更是使出浑身解数，照看生产的女儿与出生的外孙，其忙其累可知。但是在这忙累之中，我大胆地实验着生命的加法：在夜静更深里，几乎是一天一篇地写着"素描系列"。加上九月下旬美国归来后的接续不断，八个多月里，不停息地写下了二百篇、三十七万多字。

已经走在新的十年的路上。生与死，到底可以置之度外了，"我双手烤着生命之火取暖；火萎了，我也准备走了"。心上的炉火只要还在摇曳，就只管在细的又弯弯曲曲的小路上，朝着或者通过那个窄门走去。一步一步，踩实在充满着忧苦与悲伤的大地上，走去，走去。昼里夜里，清醒地走去，又揣着翩然的梦，喜乐地走去。十年前，曾写下一个短章《过了五十》，里面有这样的话："情感是常青的。思想是常青的。生命是常青的。"常青的，还有大地、岁月、梦想与婴儿呱呱坠地的哭声。

等到春深的时候，一定再邀上众兄弟去青山看青檀。听人说，那时青檀稀落的枝干间，就缀满了嫩气碧绿的叶，也挺俊的。

2013年1月11日晨四时五十分至八时五十三分

七十如崖

毋庸讳言：古稀之年，命至岸崖，生命终临脆险之时，亦有途暮之忧。况有一个"快"字警催，似乎五十、六十之年就在昨日，就已经开始分秒不停地奔八之旅。

七十如崖，省与悟，会在夜深时接连地破土，望见前生今世明透如月，就有从未有过的自在将胸膛恢廓得秋空一样。不用超脱，只需透彻，于深切地体味世间之苦之悲中无有惧怕、只存慈悲。有了慈悲，无缘之慈、同体之悲，还有什么能够成为你的挂碍呢？命就在这里，限度也在这里，从容地步量开去，管他什么日暮还是途穷，向善的路绝对不会是条绝路。哪怕下一刻即行离世，也不妨将当下的一刻作为新生命的开始。人生一世，谁的心上身上没有几道伤痕？但有一条做人的底线就是天大的诱惑也要坚守住：不害人，常帮人。如此，安宁的心灵上才会萌绽吐香的花朵。老树之花与新树之花，都是新花，一样地蓬勃与欣喜，花是否繁茂、果是否硕丰没有根本的区别。

七十如崖，也许再也不能恣肆地奔跑。好呀，不妨停下来，在崖边的左右，来回地走走看看，或者干脆坐下来思思想想，兴许能够发现平生没能发现的好与妙来。视野无障，天下在心，可以驾上云彩在空中游戏，可以与蜜蜂讨论花香，甚至可以拥抱风与阳光。不断地发现，也许是七十之后最为当紧的人生要义。发现人心最为珍贵的善意，哪怕它只是一个小小的芽芽，也要倾尽全力地去学去爱，一点点地将其蔚成能够抵挡风暴的森林。发现真相，并用良知培植出的勇毅去揭示真相，"朝闻道，夕死可矣"。发现人类被踏践的尊严，并用心护持好，擦亮它暖热它捧好它。发现大自然最为灵动、最耐人寻味的情感，让这种情感的犁铧开垦并苏醒心灵的大地。或者不妨变成一尾小鱼，进入人类思想的江河湖泊，游得远些再远些、深些再深些，畅尝"出游从容"的鱼之大乐。

七十如崖，何妨心悦诚服地走走下坡路？不是图省劲，只是图新鲜。寻一条似有似无的小道，拨开枝蔓，步步踏实了，从崖壁间专注地攀援而下，会有另一番风景。没有了汲汲上行的人流，一个人享受在寂静的清旷中，与天籁和鸣，融古往今来，不亦乐乎！遇鸟窝，屏息欣赏黄嘴雏鸟的同时，就会热闹起久违的童心来。会有老鹰在山间自由地乘风，那就随意地停下来，让目光默默地跟随，也让意绪与鹰一起化在天空里。一定有崖柏等你。它已经等你好久好久了，关于生死，关于风雨雷电，你们只在相握的刹那，便有了永也不腐不涸的高山流水。

有位朋友问我：上苍给你关上了几道门？我笑了，由衷地回答：这是上苍深情的眷顾，让我有了凿开再凿开窗户的意志和力量。七十如崖，固然来日苦短，我倒仍然想试探着，再凿开一扇两扇的窗户，让新鲜的空气透进来，也让我能够看到新的景致，"肥沃的土层在犁头上兴致多好"……

2022年3月6日星期日，晨五时五十一分草就于济宁方圆垦荒斋

午夜的阳光

阳光，在午夜时分盛开。

有一声两声的鸟的鸣唱，似乎在询问这夜之寂静的缘故。它是在哪个枝头的露珠里，吮吸着阳光？我知道，不圆的月亮，正在当空，向世间投下太阳的抚慰。教堂的钟声早已眠去，为什么却有沁人肺腑的钟鸣在我心中荡漾？悠悠的，就把空气震颤得犹如水之无边的波纹了。不知怎的，回回这荡漾的钟声，总让我想到阳光，这可抚可叩、金声玉振般的阳光啊……

从诞生的那一刻起，它就注定要为爱而燃烧一生了。赤裸着，里外，透彻着光明与热情。我看到，淹没在黑暗中的心，正在挣破束缚，抽出纷披的绿枝，在风中舞动——因为它早早地感到了太阳走来的脚步。

黑夜并不就是黑暗，因为黑夜里有月有星，有横亘长空的银河，更有被人们忽略了的太阳的深情：他要让绕着太阳旋转的地球，看到自己真切的身影。黑夜，不就是地球自己在阳光里的投影？于是小小的地球看到了自己，并在这广袤的穹苍之上，留下自己独立而生动的轨迹。当然，这种围绕的旋转，便是任何力量也无法阻挡的了。因为这无始无终的围绕，不就是一种发自生命深处的吸引与恋爱吗？

我就想，如果宇宙里的星辰也分男女公母的话，那太阳将是一位女性了。她用自己燃烧的躯体，在向人类、动物、植物，向空气、云彩，甚至石头，一点一滴地做着伟大的光明与爱的启蒙。在这静静的夜里，我听见，草芽、鸟雏，甚至蛹，都在跟着一个声音学唱："抚摸，给，喜欢，爱……"

于是，我在深夜里醒着，享受阳光。

怎能辜负转瞬即逝的一生？那就让阳光照彻，或者干脆让自己通体都化作澄明而又热烈的阳光，活得光彩无愧。

不要相信阴霾和阴霾的谎言，甚至阴霾也会狡诈地一边往阳光身上泼着脏水，一边还盗用着阳光的名义。只是孳生的蛆蚊终会让阴暗与肮脏露出马脚，这时，有金色羽毛一样的阳光，早已在满天飞翔了——赤裸，明澈，干净，坦荡。

窗外的街道，当年那个有着阳光性格的林肯该是走过的吧？是他拨开阴霾，让阳光照临到黑人的身上。这抚着柔柔春风的街道，是否也与我一样在这深夜里反刍着阳光？此刻，大洋对岸的我的祖国，当是午间阳光流泻的时分了。

明天，会有雨吗？让人间得到洗礼的春雨，那是阳光的丝丝缕缕的柔情呀。我仿佛看到，每一棵树，都被这丝丝缕缕的柔情梳洗得新娘一般。

梦起了。

2005年4月写于美国伊利诺伊州香槟市

阳光书

再黑的夜也有阳光，不然天就再也不会亮了。哪怕是月黑头加阴天，阳光也会悄悄地告诉你：看，那就是黑暗；黑暗的边上，光明正在启程。

希腊有太阳神阿波罗，还有盗火给人间的普罗米修斯。我们是射日的后羿，与焚书的嬴政。

老子说上善若水，其实真正的上善是阳光。阳光之群——包罗万物，甚至有数以亿计的星体，不是谁想解散就能解散得了的。阳光不藐视，不仇恨，不自私。天地以万物为刍狗，太阳偏不，他视万物为朋友，连刍狗也是他亲爱的朋友。我们好说人性的渊深幽暗，其实人性，只要沾了一点阳光的味儿便会妙美得无法言说。

一缕阳光，就昭示着恒道。也就天然地自信，从不心虚得草木皆兵、连段思念的小号声都会惊惧得赶紧捂死它。太阳会俯视，从1.5亿公里高的天上鸟瞰；也仰望，能从尘埃里仰望一棵草叶上的露珠；他平等地对待从最大到最小其间的一切。

阴谋者，视阳光为仇雠；磊落者，将阳光作兄弟。连阳光下的影子，都是另一种经典的笔墨，昭然灵动，慈悲创造。

阳光是赴死者的手杖、临死者心里最后一束暖。

当黑暗觍着脸网尽天下的时候，太阳只于清晨微微一笑，便收尽天下的心。

轻轻地将黑暗一推，便慈悲葱茏，世界已空灵得光彩夺目。

一个"晒"字，是丑与恶、假如伪，最受不了的。

谁也甭想为太阳竖墙。在太阳眼里，长城只是一小段儿戏，更不要说将人心与眼睛隔开的藩篱，都会在阳光下成为笑柄。

但是阳光喜欢与水玩，大小阔窄，他都喜欢。还与水比试，一个用灌溉，一个用照耀。当每一滴水里都闪耀着阳光的时候，也是世界最美好的时候。

躲在暗中做爱的情人，其实心上都燃烧着阳光的热情。

阳光是最大的开放，他一睁眼，就将那些阴暗潮湿与拽着赘着大家倒退的，哗哗地冲进下水道。还会将一张张丑陋的脸与邪恶的心，不留情面地暴露在光天化日之下。

阳光，可以再生在梵高的向日葵上，也可以在马丁·赫肯斯《你鼓舞了我》的歌声里——那是热与暖的蒸腾与渗透。阳光在蒙娜丽莎的微笑里明亮了500年，在莫高窟的飞天上等待了1600多年（多么耐心）——那是梦与美的发芽与生长。

尼采说"一切创造者都是坚硬的……唯有周身坚硬者才是最名贵者"，太阳不，他不仅不坚硬，还柔软似水。太阳却是最大的创造者，又是最名贵者——我倒同意尼采的这句话："上帝死了。"是的，上帝死了，太阳来了。

太阳只创造，从不背诵。他无始无终地创造，无边无际地创造，时时刻刻，分分秒秒，都展现出无穷无尽的新意。他甚至都能将屎壳郎推粪蛋，变成诗人的旅行或鲜花的开放。

有一种东西对人类帮助巨大又往往被人忽略：鸡蛋。我终于想明白了，那个蛋黄，不就是太阳藏起来的一种爱吗？

太阳是百色共容，不只是黄与红。人们翘望彩虹的时候，想不到那只是太阳随便玩了一个小戏法。女子指甲、趾甲上的那点花样，可能是太阳喷嚏时飞下的颜色星星。

太阳调皮又俏皮，从不将脸整天装作一副舍我其谁的庄严相。我偷着乐的是，太阳天天跟我玩，千变万化地让我猜不胜猜。还不觉得，他就抱住了你，吻一下就跑了；几乎是突然间，又钻进你的怀抱，耍赖着不走；一样东西，他能变出百种模样，将人调戏得心旌摇动；他又会静悄悄地在你身后一目十格地遍览群书，末了还留下一张小纸条，写着：别在书上乱画。

春雨是太阳的演讲，不打草稿，从不出错别字，讲完天下便万紫千红、草绿莺飞。

曾想，我告别人世的方式，是与太阳玩一会儿再死。

2020年2月19日上午，阳光已经从阳台跳进书房写字画画了

火凤凰

这是绝对不可能第二次碰到的美，一生能够遇见一次就已经是幸运的了——那是一个初春的早晨，我像往常一样哗哗地打开落地的窗帘，一只硕大无朋的银凤凰便徐徐地向我展开在东方的天际。这只银色的凤凰，正在衔着旭日，在晴空里飞。

它把我一下惊呆了：真好！真俊！真美！

当然巨大，定有千里万里，仿佛是满天的云彩一起投胎在宇宙最华丽的子宫，生出了这样一只独一无二的自由之鸟。可它又轻灵无比，每一根羽毛都似乎在风中抚动，羽毛所组成的分明的层次里，就有了欢乐与光明的韵律，一如夏夜银河里粼粼的波光。衔日的喙似衔似吻，嗉子处翠艳的羽毛，正映着朝日的欣喜。

干净，朴实，却又绚烂，淋漓。让没有穷尽的创造代替窒息的稳定，令活泼的新生战胜腐烂的死亡。这只刚从大海出浴的凤凰，才一展翅，就令世界上那些美学家们的喋喋不休，一下子尽显苍白。倒是跳出了美学家行列的高尔泰先生，为这只高蹈的银凤留下了关于美的不朽的注脚：美是自由的象征。

  我曾经自认为是一个爱云懂云的人。正是在这只凤凰飞临的美国明尼苏达州，我曾经写过《明州品云》，甚至觉得品得那样透彻。可是这天早晨，宇宙随意的一个挥洒，便映出了我的位置：才刚刚远远地望见了一点点若实若虚的门径。但就这一点点若实若虚的门径，已经让我胸中涨起着青春的大潮了。一种谦卑，一种感动，就如春雨中的禾苗，唰唰地拔节生长起来。沾了尘垢的心田，便沐于这好这俊这美里，曾经干瘪无趣的细胞，一颗颗饱满生动起来，好像秋空里的星星、五月末的麦粒。

  隔着太平洋又能怎样？我还是执拗地认为，它一定是我那东方的银凤凰。要知道，区区国界怎能阻隔了翅膀？只是它还没有唐诗宋词的风尘，也没有诗经离骚的忧心。倒是稍稍地有着半坡村那个持着陶罐汲水女子的风韵，掬、倾之间，便有了黄河的摇曳万里。更多的，则是女娲的气度，一个爱字，就让这个寂寥的寰宇一下子诞生了许多的生命与生命的热闹。

  出神入化间，早已忘了时间的概念。等到我举起相机，银凤凰正披着一身的霞彩，成了火凤凰。我那凡俗的心，仿佛蜕去了世间的铠甲，轻盈地向着它飞去……

写于 2010 年 3 月

被露水打湿的月亮

小时候爱在月出的时候看月,它能让眼睛月一样明亮。长大了却渐渐地、渐渐地爱在夜深的时候看月,看月的时候往往是月早已在看我了。

夜深的时分看月最好。静静的,一看就看到心里去了。一点也不虚幻,实实在在的一个溶溶的月亮,贴肺贴心地,一股脑儿就全给你了。这时,你就会隐隐地觉出,原来人的心是这样的明亮而又深远,还有一丝微漾的风。

太阳的分娩是恢宏的。它会把海洋与云雾都染成血红色,一露脸就让天下金碧辉煌。月亮却不,总是悄悄地来到天上,缺也好,圆也好,都将一个圆满善意的襟怀揣着人间,不张扬却也成了人类心灵的指望。它也没有太阳的霸气,一出现就掩尽所有星辰的光辉。虽然也会月朗星稀,可它绝对是星辰的朋友,与星辰一道将月华星辉绽放在黑暗中,也与星辰一道成为万家灯火的知音。我曾想,天下最最动人的笑颜,当是月亮了。不是它在点亮了人间的欢乐与欢乐的希望吗?

这是一轮热忱而又宽容的月亮。

热忱宽容的月亮有时又是极其冷峻的。宫墙圈不住它。钱财买不动它。黑暗禁不得它。谀颂也惑不了它。这时它是天上最为凛然的容貌了，可谓冷若冰霜，因为它是自由的月亮，总眷顾自由的胸膛。对它来说，阿谀就是死亡。它不知道它的父母是谁，它只知道宇宙曾经是它的襁褓。有这颗野性的灵魂在天上亮着，黑暗的统治就注定要一次次地失败与逃遁了。没谁能够真正理解它的孤独，那千古不化的孤独。尤其是在夜深人静的时候，只有它那孤独的光辉醒着，世人皆醉我独醒，世人皆浊我独清。唯有当我也沉潜于孤独里，才能稍稍走近它——那是怎样的一种博大到无穷无尽的光辉啊，悠远而又深邃，洞悉着一切的宿命，却又义无反顾、痛快淋漓地燃烧着自己，照亮着千条万条前行的路途。它看到一切，知道一切，又毫无保留地献出着一切。这时，你就会感到，孤独是多么美好，孤独便是一种解放。

这是一轮千秋万载也不会被污染的独立的月亮。诱惑，失意，甚至天崩地裂也不能令其自暴自弃。它孤独地挺过了万年亿年，让一个彻里彻外光明本真的自己悬在众星瞵瞵之中，历尽沧桑，透彻了悟，风情万种，却又葆有着处子的纯真与简明、热切与向往。

自立自爱自强的月亮当然也就夜夜新月月新年年新了。人老了一茬又一茬，它却不老。它抚摸过李白那孤独的灵魂，它抚摸过鲁迅那寂寞的眸子。哪怕风尘将人的青春糟蹋得灰头土脸，月却总是新着呢，亲近它，它就会将你洗涤一新。

谁说月亮不是一所常青的学校呢？那永不停歇的光明，就是教导人类培植、保持美好人性的最为伟大的教师了。它以自己的纯洁教导人，世上的温润无比的玉石，都是它种下的吧？它又以自己的力量鼓舞人，海洋那几近永恒的潮汐，不就是在为它的美丽所激动吗？它更以悲悯之心理解人。它知道心会变硬的，还有痛苦与绝望。但是有月亮在就不怕，它能让硬了干了丑了的心变软变湿变好，让乏味的心汩汩动起趣味、想象、幻想与些许的浪漫。如果久经岁月，心性未变，又与月亮有了灵肉的相谐相融，你还会体察出月儿含娇的羞与翻新的俏皮来。玉壶冰心与凡尘的亲切，就这样融于月又播洒于天下了，于是有月的天下是有福的了，原本沉重的生活也就变得生动而又富有光彩。

就这样，不觉间，月亮已在人的心里创造了无数情感与思想。不觉间，这朵宇宙间最为美丽的花，就将幽幽的馨香染向这情感与思想了。

其实月亮的本性是忧伤的，因为它最懂得世间的悲伤忧苦，又是宇宙间最伟大的倾听者。不仅倾听，它还是人间最伟大的诉说者，那丝丝缕缕、充满人间的月光，不都是知冷知热、掏心掏肺、与心偕振的絮语吗？哪一道心灵的伤口上，没有搽过月光这味灵药？哪一片心灵的田地里，没有洒下过溶溶的月色，从而让沉重而又孤独的灵魂得到抚慰与温暖？童年时的黄黄（家养的一只忠诚的狗），至今还会在我记忆里长嗥。那是一片饥馑的年代，别说作为生灵的狗，连村上的树也已被人啃光了皮。一星点办法也没有了，全家人不顾我的哭闹，商量起要吃黄黄的事。我带着满脸的泪，拿起一根棍子，想把黄黄揍跑。它一定是听懂得了家人的决定，怎么也赶不动它。它轻摇着尾巴，舔舔我的手，而后便抬起头，望着东南天上正圆的月亮，一声一声地长嗥。它也是在向月亮倾诉吧？那晚，我看到黄黄的两只眼睛里都是泪水，泪水里还晃着柔和的月光。月亮听到了一切，又诉说着一切。那晚，我感到月亮就是被天噙着的一颗湿漉漉的泪珠了。

从那之后，不管是碰到庄稼上的露水还是看见路边沟沿草叶上的露珠，我都会在心里头想：昨晚怎么月亮又哭了？是丑恶又在肆虐？是生命又遭踏践？但是，回望历史，不管世间多么黑暗，也不管人世的生活多么艰难沉重，甚至还有横七竖八的对于人的压迫与束缚——只要月亮还在天上亮着，我们就会有爱在心上流淌，就会让憧憬自由飞翔，凡俗的分分秒秒也就有了诗意的歌吟。

冷风刮走了云彩，秋雨洗净了灰尘，亮亮的暖月航行在深广湛蓝的天上，也走在我半个世纪的生命里。

这轮或圆或缺或晦或明但却忠贞不渝的疼人的月亮啊！

它不就是可以伴随终生的家园吗？曾是我生之摇篮的月亮，当然也是我死之归宿了。那时，让我眠一眠，而后再作为一个崭新的光明的星体，于你的怀中醒来。

囚之光

常有阳光悄落家中，让人想到这是天庭对于光的囚禁，默然面对，光移眼跟，会有莫名的怅惘。

不是那种透过向阳处的窗户阳台直接造访的阳光。那种阳光简直就是闯入，是满溢着热烈自信的贵宾。囚之光却不，总会出现在北向的房间，或者竟被拘于夹在向阳、背阴之间的走廊里。它们是一种弱光，我却从心底喜欢，薄淡有致，愿意与其为伍。

弱则软，薄见真，触物生动异常。

安居时选择一楼，最能亲近地气，又与满院的各类植物浑然一体，但其弊在暗。背面楼上的万千玻璃，便成为上苍遣送囚光的驿站。它们折折转转而来，百形千态，或隐约或楚楚，倒一时减轻了"暗"之弊。岂止减轻，更能唤出室与物的灵动神巧，让我阅赏不尽。它们在凉硬的地板，晃动起温情脉脉的水墨，将窗外的树与花，邀约进来，一起翩然波跃。更多的是在墙上，明成一种弱小却憬悟着美的火焰，原来冷漠的墙壁，竟会突现如此馨醇的灵魂。走廊与走廊两边的夹壁上的囚之光，最让我揪心倾情：经历过无数曲折的严酷之途，短暂着却努力地泼洒着热情。是怎样的襟抱，让其忘却上苍的囚禁，而自在明暖于壁垒之内？便与它们有了无言的默契——一种几乎是天然的灵犀相通，那样地一见如故，越囚禁越灵异，迅翼穿透古今。从不依阿取容，就做自己，与黑暗势不两立。当年，张郎郎与遇罗克同在死囚监狱，无窗，无光，却从厕所的那个巴掌大的小窗里，看到一棵沐着折射阳光的小树苗。他们将手从铁的窗栅间伸向那棵小小的树苗，也让自由的心伸向树苗身上折射的阳光。这个细节曾是那样让我感动，"喜欢暗夜的妖怪多，虽然能教暂时暗淡一点，光明却总要来"。（《鲁迅著译编年全集·三卷·218页·〈寸铁〉》）

哈佛大学的教授为学生们讲解俄罗斯文学时，拉上窗帘，关上灯。当室内被黑暗笼罩的时候，却点起一支蜡烛，说这是普希金；再点起一支蜡烛，说这是果戈理；又拉开灯，说这是契诃夫；重开窗帘，说这是托尔斯泰；再熄灯拉上窗帘室内重又漆黑一片时，一支蜡烛又被点着，教授说这是索尔仁尼琴。不知这个典故是否真实，其比喻也不尽恰切，但对于黑暗与光明的描述，基本确当。这种带着勇敢良知与远见襟怀的文学，不正是黑暗中的烛炬吗？列宁曾经喜欢的一首歌是《光荣牺牲》，歌词第一句便是"感受不自由莫大的痛苦"，而这些烛炬，便是从自由的心灵上长出的自由的希望。

那天清晨，醒来就见囚光已在窗帘上徘徊。我躺着不动，细细地品那囚光的肌理，进尔想它们的心情思绪，以及微芒中的天宇。就见窗帘上草莓的印花，都在囚光中化为一颗颗鲜红的心。悄然下床，偎近泅满晨曦的窗帘，又见从窗帘皱折里淌下的囚光，在地板上写下各种模样的心意。人在四壁镶嵌的房间里，不就是一个"囚"字吗？钱钟书的那个围城，是否也在表达着一种人被囚禁、却积久成习已不自觉的状态？那么，从背阴处潜入的囚光，则是一个解放者了，它们怜恤心疼人的被囚而不知，才来提醒与说破。

文友陈红送的那束香水百合，珍放了好久不忍弃置。叶枯花萎了，夫人又放在厨房北侧的窗台上。早起的我就见花已落尽的茬顶，正噙着一滴饱沁着晨光的水珠，并映涵着一个没有壁垒没有锁链的宇宙。

2021年2月5日上午写于方圆垦荒斋

夹在南宋北宋之间的这个女人

瘦瘦的月亮，就这样照着这一地的清泉。

800多年的烟云怎能模糊了她的容颜？这个夹在北宋南宋之间的女子，竟在当下这个月瘦泉绽的夜晚，如此地生动着。月色泉影里，轻轻地，仿佛有她的魂魄，还在徘徊复徘徊。

她是在独自思乡的煎熬中辞世的。这种独自的思乡，煎熬了她二十多年。一番番的风，一番番的雨，在她苍老的心上咬出着斑驳的伤痕。当然还有如泣的蛩鸣和一下下捣衣的砧声，再把这斑驳的伤痕撕扯得血肉模糊。而一声一声无情的滴漏，更是拉长了无眠的夜，让她清醒在锐利的苦痛里，思乡的情绪也就越发地如这泉水一样诉吟不已了。也许，让她能够在这种漫长而又无望的苦刑中活下去的唯一支撑，就是这片甘醇而又从不枯竭的泉水。

因为就是这片泉水印证着她曾经有过的幸福。那是可以对于爱情自由向往的少年时代，那是与所爱的人赵明诚朝夕相处了10年的青年时代。

归来堂的茶香是与明亮的笑声一起，在这乡间的泉边盛开的。屋内身边，尽是两人竭其所有换来的金石书画。把玩展阅自不必说，当然还会有校勘、整理与题签。最为欢乐的时刻，还是以打赌的胜负决定喝茶先后的游戏。随意说起一件事，便指着堆积的书史，让她说出在"某书、某卷、第几叶、第几行"（《金石录后序》）。常常是连连被她言中，那茶也便会喝了又喝，竟至兴奋忘情地大笑着，将茶杯连同茶水一起倾覆在怀中。

虽然家族因为朝廷的政治斗争而正被残酷地打压，可是她却沉没于自己的幸福之中。这是一个女人的幸福，没有任何奢望，更是与世无争，只需要爱人的陪伴。幸福是这样刻骨铭心，以至于在她潦倒得亲人、财产连同健康全都一无所有的晚年，还在一遍遍地忆起那个倾覆的茶杯，并死死地抱着归来堂时的那个念想：能与丈夫默默无闻地老死于这个泉边的乡间该有多好！

可是国破的时分，一个幸福的女子怎能不跌入悲剧的深渊？她所曾经的幸福与欢乐，似乎只是为了加重、凸显这种悲剧的深切与沉重。

这是连星月也被窒息的黑夜，只有这些清泉会在浓稠的黑暗里独自开放，睁着清清亮亮的眼睛，为这方土地留下不涸的光明。即使在冰天雪地、连人的心都冷酷成冰块的日子，这些泉水也会汩汩地涌着淌着，让那丝丝缕缕的暖意藤蔓般萌生了。

但是连这点光明与温暖，也与这个夹在北宋南宋之间的女子完全无关。在时骤时疏的金兵铁蹄的擂击声里，那样爱着的丈夫在她46岁的时候猝然病逝，连一心依赖的皇帝也逃得追不到踪影。真是靠山山倒，倚墙墙塌，无依无靠的女子，独自惶恐在破碎的山河之中。

惶恐中，她也紧紧地守着与丈夫一起收藏着的金石书画——那里有着丈夫的体温手泽和曾经的快活时光，当然还有着那只倾覆在怀中的盛满着笑声的茶杯。

再是紧紧地守护，一双女人的手，又怎能守护得住？先是故乡中排满了十来间房屋的书册全部被金人付之一炬；继而，南奔时"连舻渡江"的两万卷书和两千卷金石刻，也在金人所占的洪州基本散为云烟。就在她为紧紧守护的金石书画损失殆尽而悲伤不已之时，朝廷却又传出丈夫曾经将一把玉壶送给金人的谣诼。为了给丈夫洗清冤屈，更为了避免灭顶之灾，悚怖之极的她只好尽将家中所藏古器，全部献给朝廷。只顾逃跑的皇帝哪里去寻？这些珍器最终尽皆落入官军之手。南奔时曾经载了15车的金石书画，等流落到会稽赁居于一钟姓人家时，仅剩下五七箱便于携带、又最为夫妇二人所喜爱的书画砚墨。

再也不能有所闪失，就把它们放在卧榻的旁边吧，目能及，手能触。哪天不是一遍遍将箱子开开合合？哪怕只是看上它们一眼，凄惶孤苦的心也会稍稍得着些慰藉。谁知上苍竟是如此无情，他似乎觉得这个孤单的女人还没苦到极处，非要夺走她仅余的慰藉。是在一个晚上，这仅存的书画砚墨，竟被人凿墙窃走五箱。必须记住这个窃贼的名字：卜居会稽时的邻居，钟复皓。

视同性命、意在与身俱存亡的书册卷轴金铜古器，转眼成空。

孑然的女子，孑然的恸伤，泣血的心和着寸断的肝肠。无助的泪眼盯向苍天，她问：可是我命菲福薄，不能享受这些尤物？瘦弱的身子俯在残零不全的三数种书册之上，颤抖如风中枯草。向着无尽的黑暗，她问：夫君，夫君，可是你太过爱惜这些凝着咱们生命的宝贝，才把它们拿走？不然，为什么费尽心血熬去岁月艰难得到的人间珍品，却这样的易于失去呢？！

带血的哀恸会让石头感动。数百年后，以厉苛著称、绝少人情味的明朝内阁大学士张居正，竟会因为这个女子的哀恸而错罚自己的部吏。那是在他见到一个浙江口音且又姓钟的部吏时，迅速想到了夹在北宋南宋之间的那个女子的哀恸，立刻追问对方是否是会稽人。当得到肯定的答复后，张居正勃然变色。虽然无辜的部吏赶紧解释自己的家是才从湖广搬来也无济于事，还是受到了莫名的贬谪处分。

丈夫辞世3年之后，被哀恸笼罩的女子终于病倒了。国破，家破，夫亡，己病，又没有自己的儿女，几乎绝望的女子，挣扎着也是赌注般地选择了再嫁之路。苦难似乎没有止境。曾经沧海难为水，更何况再嫁之人张汝舟竟然是一个只图她的金石书画的贪婪小人。贪婪必然凶残，当张汝舟知道花言巧语骗娶的女人已经没有多少收藏并且仅存的一点也无法到手的时候，"遂肆侵凌，日加殴击"（《投翰林学士綦崇礼启》），拳脚相加之外还生出了杀人夺物的邪心。

共同生活了100天之后，这个身处无助困境且看似柔弱的女子，又做出了甚至比再婚还要惊世骇俗的举动：告发张汝舟妄增举数获取官职的罪行，宁肯坐牢也要坚决离婚（宋朝刑律明确规定：告发丈夫，不管对错是非，都要坐牢二年）。

再婚离婚，这个病中的弱女子，独自承当着身败名裂的人生结局。且不说尽失爱人赵明诚的亲朋，要以曾经的千金之躯、贵妇之身去坐不堪设想的牢狱，还有罄竹难述又有口莫辩的现世的诽谤与谩骂、蔑视与唾弃。她甚至因为看到了"败德败名"的"万世之讥"，而更让身心受着"愧"与"惭"的熬煎。这是可以将大山一样的男人挤为粉齑的空前的压力啊。

但是她挺身而起。

柔懦的身体里，其实流动着故乡那片泉水的神韵。那是自由的歌唱，那是光明粹净而又刚烈不挠的血脉。谁会理解一个孤独无助的女子的内心？对于家庭温暖的渴望，对于异性照抚的渴望，在这样风雨飘摇、国破家碎的时候，也就来得更加的殷切了。再嫁，这是一个正常而又正当的选择。正人君子们可能会觉得这是对于已故丈夫的背叛，何况他们有着那样深挚的情感。可是谁去顾及她的艰难，困苦，孤独，无助，还有她那细腻而又高贵的心弦上战栗的忧伤与寂寞？而离婚，则是她逃离深渊、争得宁静与洁净的唯一选择。

再嫁。离婚。固然是一个女子的无奈，却也见出着男人绝少具备的磊落与胆魄，以及自由光明、粹净刚烈的心性。

她不会为了一个"贞节"的虚名，让生命在虚幻中无所凭依。但是她又绝不会为了不落骂名，而屈己苟活。对于贪婪残忍的张汝舟，她宁肯坐牢落下"万世之讥"，也不稍作让步。而对于前夫赵明诚，她则一往情深，有担待，能忍让，善回护，肯牺牲。渗透着他们共同心血的传世经典《金石录》，是她悉心保存、精心整理，而后署上丈夫的名字献给朝廷。作为建康（今南京）的首长，赵明诚曾在兵变之时与副职乘夜坠城逃跑。作为妻子，她有着很大的不满。她的"生当作人杰，死亦为鬼雄"的诗句，不光是对于朝廷只顾逃跑、不去抗战的不满，也有着对于丈夫的批评。批评着，却也爱着，这就是莫大的催促了，丈夫于兵慌马乱的溽热之际策马赴任的急切，不是也有着她的影子吗？没有生育，丈夫也一生没有娶妾，她是受着感动的。但是丈夫日久所生的怠慢，更有在任上与年轻女子的交往，都曾深深地刺伤了她。她痛苦悲伤，也怨也怪，却又真情地劝他，信任他，也给他改过的时间。尽管她有着天纵之才，写着天下第一好的词，写着天下第一等的美文，还留下了我国女性所作的第一篇文学评论、也是我国词史上最早产生重大影响的理论文章《词论》——但是她更是个女人，从而也葆有着不被外在因素所异化的完整的人性。她没有奢求，只是要拥有这样一个人，厮守着，爱着他也让他爱着，不要富贵，不要出人头地，也不要光宗耀祖，两人就在这泉边的乡间默默无闻一生。甚至所拥有的金石书画也不重要，它们只不过是他们所爱的道具与见证罢了。在她的心中，所谓的经典《金石录》，哪有倾覆在怀中的那只茶杯分量重？有一个"归来堂"足矣，让生命本色地放置其中。"易安居士"的自谓,不正透露着她真实的心迹吗?

就是这样一个"易安"女子的平常心愿,在那样的中国,却绝难实现。虽然因为友人的搭救,她只在监狱中待了9天。但是谁能说,她的后半生不都是在炼狱中度过的?据说她活到73岁,可是她的最后20年,在历史上几乎是一片空白,甚至连到底死于何年何月也没有一个定论。

没谁再去关注这样一个进入老境的女人,更无人知道她的心中到底盛着多少愁苦、伤痛与酸楚。偏安的朝廷与它的百官早已酣醉在歌舞升平之中,丈夫墓前的柏树也该有半围粗细了。只有那颗心还在醒着,再多的酒,也不能稍稍麻痹这醒着的心。但是已经没有明天,只有回忆,便是一番番的风、一番番的雨,也无法打断寂寞连着的寂寞。寂寞,寂寞,寂寞,不舍昼夜,袭来,袭来,袭来,不分昼夜。

偌大的中国,任凭这个憔悴无助的女子,将盛满着愁苦、伤痛与酸楚的心,腌在寂寞的深渊里。

是死在秋风苦雨之夜的吧?没有月亮,没有子嗣,没有亲人,更没有可以指望的男人。无尽的寂寥与苦涩终于可以结束了,只有那不瞑的眼睛里,还向天闪着故乡泉水的光亮。这光亮透着一个诗意灵魂的绵绵的幽怨、愤恨与不甘。二十年间,这样一个揣着人间第一挚情又有着人间第一才情的女子,竟然默默无语。是她再用撕毁自己的自戕方式,来宣泄无法与世人沟通的悲愤与幽怨吗?这是不鸣之鸣啊!我们今人承领着"进步"的称号,不再往这样一个女子的身上泼洒脏水,甚至还会有体谅、欣赏与同情。但是,那种彻入骨髓的幽怨与悲愤,我们能够感同身受吗?就如都看见着她故乡泉水的涌流,可是谁能知道它们地下的曲折与宏富?

如今,瘦瘦的月正照着这一地的清泉。

幽幽的泉水中,那颤动的月魂,可是她憔悴的容颜?清清的清泉,可是她的泪水在流？轻轻绽开又轻轻散落的泉珠，是她揉碎的梅花？还是她沾满泪水的碎了的心蕊？

就在我们无动于衷的时候，她的悲剧却感动了世界。二十世纪七十年代末，世界天文界竟然用她的名字命名水星（又一个"水"字）的一道环形山脉。

这样看来，我们应当永远记住并爱戴这样一个名字——李清照，记住并珍视这片生育了她并在中国独一无二的泉水——中国山东章丘百脉泉。

只是，我们也还不应忘记这个"凄凄惨惨戚戚"的悲剧人生，并发问：为什么？为什么？

唐朝，那朵自由之花

一

城市是否也有性别？仔细品品，好像真有呢。比如成都，我就明确地感受到了浓淡有致的女子的情怀。那总也不老的碧流青山，那常布常新的雨露，还有将整个城市调拌得有滋有味的语言，——一种人间烟火的亲切和超脱凡尘的浪漫，就会杂陈融化成一种无处不在的氛围、空气，变成你的呼吸与视听，心也就柔软清明起来。

即便是外乡人，也会在这里得到无微不至的照抚。二王庙当然是为纪念在成都平原留下了都江堰的秦国人李冰父子，这是一种世代不忘的感恩与褒奖。还有那个智慧忠诚却又一生劬瘁不堪的山东人诸葛亮，那个没钱没势、处于流离失所之中的河南人杜甫，都在这里受到着亲人般的眷顾。

但是我却只去了锦江之畔的望江楼，那里"居住"着一个名唤薛涛的陕西女子。这个城市对她更是不薄，除了敬重，还将一种绵延不绝的爱，一种只有女人之间才会有的理解，赠予这位曾被人称为"尤物""妓女""文妖"的女子。不仅以她为自豪，还筑起了气派宏大的望江楼公园纪念她。园内的薛涛井、薛涛墓、吟诗楼、健美却又略带忧郁的薛涛雕像，以及满园薛涛喜爱的竹子，无不显示着成都人对于这个女子的疼爱与推崇。"少陵茅屋，诸葛祠堂，并此鼎足而三"（公园大门门联上的一句），在成都人的心目中，这个弱女子的地位，是不低于诸葛武侯与诗圣杜甫的。

郁勃的锦江就在巍峨的楼下急急地走过，就要归隐的夕阳还在努力地将他的慈爱轻轻地探进楼来，而满园的竹林里，早笼的暮色也就染着些深深浅浅的苍茫。这是这个喧阗的城市里最为寂静的地方吧？轻步屏息，真怕扰了这个一生寂寞独行的女子。

以一个乐伎的身份，生活于官场这个男人的世界里，却活出了一个比他们都要光彩超然的人来。以一个诗人的身份，厕足于唐朝诗歌这个男人抒情骋才的领地里，竟然也能够发出不同凡响的自己的声音来。虽然已是一千多年的时光过去，用心灵去体察她的生命、承沐她的诗歌，依然让我感到岷山之雪的晶莹和锦江之水的丰沛与清澈。

这就是薛涛了，开在盛唐与晚唐之间的一朵自由之花。

二

是安史之乱将这个出生在长安的小女孩逼到了成都。她不管赫然的盛唐怎样地露出着腐朽的本相，只让自己的生命旺旺地生长着。就连离乡背井中父母的悲苦，也无法遮蔽她雨后春笋一样向上的日子，她的韶华正在诗歌的王国里长成一株快乐的修篁。

但是在一个专制的国度中，美好的事物，尤其是美丽的生命（而这美丽的生命中又以姣好聪慧的女性为最），总会有接踵的苦难煎之熬之。

虽然做着小官的父亲曾经诫过女儿要远离官场——因为那里是最黑暗最龌龊处，也是最险恶最能吞噬美好生命的地方——但是命途多舛的女儿却偏偏被圈入这样的地方。

父亲过早的辞世，孤女寡母的现实把薛涛早早地抛进了自谋生路的境地。是迫于生计，还是官家的逼迫，或者兼而有之？正是豆蔻年华的薛涛加入了载入着官方编制的乐籍，成为西川节度府中一名在册的乐伎。当享乐从官方蔓延至民间的时候，乐伎也就成为唐朝一个普遍的时尚，庆典宴会，游乐节日，总会有乐伎助兴，歌舞奏乐、侍酒赋诗。乐伎中有男伎女伎，女伎亦可称"乐妓"，虽然如日本的艺伎歌舞伎一样卖艺不卖身，但其社会地位的低下却是明摆着的。

公元796（？）年到808年，这样一个貌美而又有着奇才的女子，在12年的乐伎生涯里该有着怎样的酸甜苦辣、喜怒哀乐？虽然汗牛充栋的正史，不屑于注意到这样一个只是为着权势者侑酒陪乐的乐妓，但是有这样关于薛涛的两件事情，似乎在透出着当年的真实。一件是被罚赴边关松州，一件是被安置于校书郎的岗位，这些都是将她收入乐籍的西川最高长官、节度使韦皋的"杰作"。

松州地处现在的黄龙，不仅是海拔三四千米的高寒荒蛮之地，更是唐与吐蕃频繁交战的前沿。将一个十八九岁的弱女子罚于这种边地的军营之中，危险与恐惧，至今想来还会让人感到她心上的战栗，那种褪鱼刮鳞时鱼儿浑身的瑟瑟蠕动。被罚的具体因由已经无法确切地知道，但是有一点是肯定的：忤了韦大人的意，扫了韦大人的兴，甚至不排除男人心上特定场合下横生的醋意。好在有诗让她以歌当哭"闻道边城苦，而今到始知"（《罚赴边有怀上韦令公》），"按辔岭头寒复寒，微风细雨彻心肝"（《罚赴边上韦令公》）。我似乎能够看到韦皋读着这些诗句时嘴角上浮起的得意之色，以及这种得意之中浸染着的那种猫玩鼠时的骄横。但是又能怎样？一个"罚"字，不是已经透露出了这个小小弱女子的独立不羁了吗？即便是薛涛好似自贬自损并遭到后人诟病的《十离诗》，我也是感到的一个女子的血泪控诉与绵里藏针的抗争，"为遭无限尘蒙蔽，不得华堂上玉台"（《十离诗·镜离台》），"衔泥秽污珊瑚枕，不得梁间更垒巢"（《十离诗·燕离巢》）。

新异的诗篇，独立的人格，还有堪与男人匹敌的见地，又让男人世界里的当权者与诗人们无法小觑这个小女子。岂止无法小觑，还有钦佩与敬畏。韦皋的将一名乐伎而且是一名女乐伎的薛涛安置在节度府校书郎的岗位，这在中国历史上恐怕是绝无仅有的吧？在唐朝，校书郎虽是九品小官，但是对于任官的资历却是要求很高，需要进士出身或相等的"学历"。有唐一代十一名从校书郎起家的诗人文士中，就有四人爬到了宰相的高位。

在这个男人的世界里，似乎已经无法忽视这个独立的存在。

元稹、白居易、张籍、杜牧、刘禹锡等二十多位著名诗人与其唱和；韦皋、高崇文、武元衡、段文昌、李德裕等十任西川节度使都对其以诗人相待。

她好像并不太看重这些，只让一个真正的女人在岁月里成熟。即便按照我们今人的想法，一个毫无背景的柔弱女子，不依靠（哪怕不用投靠这个词）一个权势者，是很难生存的。她当然不是不食人间烟火的神仙，也不是一个圣者，她只是一个女人、一个有着局限的女人。在西川的十一任节度使中，肯定有着她的知音，甚至在感情上有着某种牵扯的人，如那个与她年龄相仿、为她的死而悲哀并为其写下墓志铭的段文昌。但是她与他们毕竟井水河水一样地隔膜着，会有应酬，但终也无法形成真正平等的交流。这个内心高傲的女人，有着自己的原则与底线：高贵的人格与纯粹的情感。不媚俗，也不是殉道，只是一个好女子的内心的诉求。

在灯红酒绿间，可能会有泥水溅上身来，还有笑容下强忍的泪水和失望，以及现实与心灵冲突下的自责与疲惫。不是有清冽的锦江吗？她总会将溅上的泥点濯洗干净，再在独处的时候将自个儿将养一新。透过时间的烟霭，我清楚地瞧见，一朵婷婷的玉荷正在使劲绽放，挺括的粉瓣上还挂着泪一样的水珠。闭上眼，嗅嗅，会有丝丝缕缕的清香在肺腑间游走。

就在挣得了尊严与尊重的时候，风华最茂的薛涛却毅然出钱脱离乐籍。为了脱离乐籍，她肯定是做了长期准备的，从物质到精神。

她知道，即使冠上"女校书"的称号，乐伎依然是别人的奴仆。

三

以一个乐伎的身份，在这样一个男人的世界里，尴尬、辛酸、压抑、无助、惊恐、孤独，甚至屈辱，是会怎样在这样一颗高贵而又高傲的心上，留下血泪的记忆？

没有兄弟姊妹，又没有了父亲的薛涛，多么渴望有一个忠诚而又热忱的男人的胸怀，相托一生，安妥她的爱。还有比爱与被爱更让女人憧憬的吗？尤其对于这样一个孑然一身、无所傍依的女子。

她曾经以为已经找到，这个人就是元稹。公元809年，这是他们相遇相识相爱的一年。薛涛是美丽的，还有她的诗、她的出污泥而不染的心地和她一往情深的痴情，都让元稹对于这样一个成熟而又出类拔萃的女人一见钟情。"曾经沧海难为水，除却巫山不是云"，刚刚为过世的妻子写下了如此名句的元稹，当然是一个情种，也是山盟海誓的高手。

薛涛肯定得到了爱的誓言，或者还得到了将被迎娶的承诺。相爱之时的两情相悦，令这个孤苦无依的女子第一次如花一样怒放了。元稹是幸运的，只有他领略到了这个罕见女子盛开时的美丽。只是他终究也没有明白（或者他根本就不想明白），这个恋爱的女人是以命相许的，是瀑布跳崖一样义无反顾地扑向着自己的爱情。别人看来是粉身碎骨吗？她却觉得这是生命中最为享受的飞翔了。

但是元稹走了，走了就再也没有回来。事业，出身，舆论，家庭……他会有一千种理由。

薛涛却痴痴地等着，任如玉的年华在寂寥中消磨。一年，两年，十年……她最精彩的诗章就是在这种等待中为爱情的煎熬而写，"风花日将老，佳期犹渺渺。不结同心人，空结同心草"（《春望词》）。一首一首地誊写在自制的粉红笺上，再细心地装帧，寄向远方吧，连同锦江一样没有穷尽的思念。再做上一道曾经专门为爱人做的"开水白菜"，望着袅然舞动的热气，就有带着他体息的馨香沁入心脾间。她甚至看到了刚刚病过的爱人，喝了这种汤后脸上渐洇的红晕。这是用老母鸡、老母鸭、净瘦猪肉、净鸡脯肉经过煮、扫、吊等多道工序做成的清澈透明的汤啊，那嫩嫩的白菜心也是经过了沸水断生、清水漂冷去腥一如玉瓷般剔透了。平常，素简，却又藏着醇厚无比的味道和滋养生命的营养，她心向往之的爱情不就如这道"开水白菜"一样吗？

但是走了的元稹到底是一去不返。虽然确曾有着爱，可他不能娶一个曾经是乐伎的女人，不能与一个苦寒出身的贫家女相伴终生。男人和女人就是不一样，爱情对于女人可说是雪天的炭，对于时刻惦记着"进步"的男人也就是个锦上添花吧。他要娶出身名门或位居显要的人家的女人，这是社会的潮流，也是自己"事业"发展的需要。他之所以"始乱终弃"，背叛崔莺莺而娶太子少保韦夏卿之女韦丛，是这样。他背叛薛涛，再娶高官裴度之女裴淑，也是这样。其实就在他离开薛涛之后不久,便又纳妾安仙嫔、相好刘采春。难怪陈寅恪这样说他:"综其一生行迹,巧宦固不待言,而巧婚尤为可恶也。岂其多情哉,实多诈而已。"

这不也是那时中国男人尤其是官场中男人的行状吗?孱弱,阴私,贪婪,残酷,堕落,虚伪,精神与身体的双重阳痿,心胸比针鼻小比茅厕脏,对下是霸对女人是兽对上则是摇尾示忠的走狗奴才——却还要打着一个"齐家治国平天下"的金字招牌自欺欺世。

只身站在这个庞大而又炫目的唐朝,一个薛涛就比出了那些个男人的小来。

好吧,那就深藏起这份情感,独自走路。绚丽过后的简约,谁能说不也是一种人生的至境?

人类的进步与解放,也许应当从男人向女人的忏悔与学习起步。

好在寂寞总是与自由相随,终身未嫁的薛涛,正独自向着人生的新的去处走去。不惮于深长的愁苦孤独的相伴,喜悦,那种因为掌握着自己的命运从而不为潮流裹挟所获得的喜悦,就会为她凄苦却又澹定的人生掺入暖暖的亮色。

四

挣脱罢节度府灯红酒绿的繁华,再收拾起那段不堪回眸的恋情,薛涛终于可以以一个解放了的自由的身心,去过自己的日子了。公元810年(也是她得知元稹纳妾安氏之后),脱离乐籍已经两年的薛涛在成都浣花溪下游的百花潭买下房子,雇工匠办起了造纸作坊。

流行的纸张纸质粗糙,颜色单一,且尺幅大不便于书写。这个曾经以诗名世的女人，又要造出一种细腻华美而又适于书写诗句的笺纸，不仅为了生计，更为了让自己的情感自己的诗篇有一个安居乐业的地方。美的情感，美的诗章，美的书法，再落于美的纸笺，一生沦于不堪却不改追求完美本性的薛涛，真的为自己的梦想陶醉了。

这是一个不仅有眼光还有着能够扛得起世事的肩膀的女人。遍尝了仰人鼻息的艰难、屈辱与痛苦，对于自立富足从而能够随心所欲的主宰生活地向往，怎能不焕发成踏出新途的力量呢？

浣花溪因其水质极好而成为蜀地造纸业的中心。浣花溪也因为这个名叫薛涛的女子而名传千古。是她更换造纸原料，首创涂刷加工色纸的方法，改造尺幅形制，一举创出风靡全国的薛涛笺。深红、粉红、杏红、明黄、鹅黄、深青、浅青、深绿、铜绿、浅云，十种颜色的薛涛笺以其美丽、典雅、经济、适用，迅速风行天下，从题写诗词、一般书信到官方文牍，一时成了人们的最佳选择。造纸行业得到了重大的推动，并刺激了蜀地经济的繁荣，更在此后的千余年间，成为中华的文化瑰宝。

明代科学家宋应星的《天工开物》一书，对薛涛有这样的记载："四川薛涛笺，亦芙蓉皮为料煮糜，入芙蓉花末汁。或当时薛涛所指，遂留名至今。其美在色，不在质料也。"寥寥数语，就记下了这位女子为中国的科技与文化所做出的贡献。中国造纸史上从此也就无法回避这样的事实：东汉蔡伦造出了第一批植物纤维纸，中唐薛涛造出了第一束彩笺。

不过在薛涛，她并没有那些士大夫以什么什么为己任的想法，更不屑于所谓的青史留名。这些桎梏般的劳什子不过是专制统治者拿人当猴耍的把戏罢了。自己的生命还是让自己享受吧，只要善与美的竹林还在心头挺拔着。这幅小小的薛涛笺只好像让她生了翅膀一样，可以让她在艺术的美境中更加自如地高蹈了。时间是自己的时间，空间是自己的空间，天马行空的心胸里任凭情感与诗思的波涛翻卷。眼前的几上就铺着自己造就的彩笺，这是多么漂亮的知音啊！让心上的波涛从毫间倾泻，这彩笺就如片片的云霞漫天飞舞了。

　　这让我想起了唐朝另外两个与她有着相同身世的女诗人，李冶与鱼玄机。李冶生于书香门第，因母亲是妾，在父亲过早去世之后而被李家赶出家门，并沦入娼门。曾与茶圣陆羽相恋无果，"人道海水深，不抵相思半……携琴上高楼，楼虚月华满。弹得相思曲，弦肠一时断"。后因诗才茶艺被唐德宗召入宫中，在朱泚之乱中受辱后，旋被德宗以不忠之名扑杀。鱼玄机生于唐武宗会昌年间，富有诗才，"春来秋去相思在，秋去春来信息违"，与李子安相恋失败，遁入道观后反而与尘世的男人产生了更多的纠葛，在二十四岁上被抓入官衙毒打致死。

　　同是专制社会里被侮辱与被损害的女子，薛涛却最终走上了一条别样的路途，一条与统治者划出一条界线、自己拯救自己的路途。想想看，单是这薛涛笺所赚得的许多的钱，就让如此无所依靠的薛涛获取了不用心慌的物质基础。没有这样的基础，她恐怕是无法在成都碧鸡坊建起那座吟诗楼，让晚年得到一个躲避风雨的栖所的。这个曾经那样喜欢红色的装束，就连所造的笺纸也以红色为主的女子，晚岁却让道服裹体一身的素洁，这岂止是对于这个肮脏的男人世界的蔑视与明志，更是对于这个不合理社会的失望与叫板。

五

　　不知道薛涛是不是古代中国唯一一位以诗歌为业的女人？尤其是在唐朝那样一个诗人与诗歌多如繁星的时段里，一个女子，能够不为李白、杜甫等人的光焰所遮蔽，闪闪地发出着自己的光芒来，真的是太难了。薛涛沉着地开始了自己的诗歌之旅，从很小到终老，都将其当作终身唯一的主业。

尽管经过了那个不合理的社会的忽略、轻慢与屏蔽，她的诗还是顽强地活了下来。录有她89首诗歌的《全唐诗》，在她的诗前有一个小传，很短，全文转录如下——

薛涛，字洪度。本长安良家女。随父宦，流落蜀中，遂入乐籍。辨慧工诗，有林下风致。韦皋镇蜀，召令侍酒赋诗，称为女校书。出入幕府，历事十一镇，皆以诗受知。暮年屏居浣花溪，著女冠服。好制松花小笺，时号薛涛笺。有《洪度集》一卷。

北宋之前世上还有她的蜀刻本《锦江集》共五卷，载诗500多首。其后这些诗多已佚失湮没。是现代学者张篷舟先生毕其一生的精力，从各种古籍中哀集整理出薛涛的91首诗并加注释，成《薛涛诗笺》一书。

凄风苦雨的日子是那样的多。比这样的日子还要多的则是心上的悲痛与哀伤了。但是不要紧的，总会有诗走来，把这些悲痛与哀伤衔起，再把她的心暖热。可以哭，可以笑。可以恋，可以娇。可以怨，可以怒。可以凛然如山，也可以柔情似水。当然，一个敏感而又情深的女子，却要孤立无援地深陷在男人的包围里，更有欺侮甚至背叛不时袭来。绝望过吗？或者还有过沉沦？但是她却绝没有真正地降服过，因为她有诗歌这个忠贞不渝、白头偕老的恋人相伴相护。那个给她欢乐给她希望也最狠地伤了她的元稹，是不会怜惜她的伤痛她的怨懑的。但是让元稹没有想到的是，认真的薛涛竟然能够因为有了诗歌而让生命始终生动着。写于公元831年的《筹边楼》，则将她的忧国忧民的情怀和高人一筹的见解跃然纸上："平临云鸟八窗秋，壮压西川四十州。诸将莫贪羌族马，最高层处见边头。"写下这首诗后的一年之后，薛涛就与世长辞了。明朝钟惺在《名媛诗归》中的对这首诗的评说，至今读来还能让人感到作者落笔时的激赏："教戒诸将，何其心眼，洪度岂直女子哉？固一代之雄也！"

在一个专制制度太过久长的社会里，越是美好的女子越会得着无端的轻蔑与侮辱。"妓""乐妓""官妓""营妓""蜀妓""妓女""青楼人""尤物""文妖"等等，有无数的称谓落在薛涛的头上。但是有她的诗在，并有一个丰满美丽独立高洁的女子形象，都会一代又一代地感动着后人。"南天春雨时，那鉴雪霜姿。众类亦云茂，虚心宁自持。多留晋贤醉，早伴舜妃悲。晚岁君能赏，苍苍劲节奇"（薛涛《酬人雨后玩竹》）——虚心自持，苍苍劲节，自由挺拔，独立不羁，这就是真正的薛涛了。

六

长眠在成都的薛涛是幸运的。锦江在思念她，望江楼在等待她，还有日夜守望着她的满园的竹子。当然，最要紧的是世代的成都人全都爱她。

真想变成一丛翠竹，留下来，陪她。

写成于2005年12月12日凌晨，12月23日、24日再改

马嵬驿的贵妃

引子

2009年的一个夏日,在陕西兴平马嵬坡的贵妃公园。青砖砌着院墙,也砌着贵妃的墓,最是她的雕像矗立在夕晖里,汉白玉泛着洁白的光芒,洁白上又有一层淡淡的夕照的嫣红。嫩弱的脖颈仿若不能承受又高又重的发髻,只我一个人,冷冷清清地注目着她,她那洁白与嫣红里,就泅濡着一种难以名状的孤单与怨哀。

当时有联翩的浮想,却又很难汇成一个方向,现在还记得离开时有一个深深的叹息。岁月如白驹过隙,甚至连那声叹息也遥远得很了,觉得生时大红大紫被帝王宠爱、死后又被历代文士骚客所青睐的杨贵妃,不差我这点笔墨,也没有必要再去凑这个热闹。

也许哪一世欠过她的债,北京的凌翔兄看到我的女子系列散文后,郑重地问,怎么没有杨贵妃?九年前那个夏日的印象便点火般复苏,还有有关她的浩繁的细节,以及唐朝的那些事,也就或显或伏地有了些联想与连缀,并一次次地猜想当年的鲁迅先生到底打算怎样铺排唐明皇与杨贵妃的故事。

让我有了动笔欲念的，还是这样一个基本的想法：一千二百多年来，我们真正理解这个叫杨玉环的女子吗？鲁迅先生为什么要这样说——"譬如罢，关于杨妃，禄山之乱以后的文人就都撒着大谎，玄宗逍遥事外，倒说是许多坏事情都由她，敢说'不闻夏殷衰，中自诛褒妲'的有几个？就是妲己，褒姒，也还不是一样的事？女人的替自己和男人伏罪，真是太长远了。"（《女人未必多说谎》）

　　"不闻夏殷衰，中自诛褒妲"，是杜甫《北征》中的诗句，后人习惯性地护君，将这两句诗当成"没有出现像夏及殷商那样的衰亡，是由于处死了像褒姒和妲己那样的杨贵妃"——还是鲁迅厉害，瞧出了其中批判的锋芒：让江山坍塌或糜烂的，是帝王们。

　　虽然找到了文字流动的方向，但却依然久久无法落笔，因为有些细节是那样的矛盾冲突，比如贵妃与安禄山的关系。

　　来美国将近俩月，突遭花粉过敏，投奔美国昆西市海边的朋友、武术家王安林。常会与他论道打坐，一次打坐入定之后，竟然听那个汉白玉的贵妃长叹一声，还抬起沉重的发髻，以手遮阳，看了一阵就要落去的夕阳。我暗自一惊，倒是有了这篇文章的题目：马嵬驿的贵妃。

谁领导了马嵬兵变

　　马嵬兵变不仅是杨玉环与杨国忠的死，更是那个在位时间最久的唐明皇统治的结束——他从此走向了没落与寂寥，而被他立为太子的李亨，就要以肃宗的名义开始他的时代。

　　到底谁是兵变的领导者或者说组织者？一千多年了，没有一个充足的理由支持一种定说。有的说就是一场士兵的哗变，当然是龙武大将军陈玄礼的组织、鼓动和指挥，是他利用了士兵的饥饿而进行了可以留名青史的挽救唐朝的壮举。有的说是高力士，因与宰相杨国忠的权力之争。我最接近信服的，还是认同直接领导者就是太子李亨。这次兵变最大的受益者就是太子李亨，他不仅从此走出父亲的巨大阴影，抢班夺权，更可以铲除一直威胁着自己权力乃至生命的劲敌杨国忠、杨玉环兄妹。首先在拥立太子的关键时刻，杨国忠与李林甫明确支持立唐明皇的宠妃武惠妃之子李瑁。李瑁是万难立为太子，他的爱妃就要成为父亲的爱妃，雄武决断的李隆基废了太子李瑛重新选中了忠王李亨。反对太子者，必然成为太子继位之后被铲除的对象，杨国忠便一直酝酿将太子李亨置于死地。安史之乱起，在腐靡的王朝被叛军击得七零八落之时，暮年的李隆基，已经胆破，曾经打算将皇位让与太子李亨，杨国忠、杨玉环兄妹为了自保、死死劝阻明皇打消了这个念头。而且一旦逃亡到杨国忠长期经营的蜀地，太子真是要凶多吉少了。太子李亨，只有一条路可走，借叛军毁国之危，更借天怒人怨之时，果断兵变，除去杨家兄妹。正是这次兵变，使李亨能够与父亲分道扬镳，一路收拾残军北上，并于一个月之后于宁夏灵武宣布即皇帝位，虚尊偏居蜀地的父亲为太上皇（实际是废了李隆基的皇位）。

  但是不管马嵬驿兵变领导者是谁，实际实施的都是龙武大将军陈玄礼。我曾经一度怀疑这个陈玄礼会不会是太子李亨安插的卧底，但是仔细地听其言观其行，这个将军似乎只是在马嵬兵变关头与太子观点一致。这个人的一生几乎是与唐玄宗共始终，在任神武军的果毅都尉上帮助李隆基起兵诛杀韦后及安乐公主，其后在唐玄宗执政的四十五年间一直得到信任。马嵬驿，他的两句话似乎就判了杨家兄妹的死刑，"若不诛之以谢天下，何以塞四海之怨愤"！

唐玄宗的马嵬驿

杀了玄宗爱妃的陈玄礼，好像并没有因此而与玄宗产生什么隔阂。他照样忠心耿耿地保护着失去皇位的玄宗逃亡蜀地，平定叛乱后再陪护着玄宗回到长安，还被封为蔡国公，直到病故，死在玄宗去世的前一年，可谓善终。

这样看来，玄宗并没有将他爱妃的死去很当一回事，或者，比起他的生命与他的江山来，杨玉环哪怕比她的本来再俊美、再可人十倍百倍，也不过如此。在皇宫的皇帝与逃亡在荒郊野外的皇帝，其心情心态当是不太一样的。当他高高在上、掌控一切的时候，为了对爱妃表达爱情，是可以将爱妃的三个姐姐都封为国字号夫人；可是当他拄着拐棍，在一个兵荒马乱的小驿站，看到自己的宰相杨国忠的头颅挂在矛上，看到杨国忠儿子户部侍郎杨暄、御史大夫魏方进，还有他兴冲冲封下的韩国夫人与秦国夫人（这可是爱妃的大姐与八姐呀）血污的尸体，所谓的爱情早已抛到九霄云外。他所宠爱的安禄山，已经让他惊破了胆魄，如今这个小小的驿站上，哗变的兵士与他们背后的太子，更让他心惊肉跳。凭他在血腥里夺取政权与四十五年间站在大唐权力峰巅上的风云变幻，他一定嗅出了危急的险恶——稍有不慎，自己的性命也会变成一片血污。

当陈玄礼明确提出要他爱妃的性命的时候，37岁的杨玉环不会知道，在71岁的夫君心上，早已将她放弃。驿站局促，爱妃应当就在现场，她的泪眼，甚至她的哀求，都不会让这个曾经给唐朝带来中兴的帝王回心转意。他当然不能直接或爽快地同意，毕竟还有帝王的脸面与曾经一起度过的快乐的岁月，只是到了高力士张开口劝他放弃的时候,他才显得万般无奈一般地痛下了舍弃爱妃的圣旨。他甚至对于大唐的未来已经绝望,只想着逃到蜀地活命;他知道太子掌握的兵力已经超过自己,他心里也清楚了人心的向背。他甚至庆幸还有一个爱妃做他的最后一道防线,或者说作他最后一枚挽救自己的砝码,这不仅可以表示自己的与民同心的英明,还可从长远处将大唐衰亡的责任推托给她与他:看看,是他们把英明的我搅和晕了。

只是他的爱妃,已经无法知道后事了。将她亲手置于死地的夫君,为了表达自己的坚决与无私,专门让人用车子拉着爱妃的尸体放在驿站的正厅里,请兵变的实施者陈玄礼验明正身。《新唐书》《旧唐书》都还为皇帝讳,说得不明不白。北宋的司马光却不管这些,还是在他的那部影响巨大的《资治通鉴》里如实道来:"上乃命力士引贵妃于佛堂,缢杀之。舆尸置驿庭,召玄礼等人视之。"

唐玄宗真的救不下自己的爱妃吗?

首先要确定一个问题:如果唐玄宗一心想救他的爱妃,能否救得下来?

这里要有一个前提:他们之间的爱情,真如白居易的《长恨歌》、白朴《唐明皇秋夜梧桐雨》与洪昇的《长生殿》所写一般,爱得死去活来?果真如此,唐玄宗肯定能够挽救自己爱妃的生命。

以他老皇帝的余威与智慧,求高力士与陈玄礼放爱妃一条生路,应当不成问题;或者"故技重演",贬她重入佛门或道观进行深刻反省;第三条路则是以皇帝之威,直接与太子摊牌,你杀都杀了一干众人,我不说一个"不"字,但大敌当前,我要率领所有的幸存者抗击反叛者,挽救唐朝于既倒,当然能够抚慰我的爱妃必须活在世上;以上都不行,还有最后一条路可以保住他的爱妃,那就是与太子谈判,即刻让皇位于太子,不用什么"上穷碧落下黄泉",他只与他的爱妃终老于蜀山碧水间。

但是皇帝就是皇帝,皇帝有皇帝的哲学,哪怕他是开创了所谓开元盛世的李隆基。于是,他的爱妃,也就只有一条路可走,那便是"宛转蛾眉马前死"。

有书这样描述李隆基:"性英明果断,多才多艺,知晓音律,擅长书法,仪表雄伟俊丽。"多才多艺多情,关键是"果断"。四十五年间,经历多少腥风血雨,不仅经历还亲手制造过一场场腥风血雨(这是皇帝或者想当皇帝者的特长吧)。还在他幼少年时代,就目睹了父亲的皇位被奶奶武则天所废,生母被武则天所杀的腥风血雨。还在二十五岁的时候,他就果断与太平公主联手发动"唐隆政变",诛杀韦皇后,赐死太平公主,逼迫父亲"禅位",一举登上国家的最高宝座。这次政变,安乐公主、上官婉儿等人也先后被杀。那时他就懂得斩草除根,命令全城搜捕韦氏集团人员,"凡身高高于马鞭的男性皆处死"。公元737年,他又果断地与另一个爱妃武惠妃一起,将三个儿子——太子李瑛、鄂王李瑶、光王李琚废为庶人并杀害,改立三子忠王李亨为太子。

果断的玄宗皇帝,来到了他统治唐朝的最后一次果断行动,马嵬驿的果断:将自己的爱妃杨玉环,送入死地。万岁,万万岁!

文人们在贵妃身上大做的文章

马嵬驿兵变之后,文人们在杨贵妃身上做的文章,可谓车载斗量、浩如烟海，但滥觞处却是白居易的《长恨歌》与陈鸿的《长恨歌传》。"回眸一笑百媚生，六宫粉黛无颜色"，形容贵妃的超凡的美；"后宫佳丽三千人，三千宠爱在一身"，叙说玄宗对贵妃的爱，且是专一集中；"缓歌慢舞凝丝竹，尽日君王看不足"，记载他们爱之情趣；"六军不发无奈何，宛转蛾眉马前死"，表达玄宗的不救爱妃的无奈。而诗的主题部分，更是浓墨重彩地摩写贵妃横死之后玄宗的思念与他们爱情的真挚，"在天愿作比翼鸟，在地愿为连理枝"。陈鸿的《传》与歌为一体，也是将一个玄宗塑造为情圣，"三载一意，其念不衰"。歌传一出，安史之乱倒成了李杨爱情的陪衬，玄宗便无形之中逃脱了将国家带入战乱深渊的罪责，反倒出脱成一个情深意厚的情帝。

元人白朴《梧桐雨》，是一部四幕杂剧，戏剧性地也更形象地将一个玄宗写得有情有义，他们先是在长生殿盟誓，"愿世世永为夫妇"，最后是贵妃进入玄宗的梦境，却被雨打梧桐之声打破，"雨更多泪不少"，情帝在新秋的梧桐雨中垂泪思念到天明。

而将李、杨的爱情发挥演绎到极致的，则是清朝洪昇的《长生殿》。从长生殿定情盟誓到马嵬驿兵变，直至唐玄宗重返长安，思念、招魂，杨玉环也想念并忏悔自己生前的罪愆，最终感动上苍，接他们于天上重逢，长相厮守，再不分离。全剧两卷，共五十出，作者历时十年，反复修改，与孔尚任的《桃花扇》一起轰动清朝朝野。

平心而论，这些作品，堪称上乘，甚至都是文学的经典，散发着人性的光芒，又具有着浓郁的文学审美意味。但是，鲁迅先生的不满的确让我们反省：再是动人，大家心里还是存在着一个道统——皇帝动不得，甚至不惜赋予其"人性的光芒"，让其与文人们自己一样的多情起来，更甚至不惜将这样一个薄命的贵妃也作为安史之乱的祸源之一。鲁迅的称赞杜甫，正是基于杜甫对于统治者与历史所持的求实与批判的态度。说过"不闻夏殷衰，中自诛褒妲"的杜甫，早在安史之乱发生前的公元753年就写下了《丽人行》，对玄宗的重用杨国忠，表达着不满，"炙手可热势绝伦，慎莫近前丞相嗔"。

仔细想来，对贵妃有着接近平等态度并予以赞赏的，还是诗人李白。最有名的，当然是三首《清平调》，专门写如仙子神女一般的贵妃，那句"云想衣裳花想容"，马嵬驿的贵妃或许还能记起，记起飘逸而又率直的诗人，并后悔听了高力士的挑拨。就是这个被唐玄宗弃用的诗人，早在公元753年，就写下了《幽州胡马客歌》，发出了安禄山马肥兵壮、有可能叛乱的警告。

鲁迅先生到底怎样看待李、杨的爱情？

想写这位叫玉环的贵妃（当然离不开那个由盛转衰的唐朝与贵妃的夫君玄宗），是鲁迅的宿愿。

鲁迅有一封致山本初枝的信，信中有这样的话："五六年前我为了写关于唐朝的小说，去过长安。到那里一看，想不到连天空都不像唐朝的天空，费尽心机用幻想描绘出的计划完全打破了，至今一个字也未能写成。"这封信写于1934年11月1日，离他的去世还不足两年，也就是说在他的晚年还在记挂着，也惋惜着。

作为曾经的鲁迅的学生冯雪峰，写有一篇《鲁迅先生计划而未完成的著作》的文章，其中也谈到鲁迅要写一篇关于杨贵妃与唐明皇的小说，并具体到鲁迅先生"以为'七月七日长生殿'唐明皇和杨贵妃的盟誓，是他们之间已经感到了没有爱情了的缘故"。鲁迅的另一位学生孙伏园出版有《鲁迅先生二三事》一书，里面专门有一篇《杨贵妃》，更具体地说到了鲁迅的这个写作计划，只是不是小说而是剧本："鲁迅先生对于唐代的文化,也和他对于汉魏六朝的文化一样,具有深切的认识与独到的见解……拿这深切的认识与独到的见解做背景,衬托出一件可歌可泣的故事,以近代恋爱心理学的研究结果作线索:这便是鲁迅先生在民国十年左右计划着的剧本《杨贵妃》。"

不管是小说还是剧本,鲁迅早在自己创作《阿Q正传》的文学早期,就已经有了明确的写作计划。他的计划,当然要有翻案的意思,要将"禄山之乱以后的文人就都撒着大谎,玄宗逍遥事外,倒说是许多坏事情都由她"的案翻过来。他在《阿金》一文里说:"我一向不相信昭君出塞会安汉,木兰从军就可以保隋;也不相信妲己亡殷、西施沼吴、杨妃乱唐的那些古老话。我以为在男权社会里,女人是决不会有这种大力量的,兴亡的责任,都应该男的负。"

鲁迅去西安是1924年的7月,在西北大学的暑期学校讲授《中国小说的历史的变迁》。关于"杨贵妃"写作计划,郁达夫透露的一个细节,却缠绕我许久不得解决,那便是贵妃与安禄山的关系,最终还是不能赞同鲁迅的认知。郁达夫写于1926年的《历史小说论》一文,说鲁迅先生"从前老和我谈及,说他想把唐玄宗和杨贵妃的事情来做一篇小说。他的意思是:以玄宗之明,哪里会看不破安禄山和她的关系?所以七月七日长生殿上,玄宗只以来生为约,实在是心里已经有点厌了,仿佛是在说'我和你今生呢个的爱是已经完了!'"。

贵妃与安禄山,有着怎样的关系?

贵妃与安禄山

写明皇的贵妃,绕不开她与安禄山的关系。可是一千多年来,文人们好心地绕开了，只是深挖她与唐明皇的爱情与思念。打算写贵妃的鲁迅先生，不仅不想绕开，还要直面他们的有关系，甚至肯定了贵妃与安禄山的暧昧，更进一步说"以玄宗之明，哪里会看不破安禄山和她的有关系"。

安禄山的情商不低，虽极肥（有的称其为"痴肥"，当然，贵妃也胖），跳胡旋舞却能"原地旋转如飞"，以商人起家，通晓六国语言，最为玄宗宠信，节度北方三镇，掌管大唐三分之一的兵力——似乎都为他与贵妃的"暧昧"设下了前提，何况是舞蹈家的贵妃，那支展现贵妃才华并获得玄宗深喜的"羽衣霓裳舞"，就有胡舞的元素。年龄当然不是障碍，安禄山虽然比贵妃大16岁，可玄宗更比贵妃大34岁。

我常常会一点点地挑出一个个当时的细节来打量，打量来打量去，怎么也不能落实他们之间的"暧昧"。非但不能落实，还会得出相反的结论：杨贵妃与安禄山，或许根本就没有这种暧昧。

从一个女人的角度考量，她会以女人的直觉，感觉到这个痴肥者背后的肮脏残忍，尤其是他的狡诈，甚至淫邪——哪怕这种狡诈与淫邪藏在娇憨与天真、巴结与尊崇之中。也许她曾表示过亲昵，那也是对于皇帝宠信安禄山的一种顺从，一种演戏。宫中非同乡野，眼睛不是一双两双，贵妃与安禄山又都不是寻常人物，更全部都在玄宗的眼皮子底下。不要说皇帝仍然喜欢着爱妃，就是在曾经喜欢甚至爱过的女人的角度上，"英明果断"的明皇，也绝对不会让这个胡人染指。哪怕喜爱已经淡薄甚至冷淡，就是从皇帝的面子与尊严上计较，玄宗也绝对不允许任何人稍有侵犯。贵妃自己，何尝不能明白其中的险恶——一种会将自己置于死地的险恶。这个狡猾异常的安禄山，尽管将一个唐朝的众多官员贿赂得尽为其说好话，可是毕竟还是有人看穿了他深藏的反叛之心，更何况权力的斗争瞬息万变，揭发、警告安禄山造反的人，不仅光是杨国忠。一直到安史之乱将要暴发的时候，玄宗还对其坚信不移，甚至要将说安禄山造反者捆绑起来送交安禄山。这也从另一个方面证明着贵妃的清白。如果玄宗真是如鲁迅先生所言，看破了所谓贵妃与安禄山的什么关系，就是十个安禄山也早已没命了。

安禄山自认贵妃的干儿子——这是他早已用过的伎俩，早年他就从认幽州节度使张守珪为干爹而发迹——这是他巴结与麻痹玄宗所走的一条曲线，也是满足贵妃虚荣心以企图让她在玄宗面前美言从而蒙蔽玄宗的奇招。至于传说中的"洗三"——贵妃在这个痴肥干儿生日的第三天为其洗澡——我以为全是后人埋汰贵妃的编造。

长生殿的那天晚上

贵妃与玄宗长生殿盟誓的时间在公元751年七月七日晚上，距杨玉环被册封为贵妃已经六年，离七年之痒还有一年，就已经迫不及待地非要盟誓才能修好；距离马嵬驿贵妃惨死，还不到四年，也就是说盟誓等于白说。

这个长生殿就在贵妃"温泉水滑洗凝脂"的华清池旁，建于玉环当了三年贵妃之时，是供奉唐代自高祖李渊、太宗李世民、高宗李治、大圣皇后武则天、中宗李显、睿宗李旦及追封的太上玄元皇帝老子李耳的灵位之地，所以唐代该殿也被称为七圣殿。那夜一定是月朗星稀，也会缱绻到半夜之后，两个人也一定会甜言蜜语，甚至还勉为其难地云雨之欢。白居易好像听见了一样，言之凿凿地说誓词便是"在天愿作比翼鸟，在地愿为连理枝"。千年之后的洪昇更是绘形绘色，"金风玉露一相逢，便胜却人间无数。柔肠似水，佳期如梦，遥指鹊桥前路。两情若是久长时，又岂在朝朝暮暮"（《长生殿·密誓》）。

关键就在他们为什么非要盟誓？记得小时候夏天去邻居瓜地里去"爬瓜"（实则就是从庄稼地里偷偷爬进人家的瓜地摘瓜吃），被人告到大人处，被大人追打急了边跑边向大人骂誓：没偷没偷，谁偷谁是小狗！好端端的，盟什么誓？还是鲁迅看出了破绽：爱情出现了问题或者干脆就没有过。

按说，他们是有着相当的爱情基础。玄宗风流倜傥，可别称作曲家；贵妃性格婉顺，有文化，通音律，善琵琶，精歌舞，惺惺相惜是免不了的。加上雄厚的物质基础：皇帝无上的权力与贵妃罕见的美色（甚至包括超级的性功能）。但是李、杨之爱到底还是出了问题，非要两个人过家家一般，深更半夜在偌大的一个殿堂里向天盟誓。

在他们盟誓之前，贵妃有过两次被玄宗赶回娘家的记录。一次在天宝五载七月（746年），即封为贵妃的第二年；一次在天宝九载（750年），他们盟誓的前一年，"贵妃复忤旨，送归外第"。对于被赶的原因，新唐书、旧唐书均未记载，不知是因为事小不足以记还是专门为皇帝避讳。直到宋人的《资治通鉴》，才透露了一点消息，还是护着皇帝说女人的不是："妃以妒悍不逊，上怒，命送归。"

性格婉顺、且有文化素养的贵妃，都被逼得"妒悍不逊"，玄宗当是作下了有损脸面更有损情感的事情。是什么呢？已经无法考证，但从历来皇帝骄横荒淫的前后例子分析，玄宗肯定是做了有违盟誓的事情。杜甫还有一首《虢国夫人》的诗："虢国夫人承主恩，平明骑马入金门。却嫌脂粉污颜色，淡扫蛾眉朝至尊。"玄宗是将贵妃的三个姐姐封了国夫人的，大姐韩国夫人，八姐秦国夫人，八姐便是封的虢国夫人。非文非武非大臣，天还没大亮就去朝至尊，这关系也有点数芜杂难评了。本来，皇帝是三宫六院，宫中有三千佳丽，没谁非要他专一用情。可他看见了罕有的贵妃，爱慕之心像烈火一样地噼噼剥剥地燃烧，不惜从儿子寿王李瑁的手中抢来，更不惜给杨家无限好处，给贵妃无限爱抚（当然包括爱的山盟海誓）。贵妃当然喜出望外，爱情之火也就烈烈地烧了起来。但是，纯粹美丽的佳人贵妃，哪会想到帝王根本就不会有什么真正的爱情，她与她们，只是他的玩物而已——说得好听点，一个阶段的慰藉罢了。于是便有了贵妃的"妒悍不逊"，便有了长生殿的盟誓，也便有了马嵬驿的贵妃横死。

贵妃与她的第一位夫君寿王李瑁

贵妃杨玉环是一位悲剧性的人物，虽然享尽了荣华富贵，却在繁花似锦的盛年，命殒马嵬驿，并在其后的一千多年间，为玄宗担着罪责。除此之外，她的内心深处，一定还有不为人知的忧苦，那便是硬生生被夺走的初恋与婚姻。而她的第一段爱情与婚姻的主角，是比她小一岁的寿王李瑁，则更是一个悲剧式的人物：不仅要在一生里暗自咀嚼失去爱人的痛苦，还要在一生里蒙受妻子被父亲抢去的屈辱，更为悲哀的是这种痛苦与屈辱，只能默默地吞咽，不能有哪怕一点不满的表示。

李瑁是唐玄宗李隆基第十八个儿子，他在姐姐咸宜公主的婚礼上与杨玉环一见钟情，并在妈妈（父亲的头一个爱妃武惠妃）的请求下，玄宗当年便下诏册立杨玉环为寿王的王妃。他们于第二年（公元735年）成婚，和美甜蜜地生活了整整五个年头。也许幸福才刚刚开始，父亲也知道儿子的幸福，但是父王的魔掌掐断或曰掐死了一切，原因只有一个：玄宗第一次看到罕见美丽的杨玉环就动心了，而且不仅动心，还立即付诸行动。

最不讲道理的也许首推皇帝，可是他越是不讲道理，却越要打起冠冕堂皇的旗帜。看看玄宗的做派：你们要孝顺呀！为了给你们的奶奶、也就是我的母亲窦太后荐福,诏令杨玉环出家做道士,并赐道号"太真"——太假的事偏偏要冠上太真,命令杨玉环立即搬出寿王府,住进了太真宫。就是说,我看上的人,哪怕是儿媳妇,也要"名正言顺"地抢过来。当了五年道士的玉环,当然也做了玄宗的五年情人。五年之后的天宝四载(745年)年七月下旬,玄宗皇帝大发慈悲为儿子李瑁赐了一位韦氏王妃;十天之后,他便让那位叫"太真"的道士,变成了自己的贵妃。一面是儿子寿王李瑁滴着血的耻辱与悲伤,一面是父皇爱情招牌下的淫欲的狂欢。贵妃呢?只要龙体欢娱,她是没有选择的权利的,只有皇帝才有无限选择的权力。

回到鲁迅先生要为贵妃翻案的那句话:禄山之乱以后的文人就都撒着大谎。他们撒着怎样的谎?都不提玄宗从儿子手中夺走杨玉环,反倒都在竭尽所能渲染玄宗的情深意长。只有晚唐的李商隐,看到这点,也用心体会着寿王李瑁的悲苦。他有一首不大被人注意的诗歌《骊山有感·咏杨妃》:"骊岫飞泉泛暖香,九龙呵护玉莲房,平明每幸长生殿,不从金舆惟寿王。"只有这位悲剧的寿王不能不愿也无法跟随父皇的圣驾,父皇所亲幸的那个女子,曾经就是自己深爱的妻子呀!爱妻离开自己的第二年,李瑁终于找到了一个能使自己的郁结舒缓一下的机会,自己的养父宁王去世,他安安静静地守孝三年。心灰意冷之中,他与被赐给他的韦氏平淡生活,生有五个儿子,直到为55岁上病逝。

只是不知他后来去没去过马嵬驿凭吊?

马嵬驿的贵妃

她已经习惯了忽略这些兵马。这些兵马,曾经是那样温顺、听话,几乎是俯首帖耳地保护着她与她的家人；而今天，他们却一个个成了如狼似虎的敌人。连那个巴结了自己十多年的高力士，也看出了她的慌张——连自己都觉出了因为慌张而呼吸的急促与面部的热烫。才是六月，已经浑身汗淌。她当然不会知道，在高力士的眼里，他的贵妃娘娘正现着一种从未有过的美，艳如桃花的面，灼灼发光的眼，还有从汗里飘逸而出的微微的生命之香。她只是感到高力士的眼睛是那样热烈而又放肆地盯着自己，有了从未有过的欣赏，还有一点点不易觉察的不舍。

但是这些并不让她从根本上害怕，也无法动摇她对未来的渴念与信任，一种无法遏止的生命的力量，如此强大地让她意识到当下一刻一刻的重要与珍贵。真的，她并不真正绝望，即使见到了杨国忠被枪尖挑着的头与姐姐们血污的尸体——因为她有那样强大的夫君，那个轻轻一声就可以地动山摇的皇帝的夫君。安禄山算什么！他曾经那样玩偶般在夫君与自己的面前，难道都是装憨卖呆？

她只是将信任的眼睛实实地落在夫君的身上，犹如一只小鸟在大风里望着眼前的大树与树上安谧的巢。但是，那双曾经那样让她信任的眼睛却躲闪着，一次次。

她又听到士兵的鼓噪与嘈杂了，高力士出去又回来，脸上布了霜一般地冷，她竟然听到了那个死字，却是直接与自己有关。她不能相信，才37岁，一切都似乎才刚刚开始。

她相信她的无所不能的夫君。

但是陈玄礼来了，那个与自己的夫君差不多年纪的陈玄礼呀，平素是那样尊重自己。一个英武天下的人，在自己的面前，总会颔首恭敬，可是今天他连看也不看她，就径直与夫君商量关于她的死！

她相信她的夫君！长生殿上的盟誓，如在眼前，他说得万般温柔却又斩钉截铁。"在天愿作比翼鸟，在地愿为连理枝"，是双双一起，患难与共、风雨同舟。虽然盟誓的当儿，自己的心上曾经掠过一阵凉意，有了些意兴阑珊的意味，但那可是面对面的双双盟誓，况且还言犹在耳。

她本能地将所有的希望凝成一道信任的目光射向自己的夫君：救救我！

可是，可是，他的眼睛竟然如此陌生与冷漠。那双曾经柔情似水的眼睛里，有着藏不住的兽的光芒，残酷得没有一丝一毫的犹疑。他激灵想起，还在她身为寿王妃的第一次与这个大唐皇帝相遇的时候，也是碰到虽稍纵即逝却又确凿无疑的兽的光芒，只是那次热这次冷，透过她"凝脂"的肌肤，一直寒彻心底。

贵妃战栗起来。

她定定地紧盯着这个陌生的皇帝，哪怕他如今只是一根稻草，她也要紧紧地不松手地抓住。她想放开歌喉，让他听听他曾百听不厌的歌曲；她想重施粉黛，在他面前出落成一个崭新的贵妃；她想像荷花抚动水面一样调动起仙子般的舞步，为他跳出最好的《霓裳羽衣》；她甚至都想大声地重复七夕之夜他们的誓词，只为让他那兽性凛凛的目光变得温柔一些、人性一些，好使事情有所转圜。

贵妃浑身战栗着。

但是她竟然看到他朝那个陈玄礼点了点头，没有任何犹豫地点了点头。

那一刻，轰然倒塌，一切的一切。等到醒来，她已是被高力士牵着，走上佛堂。她似乎重新燃起生的希望，啊，既然那时可以让我改名太真做道士，今天我甘愿再改一次名做比丘尼。冷冷的高力士，指指佛堂前的那棵已经不算太小的梨树，稍作端详，便将自己手中的那条白绫搭上一枝腕口粗细的树杈，并从容地绾上死神大口一般的套，抱歉地说"这是圣命"。

贵妃泪如雨下。小小的青青的梨，在树上满挂着。来年，不，以后所有的年份的春天里，这棵树上所能够开放的花朵，也不如贵妃的泪珠儿多。梨花带雨，她就是带雨梨花的花仙了。

她一定想到了她的寿王，想到初恋时的悸动，还有那兴冲冲却也平安生活的五年，是那样让人刻骨地留恋不已。如果时光可以倒流，她一定会重投李瑁的怀抱，且永不分离。一个女子，尤其是在眼睁睁地看到哥哥的死姐姐们的死而自己也马上就要死于非命的时候，她该是多么渴望回到那样兴冲冲却又安生无忧的日子。甚至，哪怕与一个普通的百姓人家的男子，相爱着平安平凡地过一生，也是多么宝贵、多么难得、多么可遇不可求。

她不怪高力士，她看到高力士也在落泪。噢，她又想起那个被赐金放还的李白，"云雨巫山枉断肠"，这个世间毕竟还有一个怜香惜玉的诗人。而绵绵不息的后人，一定会通过那些诗，感叹她这样一名无辜女子的命运吧？

空漠的泪眼望向多云的天空。她缓缓地又果断地（如她的玄宗一般的果断），将头上琳琅的首饰，一件件地扯下来，不管凌乱的美发在细风里摇曳，只一件一件地扯干净，扔在脚下。

"天哪！"她凄厉地长号一声，跃身投缳。

2018 年 5 月 30 日，写成于美国昆西大海边

陆游与唐琬的沈园

一

三年前的春日，进绍兴的沈园，正下着雨。不是那种急雨，却又绵长细密。雨在园中的湖上飞溅，仿佛是一位玉手在弹奏着琴弦，诉说不已又寂寥深深。雨在每一片叶子与花朵上流成湖泊，蓄蕴起旷世的忧伤。那个陆游与唐琬的雕塑，也在雨中汩汩地泪流。我在他们的像前停下，让雨洗礼，却分明地感到，唐琬与陆游的泪流，有交叉又有分别，相融之后又各自流向自己的远方。

这是人的沈园，不是大自然的沈园，处处都化着人的气息。所谓人的气息，探到底，不就是一个爱字吗？古往今来，古今中外，凡将爱字擎在头上种在心底的，都如明灯，指引着也吸引着人类前进的脚步。爱又是多灾多难的，因为有恨在爱的前面挖下深渊、树起绝壁，爱也就变成了一场又一场的悲剧。但是再深的深渊、再陡的绝壁，又如何能够扼杀尽爱的顽强与生长呢？爱是不死鸟，它能够将深渊化作渡舟的河流、将绝壁化作赴约的鹊桥。

沈园的灵魂，早已是那阕让世人咀嚼不休的《钗头凤》——

"红酥手，黄縢酒，满城春色宫墙柳。东风恶，欢情薄，一怀愁绪，几年离索。错，错，错！春如旧，人空瘦，泪痕红浥鲛绡透。桃花落，闲池阁，山盟虽在，锦书难托。莫，莫，莫！"这是让唐琬铭刻在心上永也不能磨灭的心曲了，而她的那阕《钗头凤》，陆游看见以及知道唐琬的早逝，已是多年以后了——

"世情薄，人情恶，雨送黄昏花易落。晓风干，泪痕残，欲笺心事，独雨斜栏。难，难，难！人成各，今非昨，病魂常似秋千索。角声寒，夜阑珊，怕人询问，咽泪装欢。瞒，瞒，瞒！"——朱东润先生在《陆游传》中说唐琬的和鸣"可能是后人的附会"，但我却信以为真，这种刻骨铭心，这种柔肠百转，还有那丝丝入扣的场景与细节，都不是可以随便"附会"的。

二

表亲唐琬，当是比陆游大些的吧？二十岁的陆游却将短暂的相爱，当作了一生的慰藉与怀念。

陆游的妈妈，既是婆婆又是姑姑，当然就是那个"东风"了。她想不到自己做主又是媒妁之言的儿子的婚姻，会是如此的亲密，那种眉目中的火花，那种带着些娇憨与神秘的謦笑，还有夜时的动静，都让这个婆婆心生不快。但她隐忍着，只是催促着儿子为了功名而用功。

不满是可以积聚的，尤其在师出无名的时候，只能在心头酝酿。一年，两年，这种怨尤终于有了着落：不能生育。这是个大理由，也是最为冠冕堂皇的理由，母亲直接向儿子下达了休妻的任务。

儿子是反抗的，原因只有一个：爱。

况且爱得如胶似漆，不仅是肉体的谐和，还有精神上共鸣时的美妙。从那么小的时候，他们就有了亲如一家的情分，大着陆游的唐琬，甚至还会像个姐姐般疼他护他。有着文学天赋的陆游，想不到妻子兼表亲的她还有着高级的文化修养，两人的共同话题，也就更加深与广了。

母亲的"任务"无疑是晴天霹雳，反抗是必然的。陆游会向母亲申述理由，不成，拖延也不失为一个办法。但是，这一切更加坚定了母亲的专制，他已经被休妻逼到了墙角。小两口，更加缠绵了，只是这种缠绵往往要淹没在饮泣里。陆游在离家远一点的地方，为自己的爱人寻下了一个住处，也重新安顿起爱的小巢。那时的会稽，虽繁华却并不大，躲得过一时，又怎能瞒得过众人的眼睛？陆游终于向母亲妥协或叫投降，被休的唐琬，让心流着血离开了陆家。失去了爱人，却保住了孝名也更加坚定了功名之心，虽然这种功名心有时是与报效国家相混淆。

三

几乎一年没出，休妻的陆游便娶了王氏；三年之后，痛苦着的唐琬，也嫁给了皇家后裔赵士程。

分别再续，本可以安安生生各自到老。可是绍兴沈园的不期而遇，竟让他们各自的心里激起了永不会熄灭的波澜。在一起的日日夜夜，还有那些美丽得让人惊异的镜头，都一一复活在各自的心里，而这些戛然失去时的痛楚也就格外的凌利。悸动，如春雨淋着似已干涸的心地，不约而同，都想到了天意：这是对于他们相互思念的回报吧？原以为已经放下的双方，四目相触的瞬间，都忽然明白：并没有忘却。已经分手近6年的陆游,是在27岁的时候再遇心上之人,那是曾经体息相融于一处的爱人啊。尤其是还不到30岁的她,竟有了凋零的兆信,眉间的苦,竟是触目可见。

唯一幸运的是,痴情的唐琬又得到了另一个男子的深爱——再嫁的赵士程,并不在乎唐琬是二婚,他从心里爱这个内涵丰富又罕见俊美的女子。他把自己虔诚的爱,献给自己的初婚。

陆游与唐琬相碰的目光,他心悉而又懂得。爱这个女人,就不能让她委屈。不能让唐琬提出要求,这太过难堪。是赵士程主动提出,以夫妻两人的名义,给陆游送上酒与肴。

醉酒后的陆游,和着泪挥笔在沈园的壁墙上写下《钗头凤》。不久又借故再来沈园的唐琬,流着泪写下自己的《钗头凤》。这年的深秋,她病卧床榻,抚摸着勉强留下的唯一的纪念——一支金钗(也是陆家老辈传下的),病重而去。她不是不知道赵士程对她的好,她只是太痴,再也不能放下。

真是苦了那个赵士程。这个宋太宗玄孙赵仲湜之子、宋仁宗第十女秦鲁国大长公主的侄孙,在自己的妻子唐琬去世之后,终身不娶。

四

八百年的时空过去,数度易手、数度变换的沈园,还是让陆游与唐琬的灵魂萦绕得缱绻复缱绻。

直到我们依依不舍地离开沈园,沛然的雨还在淅淅不绝,仿佛就从八百年前而来。想想,只有一个情字不老,就如园中的松柏竹石。看似翻天覆地、沧海桑田,但是仔细地打量人间之"情",不仅最为耐磨，还要一代代地郁郁葱葱。

　　回山东的路上，陆游与唐琬几乎就没有离开过。八百年的时间，多么短暂，他们的事情，包括他们生命的呼吸，都好像历历如新，仿若眼前。

　　陆游与唐琬，其实是不对等的。在唐琬，爱情就是一切，将只有一次的生命投入进去，不燃烧净尽就不会罢休。两阕《钗头凤》犹如两颗心相碰相撞，一颗撞击出生命的火花，一颗却就这样碎了。

　　在陆游与唐琬沈园相遇四年之后，唐琬的新坟已旧，31岁、朝气勃发的陆游却发下"学者当以经纶天下自期"的宏愿。爱情之上，还有功名，功名之上还有文学，文学之上，还有体现在抗敌与收复失地主张中的爱国主义，"平生铁石心，忘家思报国"（《太息·宿青山铺作》）。

　　他的唐琬与他们的沈园，真的就轻淡下去了吗？

五

　　1127年的靖康之变，金朝南下攻取北宋首都东京，掳走徽、钦二帝，导致北宋灭亡与南宋建立。此时才两岁的陆游，也便开始了自己以雪耻抗敌、收复失地为主要理想的一生。

　　南逃之后建立的南宋，也便让主战与主和交替扭结成为南宋一朝的为政主题。赵家王朝的皇帝们，北宋时的深度腐败致使亡国，而南宋只图自保下的主和的"主旋律"，不仅出卖了北方沦陷区的人民，也加重了对南方人民的奴役。随着主战派张浚、岳飞、李炎、韩侂胄等人的死亡与罢斥，有良知也有远见的陆游一生的沉浮坎坷，也就可想而知了。

至今读他的那些滚烫的诗句,仍然让我们感受着那颗热切的心——"逆胡未灭心未平,孤剑床头铿有声","上马击狂胡,下马草军书,二十抱此志,五十犹癯儒","丈夫五十功未立,提刀独立顾八荒……楚虽三户能亡秦,岂有堂堂中国空无人","我亦思报国,梦绕古战场"。

他曾经得到过皇帝的眷顾,尤其是孝宗。但是当他的抗战主张与统治者根本利益相冲突的时候,加之不可逆转的官场腐败的推波助澜,罢黜与冷漠甚至污蔑,也就如影随形般伴随他的一生了。比如在他48岁知嘉州的官职已经发表的时候,皇帝突然根据言官指斥的"燕饮颓放"而将其罢免。唐朝的那个柳永,可以"奉旨填词",南宋的陆游为什么就不能来个"奉旨颓放"?他不紧不慢地说:这个说法别致得很,就作为我的别号吧——"门前剥啄谁相觅,贺我今年号放翁"。陆放翁,只这一个别号,就让他有了别样的、可以对皇朝表达不满的也是不朽的称号。

当国家就是一个悲剧的时候,真正的知识分子,谁能逃脱悲剧的意味呢?"朱门沉沉按歌舞,厩马肥死弓断弦","倚楼看镜待功名,半世儿痴晚方觉","学剑四十年,虏血未染锷……战马死槽枥,公卿守和约","遗民泪尽胡尘里,南望王师又一年","可怜万里平戎志,尽付萧萧暮雨中"……尤其是那首有名的《书愤》诗,就在悲壮之中浸染着整体悲剧之下的无奈与挣扎——

> 早岁那知世事艰,中原北望气如山。
> 楼船夜雪瓜洲渡,铁马秋风大散关。
> 塞上长城空自许,镜中衰鬓已先斑。
> 出师一表真名世,千载谁堪伯仲间。

只是家乡的那个沈园呢？还会在他的梦中出现吗？

六

等到陆游再去沈园，已是他63岁的时候。他哪里是去沈园，分明是在回味寻找相遇的时光。唐琬的早逝他已知道，而唐琬的那阕《钗头凤》却是第一次看到。官场的失意得意，都不如这颗心的诚与真。人生漫长而又短促，漫长的是苦痛与相思，短促的是离别与时光。

不要说那个温婉而又灵犀相通的人儿，就是她亲手做的那对菊花枕头，也早已失去。只是枕上的青丝与枕上的话语，都还历历如新。又是满园的菊黄与幽淡的清香，时光如水，一去不返，只让那43年前丝丝缕缕枕上的气息，啃咬着他寒苦的心。人渐老，情如旧，他仿效当年的那双玉手，一朵朵地采菊，晒晒干净，再一点点地填充起虚了的枕头，难抑的悲伤便像苍苔一样在胸膛里斑驳明暗。"采得黄花作枕囊，曲屏深幌闷幽香；唤回四十三年梦，灯暗无人说断肠"；"少日曾题菊枕诗，蠹编残稿锁蛛丝。人间万事消磨尽，只有清香似旧时"——

在这些诗句的前面，还记有他专门的留言：余年二十时尝作菊枕诗颇传於人，今秋偶复采菊缝枕囊，凄然有感。

以诗记怀的第三次踏进沈园，他已是68岁的老境。"枫叶初丹槲叶黄，河阳愁鬓怯新霜。林亭感旧空回首，泉路凭谁说断肠。坏壁醉题尘漠漠，断云幽梦事茫茫，年来妄念消除尽，回向神龛一炷香"——这首诗写于1192年，枫叶刚红槲叶正黄，两鬓霜意更浓，又来到当年偶遇的地方，却早已是生死两隔，只是那个幽怨而又惆怅的爱人，踽踽踽地走在黄泉路上，人瘦肠断。早年题下那阕小词的墙壁已经圮坏，残余的字迹上也已是漠漠的尘埃。好在沈园新的主人，感佩于他们的深情，已将墙壁上的题写，雕刻于一块石头之上。一字字地读来，茫茫的往事便一一浮上心头，好不凄怆！

"城上斜阳画角哀，沈园非复旧池台。伤心桥下春波绿，曾是惊鸿照影来。""梦断香消四十年，沈园柳老不吹绵。此身行作稽山土，犹吊遗踪一泫然。"（《沈园二首》）当75岁的陆游，在一个春日里又一次站在两人四目相接的亭台前，哀厉的画角正在夕阳里呜咽，他再也忍不住情感的波涛，干脆就涕泗涟涟了。国破飘摇，朝政诡谲，人生如梦，暮年凄清，他踱到当年擦身而过的桥上，望着被树影映绿的春水，却再也找不到她的倒影了。这时，他才清清楚楚地明白，就是自己化作了会稽山上的一抔黄土，也会乘风再来沈园，悼吊曾经的遗踪。

再有十年的工夫，他真的就要化为稽山的一抔黄土了。

七

在陆游存世的九千多首诗歌之中，写他与唐琬沈园的，虽只是极少的数量，却是动人心魄的存在。

南宋一朝，在民间长大的孝宗皇帝，算是对国家有所作为，对陆游也算不薄。他曾问周必大当今的诗人谁能与唐朝的李白相比，周必大说只有陆游。虽屡遭贬抑，陆游还是曾经有过不少的头衔：中大夫、直华文阁、提举祐神观、兼实录院同修撰、兼同修国史等。只是国家不幸诗人幸，作为诗人，陆游是南宋少数几个有成就的诗人之一。他学江西诗派，学梅尧臣，学李白与杜甫，但他最终又跳出他们、自成一家，天赋之外，全仗个人命运与国运的纠葛扭缠之中的不离不弃，还有生命在压抑与挫折时的喷薄、坚持、反抗与创造。

即使留世的九千多首诗歌，也仅仅是他已经写出的一小部分。有些在岁月的周转中流失了，有些则因为碍于时势而"自杀"了。如他的剑南诗稿，42岁之前只有94首，实际上，他在42岁之前，共作诗18800首，陆续删定为940首，而最终我们所能见到的却只有这94首。他曾说，"予十年间两坐斥罪，虽擢发莫数而诗为首。谓之嘲咏风月，既还山，遂以风月名小轩"。即使是对知识分子相对宽厚的两宋，其政治的严酷也略见一斑。

陆游的诗论只是偶尔为之，却也流传为定则。"汝果欲学诗，工夫在诗外"；"诗首国风，无非变者，虽周公之幽亦变也。盖人之情，悲愤积于中而无言，始发为诗，不然，无诗矣"；"贾生痛哭汉文时，至今读之有余悲"；"文章最忌百家衣，火龙黼黻世不知，谁能养气塞天地，吐出自足成虹蜺"；"至论本求简编上，忠言乃在里闾间"。

"吐出自足成虹蜺"，陆游在他47岁时开始诗风的巨大转变并一步步攀向自己一生中诗的峰巅。进入主战派、四川宣抚使王炎的幕府，而王炎的宣抚司驻地就在抗敌前沿的南郑（今陕西），这让以抗战收复失地为一生理想的陆游，终于有了用武之地，生命也便绽放出奇异的光彩，而这种奇异的光彩就体现在他的诗歌之中。

从南郑之后，陆游的诗便在中国诗坛之上，有了自己鲜明的标志：磅礴雄沉，浪漫飞扬，悲愤快乐，将情感挥洒成激荡的大川，将思想燃烧成明亮的云霞。早期的雕琢与早期语言的"规矩"，都被生命的深度与广度、历史的真切与细腻所取代所突破。"忆昔西征日，飞腾尚少年……何时闻诏下，遣将入幽燕"，意气飞扬，豪气干云；"念昔少年日，从戎何壮哉，独骑洮河马，涉渭夜衔枚"，军事行动的具体正好体现着生命力的高扬；对于"食人不知数"的猛虎，陆游"我闻投袂起，大呼闻百步,奋戈直前虎人立,吼裂苍崖血如注",这种豪迈与昂然,连李白也会欣羡的吧?国士岂能忘国,猎猎的壮怀,尽是气吞山河的豪情:"千金募战士,万里筑长城;何时青冢月,却照汉家营"。(《古意》)

在这样的前线,在对于胜利的渴望中,于雪花飘飘的北方,他当然不会忘记绍兴的沈园,不会忘记那个让自己神魂欢愉的女子:"叹往事不堪重省,梦破南楼,绿云堆一枕。"(《清商怨·葭萌驿作》)

八

诗人毕竟还是诗人,人如枯木,情如青藤。81岁的陆游腿脚已经衰软得无法迈进他与唐琬的沈园,但是他还是执着地将他们的沈园,栩栩如生地安放在自己的梦里——"路近城南已怕行,沈家园里更伤情。香穿客袖梅花在,绿蘸寺桥春水生";"城南小陌又逢春,只见梅花不见人。玉骨久成泉下土,墨痕犹锁壁间尘"。(《十二月二日夜梦游沈家园亭二首》)其他的人间所历,不管是轰轰烈烈还是幽径百转,都远了淡了,只有这玉骨、墨痕与伤情,还冷冷暖暖在他行将熄灭的生命的暮霭里。

世上,只有思念不老,像孤清的月光,痴痴地照临。"城南亭榭锁闲坊,孤鹤归来只自伤,尘渍苔侵数行墨,尔来谁为拂颓墙?",这是82岁的陆游,在一往情深地想念他的唐琬与他们的沈园。

爱,是不能忘记的。岂止记忆,窖得越久,就越是黏稠得化解不开。

连翩飞着蝴蝶的沈园,也想不到,已经84岁的陆游,竟然会拄着浑身疙瘩的拐杖,蹒跚着慢慢地挪了进来。他将整个沈园拥在苍凉的怀中，自言自语着：园中的花，还认得我吗？桥是踏不上去了，可是桥下的水，一定记得我们踟蹰的双影。游人们已经穿得那样薄了，可我老了，只觉得拂面的春风也如凛霜般的寒凉。唯一可堪告慰的是，黄泉路上的她，很快就不再孤单了。昏花的眼睛里，有白云翻卷，苍苍的胡须也已皤然如雪。只有那颗心，还在泵着热热的血，也泵着切切的思念。他还在自言自语着，就让我再为你写下一首诗吧："沈家园里花如锦，半是当年识放翁。也信美人终作土，不堪幽梦太匆匆！"（《春游》）

　　1210年的1月，85岁的陆游死了，死前他还写下了不朽的《示儿》："死去元知万事空，但悲不见九州同。王师北定中原日，家祭无忘告乃翁。"

　　他的儿子与孙子，都没能等到王师北定中原的日子。陆游死后69年，南宋就亡了。只有他与唐琬的沈园，不动声色地熬去了元、明、清，有情有义地鲜活到今天，还在缓缓地又深深地在一代又一代人的心上，撞击出不能止息的波澜。

　　　　　　　　　　己亥之夏于山东济宁方圆忻居垦荒斋

苏轼为王朝云写下的文字

苏轼为王朝云写下如许多的文字，在中国古代文学与中国古代文人中是十分罕见的。王朝云、苏东坡，都因为有了对方而成为幸运的人——尽管生途维艰、沟坎密布——因为这些文字就是他们爱情的见证。

苏东坡最著名的悼亡词是写给他的第一任夫人王弗的《江城子·记梦》："十年生死两茫茫。不思量，自难忘。千里孤坟，无处话凄凉。纵使相逢应不识，尘满面，鬓如霜。夜来幽梦忽还乡。小轩窗，正梳妆。相顾无言，惟有泪千行。料得年年肠断处，明月夜，短松冈。"她嫁给东坡时，也就16岁，他们一起生活了11年。有这一首词，人与文也就可以不朽了。这首词写于知密州之时，是密州三曲之一（其他两首分别为"老夫聊发少年狂……"与"明月几时有……"）。

苏轼一生有过三位夫人，都姓王。王弗逝后，接替的是她的堂妹、比苏轼小11岁的王闰之。嫁时20岁的王闰之，虽然陪伴了苏轼25年，却因苏轼屡被贬斥边远之地而离居参半。王闰之固然对于诗词歌赋没有格外的爱好，却温柔体贴、勤恳持家，与苏轼有着深厚的情分。她死于1093年，苏轼是悲痛的，专门写下《祭亡妻文》："妇职既修，母仪甚敦。三子如一，爱出于天。我从南行，菽水欣然。汤沐两郡，喜不见颜。我曰归哉，行返丘园。曾不少须，弃我而先！孰迎我门，孰馈我田。已矣奈何，泪尽目干。旅殡国门，我实少恩。惟有同穴，尚蹈此言。呜呼哀哉！"妇职与母仪，均有一个"爱"字挈领，难怪东坡先生要死与闰之"同穴"。

这位东坡夫人，还做了一件惠及夫君后半生的大事：1074年，在苏轼杭州通判的任上，26岁的王闰之为37岁的夫君收养了12岁的侍女王朝云。王朝云钱塘人，家贫，为杭州歌舞伎，应当初识文字。一进苏门，直到她34岁时去世，23年间再没有一刻离开过苏轼，并成为命运多舛的诗人的风雨同舟人。她的死，在丈夫被流放的广东惠州，因为感染瘟疫。此时，王闰之已经去世3年，孤单更加重了苏轼的伤痛，他为心爱的朝云写下了著名的《墓志铭》："东坡先生侍妾曰朝云，字子霞，姓王氏，钱塘人。敏而好义，事先生二十有三年，忠敬若一。绍圣三年七月壬辰，卒于惠州，年三十四。八月庚申，葬之丰湖之上栖禅山寺之东南。生子遁，未期而夭。盖常从比丘尼义冲学佛法，亦粗识大意。且死，诵《金刚经》四句偈以绝。铭曰：浮屠是瞻，伽蓝是依，如汝宿心，惟佛之归。"这篇《墓志铭》，有着太多的信息："忠敬若一"是其诚，生子而夭是他们共同的伤痛，亲佛近佛学习佛法是他们共同的精神追求。"一自坡公谪南海，天下不敢小惠州"，岂止坡公，天下不敢小惠州，还有一个原因那便是王朝云。惠州有孤山，孤山有朝云，现在又因为这个女子而引出一座东坡纪念馆，更为难得的是惠州的民间每年农历的十二月五日，都会有纪念与怀想她的活动。

而在朝云病逝三天之后，苏轼又满含感激与悲痛，写下《惠州荐朝云疏》，是写给苍天神佛，又是对亡灵的哀诉："……轼以罪谪，迁于炎荒。有侍妾王朝云，一生辛勤，万里随从。遭时之疫，遘病而亡。

念其忍死至焉，欲托栖禅之下。故营幽室，以掩微躯。方负浼渎精蓝之愆，又虞惊触神祇之罪。而既葬三日，风雨之余，灵迹互踪，道路皆见。是知佛慈之广大，不择众生之细微。敢荐丹诚，恭修法会。伏愿山中一草一木，皆被佛光；今夜少香少花，遍周法界。湖山安吉，坟墓永坚。接引亡魂，早生净土。不论幽显，凡在见闻。俱证无上之菩提，永脱三界之火宅。"真是情真意切！

痛苦之中，苏轼写下了这样的挽联：不增不减不生不灭不垢不净，如梦如幻如泡如影如露如电——将爱人常念的《心经》《金刚经》嵌在联中。不仅修墓立碑写铭撰联，还为心爱的人立了一处"六如亭"，亭柱上镌的那副楹联，正是出自东坡之手：不合时宜，惟有朝云能识我；独弹古调，每逢暮雨倍思卿。这副楹联，当然记载着对于朝云的知己之情，也留存着他们共同生活的回忆，美好而家常。是一个什么样的日子？是在一个什么时间？东坡突然扪着自己的肚腹问家人与侍者里面装了些啥东西——回答纷纷，不是文章就是道德；唯独朝云回答他"满肚子都是不合时宜"。那串朗然的笑声，至今还在时空里回响，既是对于朝云的肯定，也因知音之故而使爱情有了更加坚实的基础。他一定回想起与朝云相识的杭州与杭州的西湖。"水光潋滟晴方好，山色空濛雨亦奇，欲把西湖比西子，淡妆浓抹总相宜"，这首《饮湖上初晴后雨》的诗，也许是苏轼写给朝云的最初的文字吧？

回忆是绵长的，爱情是难抑的。"不似杨枝别乐天，恰如通德伴伶玄。阿奴络秀不同老，天女维摩总解禅。经卷药炉新活计，舞衫歌扇旧因缘。丹成逐我三山去，不作巫阳云雨仙"（《朝云诗》），有那个在白居易年衰多病时离弃他的樊素在前，更显出着朝云不离不舍的珍贵。以唱《杨枝词》闻名唐时的樊素，是将晚年的白乐天当作包袱甩掉的吧？这当然也是人之常情，可以理解的。但宋代，却偏偏在常情之外站出一个王朝云来。苏轼的这首诗还有一个小序："予家有数妾，四五年相继辞去。独朝云者随予南迁。因读乐天集，戏作此诗。"乌台诗案之后，苏轼连续地被贬窜蛮荒之地。纷纷离开之际，以苏轼的恕厚与旷达，他肯定也是劝说过朝云离开自己，只是朝云越发地贞静如初，誓要陪丈夫始终。困危之时，坚定地与爱人站在一起，同呼吸共命运，这就是真正的爱情吧？

一个朝云会让天下多少爱男恋女羞惭有加。

"经卷药炉新活计"，此时的朝云当是已经病疴缠身了，煎药求佛，似乎已成苏轼的"工作"。而"舞衫歌扇旧因缘"，则记着他们心心相印的时光。就在惠州吧，演唱丈夫的诗词，也是他们共有的快乐时光，只是到了《蝶恋花·春景》，朝云却不能舞也不能唱，只是泣不成声。"枝上柳绵吹又少，天涯何处无芳草"，不能歌者，是因朝云体见并心疼丈夫屡屡被贬的命运。在佛的世界里，他们还存放着共同的惊喜与忧伤，那便是他们曾经有过的那个儿子"遁"。遁即遁，取自《易经》，卦辞说："嘉遁，贞吉"，"好遁，君子吉"。这是基于自己风波一生的感悟，期待与爱人所生的儿子远避政治，一生安好。

那是22岁时的朝云，终于有了他们爱情的结晶。我想朝云的幸福会超过苏轼，因为在他是之一，在她是唯一。只是东坡为娇儿写下的那首诗，一定会让他的朝云更加幸福："人皆养子望聪明，我被聪明误一生。惟愿孩儿愚且鲁，无灾无难到公卿。"只是，哪有避世的公聊？巨福很快便成巨痛：不到一岁，儿子夭亡。苏轼还有他的文学与公务，朝云却只有丈夫与儿子。儿子去了，她的天便塌了一半。朝云是永远的痛，而最知她疼她的丈夫，也将搅肠剜心之痛化为文字，去追悼与抚慰："吾年四十九，羁旅失幼子。幼子真吾儿，眉角生已似。未期观所好，蹒跚逐书史。摇头却梨栗，似识非分耻。吾老常鲜欢，赖此一笑喜。忽然遭夺去，恶业我累尔！衣薪那免俗，变灭须臾耳。归来怀抱空，老泪如泻水"；"我泪犹可拭，日远当日忘。母哭不可闻，欲与

汝俱亡。故衣尚县架，涨乳已流床。感此欲忘生，一卧终日僵。中年
忝闻道，梦幻讲已详。储药如丘山，临病更求方。仍将恩爱刃，割此
衰老肠。知迷欲自反，一恸送余伤"。断肠泣血，至情至性，时隔千年，
锥心蚀骨。这首诗的题目，也因为痛巨而成为苏轼诗词中最长的《去
岁九月二十七日，在黄州生子遁，小名干儿，颀然颖异。至今年七月
二十八日，病亡于金陵，作二诗哭之》。

　　苏轼写给朝云的文字，还可列一个长长的题单：《西江月·梅花》
《雨中花慢·（嫩脸羞蛾）》《丙子重九诗》《殢人娇·或云赠朝云》……

　　这样一个女子，不仅深刻地影响着苏轼的精神与物质世界，也在
苏轼给我们留下的巨大的精神文化遗产上，留下自己或深或浅的烙印。
不要说"东坡肉"其实是从朝云的手中做出，就是"东坡"之名，也
与朝云有着直接的关系。当着黄州团练副使的苏轼，在山坡上垦种了
十数亩军营荒地，并因由这片荒地的山坡而号起"东坡居士"来。而
这十数亩地的垦种，大多的劳作，还是会落在十七八岁的朝云的身上。
惠州杭州都有西湖。杭州的西湖是他们初识的地方，而惠州的西湖则
是他们永诀的地方。只有他们在两个西湖之上留下的心迹足迹、爱情
文字、音容笑貌，正与绿水青山一样生生不息。

　　　　　2020年10月18日晚七时半写成于山东济宁垦荒斋

苏三离了洪洞县

朱元璋的明王朝真是沾了妓女苏三的大光，四五百年里，是她让中国人常常记起这个朝代来。

九月末的一个夕照下，山西洪洞县古槐南大街上那座西向的明代监狱，就坦白在我的目光里，因为这里关押过后来几乎家喻户晓的苏三，亦被人们称为苏三监狱。当院里汉白玉的苏三，正透过监狱的垂花门，向着世上张望，孤单、清丽，却显着娴静，当然还透着微微的哀怨。软软的夕晖，薄薄地施在饱满的腮上，仿佛搽了淡淡的胭脂，微微的哀怨里便有了隐隐的羞涩。就是这个家常的风尘女子，让这座冷森的历史遗迹，有了些许的暖意，也令炎凉无常的人世，存续着一缕超乎于物质纠葛之外的真情至性。

这就是囚禁过苏三的监狱了。穿过三间过厅向南，即是通监房，十二间窑式牢房，东西相对地挤成一条巷道，阴森里只有两排牢房的檐口处亮着窄窄的天空———溜被铁丝网罩着的天空。被判处死刑的苏三，就是从这条两排普监组成的巷道中被扭入死牢的。由过厅向南走到普监尽头左拐向东，便是嵌着青面獠牙的狴犴头的死囚牢门。因狴犴头貌似虎，世间又叫死囚牢为虎头牢。死囚牢前后两道门，形成一条高一米六、宽一米，长三米的通道。为防死囚犯夺门而逃，两道厚厚的独扇门，一道朝左开，一道朝右开。小小的死囚牢院里，苏三当年洗衣的石槽还在，她打水的井依然向天睁着幽深的眼睛，只有井口处被井绳磨出的十几道印痕，留着再也不会磨灭的记忆。被又高又厚的围墙圈得深井一般的死牢（光是南墙就有一丈八高，厚一米七，为防犯人凿洞出逃，墙内还灌有流沙），是锁不住一颗爱着活着的心的。暗如长夜的死牢里，这个在世上没有一个亲人的苏三，就把与她的三郎曾经相识相聚的时光，当作灯，照亮并且温暖着她那孤寂凄婉的心房。有了这盏灯，地狱也会变成天堂。她已不再畏惧死亡，就是死刑执行时的形式，也不能再烦扰她。在这个人世上，既然早已是一无所有，那就让自己的情感之花，尽情地开放吧。

我待在囚禁过苏三的那间没有窗户的牢房里（院北最西头的一间没有光亮的窑洞），想着这个受过大刑酷刑、被逼"招供"的弱女子的痛苦、绝望、悲愤与冤屈，血液就如九曲黄河一样地冲撞、湍急起来。

明明知道，将砒霜掺进辣面中毒死富商沈洪的，是其妻皮氏、邻人赵昂和拉皮条的王婆，就因为一个"贿"字，洪洞县县衙便将这死罪的屎盆子，兜头扣在了无辜的苏三头上。让我们记住明朝的这张贿赂单吧：刑房吏100两，书手80两，掌案50两，门子50两，两班皂隶60两，禁子每人20两，更将1000两封在罐内，当酒送予王知县（以上均为银子）。

县衙与监狱曾是一墙之隔，当年立有戒石亭，上书"尔俸尔禄，民膏民脂；下民易虐，上天难欺"十六个大字。据《明朝小史》和《草木子》记载，明朝还有规定，地方官吏贪污钱财60两银子以上的就斩首示众，还要剥皮实草。这两条讯息让我们知道古时对于官吏的管理是严格的，贪污受贿60两银子就要"斩首示众，剥皮实草"。尽管如此，从苏三一案，又让我们清楚了一个几乎是"颠扑不破"的道理：说一套做一套，说得天花乱坠，做得男盗女娼，早已是"古已有之"。

痴情总是女子。就是在酷暑之际，戴着死囚的重枷，出了洪洞监狱，被押解去太原的当儿，苏三心里想的念的，还是曾经相爱的三郎——那位吏部尚书的公子王景隆（有的本子叫王金龙）。她想着她的三郎，想着他们在一起的那些个两情相悦的日子。是她的三郎，让这个出身贫苦、七岁便被拐卖到北京前门外草帽巷一家苏姓人开的妓院为妓的女子（因排行第三，故名苏三，号玉堂春），有生第一次尝到了爱情的滋味。她记得她的三郎不吝花去三万两银子，与她在妓院朝夕相处的一年光景；她记得她的三郎银子花尽而被老鸨赶出妓院流落北京街头之时，还在想方设法与她联系的好处；她更记得他们临别时的山盟海誓。常遭踩躏，更渴望着人的尊严，自卑的精神世界里，怎能不掩藏着分量最重的自尊？是她的三郎，有生以来第一次给了她平等的人的尊重；是她的三郎，有生以来，第一个发现并喜爱着她心灵深处的天使般的童真；当然，还是她的三郎，对于她埋藏在放纵生活之下的苦楚与悲哀，有着深切的理解与怜悯。因逢场作戏惯了而养成的铁石心肠，一旦被真情之水浇灌得润活灵鲜起来，是可以萌生并开放世上最美的花朵的。如此，酷刑受过，死牢住过，被判死刑又戴着重枷的苏三，怎能不把自己的心声，唱与她的三郎："苏三离了洪洞县，将身来在大街前。未曾开言我心好惨，过往君子听我言：哪一位去往南京转，与我那三郎把信传……"

痴情就是苦海吧？在这个不人道的男权社会里，男人有着光宗耀祖、"齐家治国平天下"的责任，他们甚至可以为了天下最为自私的皇帝"舍生取义"，唯独不会为了一个痴情的女子而燃烧而牺牲。他们可以是所谓的国家栋梁，却总是情感的侏儒。他们不知羞耻地将自己的情感，伪善地分割成一个又一个的"唯一"、一个又一个的"阶段"（实则始终围绕着一个自私），唯独不能像痴情的女子那样，为了心爱的人全身心地燃烧，直至成为灰烬。于是悲剧，也就总是落在美丽而又痴情的女子头上。

虽然穷文人与中国的老百姓，敬重痛惜这位痴情而又无助的苏三，给了她一个美满而又让人心动的"有情人终成眷属"的大团圆结局——王景隆通过了乡试会试，登甲科，擢御史，巡按山西，为苏三平反冤狱，并最终辞官娶苏三为妾——我还是透过这"千部一腔，千人一面"（曹雪芹语）的大团圆结局，看出了悲剧的实质。

当王景隆流落街头、穷困潦倒，想着妓女这种人对人"有钱的另一样待，无钱的另一样待"，对曾经爱过的苏三疑虑重重的时候，是痴心不改的苏三让人悄悄送去银子，为其置办下衣裳车马箱笼。置办好了行头，又敢作敢当地设下计策，让老鸨重新将王景隆请回妓院，并让他将自己多年积攒下的金银首饰全部带走，"夜阑，生席卷所有而归"。"而归"的王景隆，回到南京的家中安心读书准备考取功名前程之时，也正是苏三备受老鸨毒打虐待、被剪去头发充当厨房贱婢之时，"鸨知之，挞妓几死，因剪发跣足，斥为庖婢"（詹詹外史《情史·卷二情缘类》）。还有，朋友们对于王景隆的规劝，"功名是大事，婊子是末节，哪里有为婊子而不去求功名之理"（冯梦龙《醒世通言·玉堂春落难逢夫》），难道没有在王景隆内心深处鬼祟出没吗？于是，王景隆金榜题名并迎娶门当户对之妻时，又恰恰是苏三被妓院以 1200 两银子之价，卖给山西洪洞马贩子沈洪为妾并在洪洞县陷于冤狱绝境之时。据说，在王景隆一家煊赫的林坟地里，布满着石羊石马等石雕的仪仗，而在王家林地的外边有一个小小的坟，就埋着苏三的尸骨。这不过是人们的一厢情愿罢了，与朝廷一个鼻孔出气的王家，怎能允许一个妓女去"玷辱"他们的列祖列宗呢？

苏三当然不会知道几百年后，中国会有一场"文化大革命"，更不会想到在这场"文化大革命"里,上海会有一篇《批判苏三》的奇文,文中会有这样"奇妙"的文字:"她爱上了一个红袍大官,阶级意识开始变了。而她唱的一句'洪洞县内无好人',更是严重错误。这是诬蔑劳动人民,缺乏阶级斗争观念的表现。"

苏三就是苏三。她需要爱,她敢于爱,死亡的威胁都不能稍稍犹疑她对爱的追寻。

就这样,被侮辱被踩躏的一位妓女,敢于与世抗争,越过心理与世俗的障碍,去争取自己的爱情。非但如此,她甚至宁愿独自承当悲剧的结局,也要将自己全副的生命,不留后路地投入在哪怕短暂却没有渣滓的恋爱里,并将一个男人世界里虚伪苍白的"爱"字,赋予着家常但却坚实耐磨的内容。

明朝的县衙判她死刑,尚书的公子将她舍之于妓院以至于听凭被卖坐狱——中国的穷文人和中国的老百姓却反其道而行之,爱戴她心疼她记念她传唱她,给她赞美给她温暖给她体贴给她美满。《苏三起解》《三堂会审》《玉堂春》诸多传唱她的本子在中华大地代代不绝。除京剧外,秦腔、川剧、豫剧、湘剧、邕剧、评剧、越剧、河北梆子、晋剧、滇剧、徽剧、粤剧等均有演唱苏三的剧目,而且连演不衰。京剧的梅、程、尚、荀四大名旦,虽说各有各的看家剧目,但是演唱苏三的《玉堂春》这一剧目却是公用的。她的好与她的悲,在她戴着死罪重枷的时候,就已经感化了人心。那个姓刘名志仁的刑房吏,不是愤然于苏三的奇冤而偷偷地为她写好了状子吗?还有那个押解苏三去太原的长解崇公道老人,也被苏三的苦难与痴情所感染,竟然在山西洪洞县那棵著名的大槐树下,就要为小女子苏三除去重枷,不但除去,还要在阴历六月天的溽暑之中,替她将枷背在自己身上。在老百姓传唱的戏里,就有这样的对话——见长解要除去自己颈项上的重枷,苏三忍不住问道:"老伯,这是朝廷的王法,如何去得?"长解崇公道立刻答道:"王法?

屁法！她妈的头发！在城里由他，出了城就由咱了！"从中，不是可以清楚地看出老百姓对于一些庞然大物的真实态度吗？虽然鲁迅先生曾经概括中国社会为"想做奴隶而不得的时代和暂时做稳了奴隶的时代"，其实在被压迫被欺凌的百姓的心上，那一点蔑视与反叛的念头，是始终没有泯灭的。

  当然，被她感化最大的，还是她钟情一生的公子王景隆。她的义无反顾的爱，开始之时便如一道烛照夜空的闪电，燃起了王景隆生命里爱的大火。正是这种明丽而又炽热的爱情，让他们将两个生命熔铸为一体，带领有着更多羁绊的王景隆，度过了虽然短暂却要感铭终生的日子、一种物我两忘的爱的至境。而苏三将自己多年来所有的积蓄，让所爱之人"席卷而归"的举动，则为王景隆心胸的开阔与情感的加深，起到了重大作用。这不仅是关切，更是一种忘我，其基础则是博大而又细腻的爱：她怕自己的心上人没有回家的盘缠，她怕如果不能将自己的首饰换成银子，失去三万两银子的王景隆就没法与严厉的尚书老爹交差。钱财，曾经是她行动的唯一准则和生活的唯一支撑。她们没有有情之人，只有与钱有关的"客人"。但是当王景隆带来并唤醒爱的真情的时候，在苏三看来，与这爱的真情相较，银子、首饰、财产一概轻如粪土。还有，妓女的苏三，不仅智慧，且有着异乎寻常的高傲。如果仅仅是王景隆钱财的付出，这难免有着妓院规则的卖淫之嫌。痴着却又清醒的苏三，绝不愿将投入着全部生命的爱情遭受哪怕一点点的扭曲。当她拿出自己多年的全部积蓄的时候，她这个妓院中的女子，在爱情的天平上，终于与尚书大人的公子站在了平等的位置，从而让他们的爱情之花，开得圣洁而又娇艳。无疑，苏三的这一举动，对王景隆同样也是一种唤醒、一种激励，让其领略到超出于功名富贵之上的爱的魅力。

  当然，对王景隆影响最为深长的，还是苏三的苦难与苦难中念兹在兹、不屈不挠的爱情。从妓院的受虐到被卖身洪洞，再到入狱受刑、面临死亡的深渊——所爱之人的非同寻常的苦难，肯定在留有着善根的王景隆心上，引发了巨大的情感的波澜。入骨的疼痛、怜惜与深深的忏悔，无不给了他为爱而行动的强劲动力。虽然王景隆不可能从根本上抗拒朝廷、社会、家庭及传统理念的强大势力，不能像苏三那样全心全意地去爱，但他毕竟大胆地越过了专制社会规定的樊篱，并让心头存放下一份真诚的爱情。如果说他的爱，在开始之时给了苏三新的生命的话，那么，苏三则是用自己全部的生命，让王景隆在渐变之中完成了生命的再造与重生。

于是，一个叫苏三的女子，便以其美好而又高贵的人性、纯粹而又热烈的情感，还有善良而又俊美的形象，独立于大明王朝，并灼灼于中华大地。二百多年后吧，法国的巴黎，出了个名叫玛格丽特的"茶花女"，她有着与苏三几乎相同的命运——也是一代名妓，却同样用自己的全部生命去追求坚贞的爱情，直到如瀑布一般在悲剧的深渊里粉身碎骨。那时，就是这个叫玛格丽特的妓女，却成为"巴黎最为高尚的人"（小仲马语）。看来，女性的崇高与伟大，还有罩在她们头上的悲剧，是不分时空与肤色的。

声色犬马，烈火烹油。环视着这个死囚牢，想想丑陋的世间，回味伪善的社会，这个叫苏三的女子，不就是一股清流吗？在古老的土地上流着，在冷暖自知的人心上流着，从明朝流淌到今天。

不管是都市还是僻壤，也不管是幸福的人还是不幸的人，只要心头还有着一丝柔软，说不定就会有家常却动人心魄的唱腔浮上心来："苏三离了洪洞县……"

2009年10月7日写于山东济宁

新嘉驿的这个夜晚

今天的山东省兖州市新驿镇新驿村,当是明朝万历年间新嘉驿的所在地了。一个连姓名也没有留下的会稽(今绍兴)女子,是怎样在这里度过了1619年的那个夜晚?当年的新嘉驿早已没有了一点痕迹,只有这位女子曾经在这个驿站后庭墙壁上题下的诗章、连同她那谜一样的命运,还会偶尔从历史的深处悄然探手,拨动人的心弦。

不能是冬天的夜晚吧?一个南方的女子,在这冬天的北方,还是深夜,那擎灯与持笔的手是要冻僵的,何况她的心已经比隆冬还要寒冷了啊。也不会是夏夜,乘凉的人以及脚边夏虫的争鸣和池中的蛙鼓,都会打搅了这个孤独绝望的人。春之夜?可是那淋漓着血泪的诗句,没有一点大地萌动着的生的气象呀。设身遥想,当是萧索落寞的深秋了——有萧萧的秋风无情地摘下一枚又一枚的枯叶,在这深秋的黄夜里旋转着坠落;偶尔会有驿马的响鼻从槽间传出,让人想到掠过它全身的轻轻的战栗,那种在它的毛皮间如细波瞬间泛起又瞬间平复的战栗;随风低昂的秋草,隐隐地发出着瑟瑟的哀伤。一名在这个冷酷的世界里再也寻不到半点温暖的年轻女子,被黢黑的夜包围着,彻骨的痛楚已经爬满灵魂的每一个角落。从大门踅回二门再踅向后庭,长长的徘徊又怎能稍稍缓解这无所不在的压迫与黑暗?

只有泪水不断线地流淌。

遍身的青紫还在鲜着,心上的伤痕早已是新旧迭摞了。没有爱情,没有自由,没有了生之乐趣,只余没有尽头的压迫、奴役与凌辱。她是多么向往那个有着"林下风致"的唐朝的乐伎薛涛,终能在晚年隐居于自己的吟诗楼上,让诗情自由驰骋。她或许更加羡慕自己的同乡,那个虽然在凄惨中郁郁辞世却能在生前与自己所爱的陆游有过一段夫妻生活的唐琬。

明天,又要踏上更加往北的旅程。家是越来越远了。更远的是一去不回的青春与梦。作为这样一个粗俗而与之隔膜的北方将军的妾,其奴婢一样的命运几乎是无法改变的了。从梦被彻底碾碎的那刻起,死的念头早就在心头盘旋。大肚子的将军与他的妻妾仆役们熟睡着,驿官驿卒和 24 名驿站的马夫熟睡着,连那 60 匹驿马也在静静地休息。只有这个泪流满面的会稽女子久久地踯躅在深夜里。一个那样诱人的念头纠缠着她:今夜,就去死吧!她渴望着死能够让她获得一次解脱与自由。任凭泪水静静地流淌。

多好啊,这个终于能够自己独自痛哭自己的夜晚。

在这个秋风砭骨的晚上,她一定是记起了会稽的沈园,记起了沈园的那面墙壁和壁上陆游为唐琬题下的《钗头凤》。擎过了灯台,再点上蜡烛,这驿站后院的驿壁就赫然显于面前了。上下左右,一遍遍地抚摸着这面生疏而又熟悉的墙壁,仿佛在一点点展开着自己短暂却又漫长的生命。将被秋风撩乱的青丝抿在耳后,趁着残夜,拿起笔,让墨汁和着泪水一起倾泻吧——

题新嘉驿壁

余生长会稽,幼攻书史;年方及笄,适于燕客。嗟林下之风致,事负腹之将军。加以河东狮子,日吼数声,今早薄言往诉,逢彼之怒,鞭箠乱下,辱等奴婢。余气溢填胸,几不能起。嗟乎!余笼中人耳,死何足惜!但恐委身草莽,湮没无闻;以忍死须臾,候同类睡熟,窃至后庭,以泪和墨,题三诗于壁上,并叙出处,庶知音读之,悲予生之不辰,则予死且不朽。

银红衫子半蒙尘,一盏孤灯伴此身。
恰似梨花经雨后,可怜零落四时春。

终日如同虎豹游,含情默坐恨悠悠。
老天生妾非无意,留与后人作话头。

万种忧愁诉与谁,对人强笑背人悲。
此时莫把寻常看,一句诗成千泪垂。

在这样漫长的毫无人性的中国专制社会中,题诗壁曾经是精神备受压抑的文人士子和身心备受折磨的底层女子,能够稍稍抒发胸臆的一个窗口。寺壁,石壁,殿壁,楼壁,特别是邮亭壁和驿壁,这始于两汉、盛于唐的题诗壁,犹如一扇扇肺叶,让他们获得着短暂的不戴镣铐的呼吸。

有着各种交流渠道的现代人,也许不再需要这样的题诗壁。可是当我们真正检验自己的心灵,发现它在新的奴役之下畸形异化的病变之时，我们不是会对这久已失传的题诗壁向而往之吗？倒塌也好，漫漶也好，有着斑斑血泪的诗壁是会不朽的，因为那是对于这个不合理社会的永远的拷问，是对于那些被残暴虐待过的生命的同情与痛惜，更何况这种拷问与痛惜还会无数次地在现实的土壤里找到生长的根据。

那么，因了这个无名女子，1619年新嘉驿的这个夜晚，就有了非同寻常的意义。

《宋书》中说到会稽一带人的品性时有过这样的话，"民性敏柔而慧"。这个敏柔而慧的女子，怎能不更真更深地感受着每一日每一刻的煎熬？驿站鼓楼上打更的梆子已经敲过四道了吧？天越加黑了，这是天亮前的黑暗。她是多么害怕天亮，因为天亮就意味着又一个暗无天日的一天的开始。死是必然的，即或不在这个夜晚，也会在另一个夜晚或白天自投死途，因为伤痕累然的心上再也无法承担生之重迫了。只是在1619年新嘉驿的这个晚上，这个因于笼中的女子是无法知道整个大明王朝已经处于风雨飘摇之中了。1619年，总督熊廷弼亲眼看到辽阳的士兵在大冬天里连件内衣也没有，只能裸体穿甲。还是这一年，崇祯皇帝的10万大军在东北被努尔哈赤大败。这一切，都因为这个大明王朝已经腐败透顶，水深火热之中的百姓就要揭竿而起了。这个会稽女子更不会想到，25年之后，连大明皇帝都要自缢而死，被愚被迫随他而死的还有200多个宫女。

读着《新嘉驿题壁诗》，谁还能够无动于衷？多少人会在不眠的夜里想着，这样一个年轻美丽的生命在那个秋夜里到底有着怎样的遭遇？一个敏柔而慧且对生活与外界怀着良好愿望与纯正善意的人，为什么偏偏要承受深重的苦难与赴死的绝望？袁中道，钱谦益，冯梦龙，高承埏，施闰章……都向她献上由衷的唱和。在清初著名诗人施闰章的《蠖斋诗话》中，有《新嘉驿女子诗》一条，记下了他的采访与凭吊："驿在滋阳县北四十里。池台古柏，剧有幽致。驿后土壁，故会稽女子题诗处。诗传于世，而驿壁字无存者。余至询之，有老驿卒秦登科，年七十矣，能诵其诗。言：某将军挈过此，不知其姓名，仆妾甚盛。既早发，失一烛檠，寻觅得之壁间石碣上，始见是诗，盖女子秉烛夜题者也。世传死驿中，当时实未死，或永夜沉吟，含泣达旦耳，然岂能久人间哉？事在万历四十七年。又四十年，予为刻之于石……"今人樊英民先生在他的《兖州史话》中，曾经有些怅惘地写道："会稽女子题壁诗的刻石，在上个世纪五十年代时还有人见过，是在新驿村文化站内，那里或许是驿站的旧址？后来这石头曾被一个铁匠用来放东西，再后来就不知所在了。"

　　柔软的心灵是需要相互呵护的。呵护如同耕耘，才不会使心田在无助里板结。而且只有心灵柔软的人，才能够造出真正上等的精神产品来。"里中有啼儿，声声呼阿母。母死血濡衣，犹衔怀中乳"（《上留田行》），没有柔软的心灵，施闰章怎能写出这样反映战乱中百姓疾苦的诗？这样看来，汲汲于官场、商场、名利场中的当代中国文人，是可以放下高视阔步的架子，不妨读读明末这位会稽女子的《新嘉驿题壁诗》。

2006年2月6日写于兴隆塔下

探访呼兰河

萧红,你一定不会料到,我说到就到了你的眼前。夏日的太阳,烤着呼兰河,不断线的车辆,将我逼到呼兰河桥窄窄的人行道上。从容的河水,从桥的两边游向天空与田野相交的平阔的远方,像两条臂膀,揽着呼兰县城,也欢迎着你的友人。你的容颜,一如河水,闪着细碎的阳光,淋净了车辆扬起的灰尘,也滤去了我心头的溽热。这天是1997年7月30日,下午5时左右,我从山东赶来见你。

也是这样的夏天,68年前,19岁的你永远地离别了呼兰河,为了逃婚,为了反抗专制残暴的父亲,也为了能够继续读书。怎能让汪家地主的聘礼,拴住青春的自由呢?只是你和你的呼兰河怎么也不会想到,这就是永别,它笑着送你,你笑着别它,好似一年半载你们又会见面。

你不会想到,离别了呼兰河,你的几乎刚刚开始的生命,只剩下了11年的路程。你更不会想到,离别了呼兰河,人生的悲苦,会像雪崩一样地倾覆在你美丽的追求上。如果知道这些,送你的呼兰河,一定会呜咽凝滞,将你挽留的。当然,即使知道这些,你难道会稍稍低徊犹豫吗?不,不,你仍然会踏上远行的孤旅,因为在美丽的追求与雪崩样悲苦的冲撞中,你毕竟体验到了一个人、一个作家、一个女人的丰富况味。活的死,百倍地强似死的活,漫长的泥淖,怎比短暂的细瀑?

回首这11年的羁旅之途,命运之神就没有一点怜悯与自责吗?几乎就在她出走的同时,苦难就像疯狗一样地扑来。饥饿,寒冷,病痛(多种疾病),贫穷,漂泊,孤独,丧子,失夫,拧作狰狞的鞭子,抽得她遍体鳞伤,有时轮番,有时齐上,一直撕咬到她生命的终结。她那"我饿呀(!)"的叫唤,至今还在重重地捶着后人的心壁。久久处于饥饿状态的她,以至起着幻觉:"桌子可以吃吗?草褥子可以吃吗?"从哈尔滨开始,北平,青岛,上海,武汉,临汾,西安,重庆,香港,在日寇的枪炮下,她是一只无家可归、无枝可依的哀鸿,一个瑟瑟的惊魂。病入膏肓、生命垂危,日军带着大铁钉皮鞋的践踏声,是怎样地敲击着病床上萧红的神经?她生命中最后说的那句话——"是日本子!"——该包含着多大的惊恐和控诉?作为人,病痛与战火中的流离,几乎使其一切生趣丧失殆尽。作为作家,以第一篇小说《王阿嫂之死》始,以自己凄凉地死在香港日本占领的一所临时医院终。作为女人,一生没能找到爱的归宿。作为母亲,刚生下的女儿送人了,刚生下的儿子夭折了。

苦难中国的大背景下,一个痛苦异常的中国女性。

靠树树倒,靠墙墙塌的萧红,正值青春已历尽沧桑的萧红,依然不屈不挠地渴望着一个人生存的权利,渴望着一个作家写作的成功,渴望着一个女人爱情的幸福。她像一只追逐温暖与光明的大雁,飞着,翅膀折断了也要从悬崖上朝着温暖与光明俯冲下去,哪管身粉骨碎。从爷爷深厚的爱里,从鲁迅先生博大的父爱里,也从萧军忘我的爱里,——虽然爷爷死了,鲁迅死了,连你唯一心中留恋着的萧军也离开你和别人结婚生子了——你让灵魂萌发着欢乐的新绿,也充实着爱与善的力量。

饱受蹂躏的祖国,你不就是一只奋飞的雌雁吗?

命运之神真的恼羞成怒了,它不得不戛然终止你的生命,在你31岁上。但是谁能说,萧红的死,不是命运之神的失败呢?

天就要黑了,我还在呼兰城萧红的故居里流连着,怎么也不忍离去。冷清的门庭,冷清的院落,看门人几次催促,我还是再拍拍她睡过的火炕,再抚抚她爬过的窗棂,再张望一眼她洒下童年欢乐的后花园。爷爷不在了,有二伯不在了,小团圆媳妇不在了,逼你出走的父亲也不在了,就连有着生之坚强的冯歪嘴子也不在了,你更是一去不回。人去房空,人去房空啊!只有几只白蝴蝶、黄蝴蝶、花蝴蝶还在后花园里翩飞。再过几天,就是你离家出走的纪念日了,你的魂儿也像这翩飞的蝴蝶一样,年年家来吗?

空寂的房屋与空寂的庭院,年年岁岁,只诉说着一声长长的、稠稠的呼唤"归来啊……"。

也许,就在你离开呼兰河的一刹那,你就开始想家了。虽然你头也不回,但我知道你的心是唤着呼兰河的,离开得越远越久,这呼唤,便越切越烈。再自由的风筝,有线牵着才踏实;再悠然的云彩,也要把泪水滴在土地上,心碎了,那就碎成思恋的星雨吧!

你知道吗?你的心的每一次悸动,都牵动着呼兰河;你的每一滴痛苦,都让呼兰河难受。呼兰河甚至忘记了自己的苦难,只将哀伤的眼睛盯着自己漂零的女儿。腹中的孩子就要出生了,那是一生中唯一真正爱过的男人的孩子。虽然他已经成了别的女人的男人,但这个孩子也许将是她孤旅生涯中唯一的慰藉,再不能迷失了。生下了,儿子,但竟是个死婴。才燃起的母爱,旋即死灭,你拿起剪子将为孩子预备的花布,那块摩挲了无数遍、揉进了怎么多憧憬的细软布(婴儿的嫩肤可得小心),铰得碎如落英。此时,只有呼兰河汩汩流入你的心头,劝慰着:你有着不死的孩子,那就是你写的书。

其实,呼兰河知道,你本质上是一个最怕孤独的人。祖国正在失落,家园已经失落,而你为了尊严无法形于语言、但却浸透于灵肉间的渴念的爱,竟然也像流沙一般一次次从你执着的手中滑落。于是,最怕孤独的你,越发陷于了愈深的孤独里。茅盾先生的"那时正在皖南事变以后,国内文化人大批跑到香港,造成了香港文化界空前的活跃,这样环境中,而萧红会感到寂寞是难以索解的"便可以得到索解了。在无以排解的寂寞中,离开呼兰河越来越遥远的萧红,和呼兰河贴得越来越紧了。还将要感动一代人又一代人的名著《呼兰河传》、名篇《回忆鲁迅先生》就在这种愈远愈近的心境中诞生了,因为呼兰河系着你的生命之根,而鲁迅先生则给了你彤云密布的生涯以少有的一段晴朗日子。

一个独一无二的女人,一位独一无二的作家。最害怕孤独、渴望依靠着一副坚强而又柔情的男子的胸怀,并用爱情将孤独烧成灰烬,却又顽强地坚守着人的独立自主尊严;感应着时代,却又敢于"游离"于时代的主流之外,让笔下的文字忠实地记下自己本真的心。理解你的鲁迅早早地走了,你便在没有人可以倾诉的世上思念着呼兰河,寂寞地写着。

一盏明亮的油灯,也便在这愈远愈近、寂寞渴念中熬干它的灯油了。

1942年1月19日深夜,和病魔搏斗了10年的萧红极度疲倦,死神终于迫近了。但是她太想活了,爱和被爱是那么美好,31岁,该是有着广阔的爱与被爱的空间的年龄。零时,凝视着冷面的死神,喉咙插着铜管、已经无法说话的萧红,从守护在身边的东北作家骆宾基手里拿过笔来，写下了她一生中的最后两行字："我将与蓝天碧水永处，留得那半部红楼，给别人写了"，"半生尽遭白眼冷遇，……身先死，心不甘，不甘"。22日11时，死神拽着萧红的手走了。

呼兰河目睹着这一切。目睹着这一切的呼兰河肝肠寸断了。一步三回首的萧红，你听到肝肠寸断的呼兰河的哭泣了吗？

你走时，呼兰城龙王庙旁的东大桥下，那只小团圆媳妇惨死后变的白兔也在哭呢。是你切切地思念着家，才体会到小团圆媳妇（其实还是个孩子）的想家之切的吗？白兔还是那样——"有人问她哭什么？她说她要回家。那人若说'明天，我送你回去'，那白兔子一听，拉过自己的大耳朵来，擦擦眼泪，就不见了。若没有人理她，她就一哭，哭到鸡叫天明。"

已是繁星满天的时候，我不得不告别呼兰河。四野阒然，空旷，神秘。萧红，你肯定在这阔展的草甸上捉过鸟了？但是，没用乌拉草编过草鞋吧？再衬上砸成头发样松软的三棱草，可暖和了。再过半个月，就是农历七月十五的盂兰会，人们又要拥到呼兰河上放河灯了。"冤魂怨鬼"们也会每个凭着一盏河灯，从黑暗的死地重新托生到人间来的。举首苍穹，银河正横。谁说昊天不惠？瞧那银河中的星星点点，是谁放下了无数引路的河灯？哪一盏是萧红举着的明灯呢？快引导她归来吧，呼兰河在等……

冬 荷

　　冰掐灭了一湖的波浪。又冰上加雪。荷的尸骨就这样狼藉在冰雪的湖面上,肢折头断,东倒西歪,稀稀落落。

　　苍凉。落寞。好像这里从来就没有过挤挤挨挨、涨潮似的荷叶,没有过大火一样燃了一湖的荷花,也没来过那只在尖角小荷上立了近千年的蜻蜓。

　　湖,真的死去了吗?

　　但是,有一丝荷的清香,悄然潜入心肺,连强大饥人的寒气也无法将其阻断。

　　在这冰雪的湖上,我与冬荷相识。

　　红红的朝阳,在远处怯怯地开着。薄薄的雾气正在散去,远远近近的残荷便从朦胧里渐渐清晰起来。直的,弯的,拱的,垂的,是荷柄的舞蹈;灰的,黄的,黑的,褐的,是荷叶、莲蓬的存在。"出淤泥而不染,濯清涟而不妖",宋之周敦颐曾将夏荷喻为"花之君子者也"。其实,冬荷不是更具君子的风骨吗?

风寒榨尽了水分算得了什么？失去了丰腴，那就裸露出庄严的筋脉迎接风雪。曾经硕大舒展的碧叶，有时会干缩成一排排瓦垄状，甚至在垄沿处散布起或大或小、有着黑色边缘的窟窿。这是被风霜雨雪反复肆虐后留下的创伤吧？乍看这带着黑色边缘的窟窿，好像这荷已经脆得很，一碰就会碎的。其实不，在这褶皱间的灰色质地里，往往还残留着浅浅的绿，抚摸它，抓它，你会立刻感到一种柔韧劲道的生命的力量。天要起风雪，水要结成冰，这是无法回避的现实。躲避肯定是不行，逆来顺受恐怕也不行，最好的办法也许就是迎上前去。不要以为荷在冬日里零落。不是的。它是迎上前去的勇士，前仆后继时坚守阵地的勇士。

有一枚荷叶曾是那样深深地吸引了我。寒风里，它反扣在一杆斜立于冰雪之中的荷柄旁，仿佛一位持枪披甲的英雄。它那依然硕大的叶片起伏着，犹如奔腾向前的波涛。而隆起的筋脉，在太阳下骨骼一样地凸显着，更让这波涛有了山峦连绵的质感。这如波涛山峦般起伏不息的，不就是勇士容山纳川、吞吐日月的胸膛吗？瞧着它那根植于博大之上的自信与恢宏，我隐隐感到，也许那一湖的浪漫，一湖的自由，一湖的豪情与刚烈，正被这枚荷叶收藏着？

还有给我以强烈震撼的那枝冰中的莲蓬。莲柄早已没入冰雪中，莲头却执拗地伸出在冰面上，面朝着空旷的天空，十七个空了的莲房犹如十七个森然的弹洞。真是触目惊心。望着这十七个无言的黑洞，我依稀听到了呐喊与控诉。它一定有过孕子的艰难与幸福，那十七粒饱满圆润的莲子，肯定蕴含着新鲜而又芬芳的思想。不然，枯燥狰狞的严冬不会向它施以能够致以死命的寒冷。但是寒冷又能怎样？饱满的莲子早已植入湖底的泥中。没有了莲子的莲蓬，仍然勇敢而坚定地面向有着太阳、月亮与星星的明亮的天空，大睁着追求与探寻的眼睛，并让自己那十七个曾经孕育过十七粒莲子的莲房，冲破覆盖的冰雪，成为湖的自由呼吸的通道。

太阳升起来了。冬日的湖上，荷的故事正没有尽头。

冬的湖上，最热的当是荷了。冰压不住它，雪也盖不住它。它总是融化了冰雪，让热的生命在这冰雪的湖面上醒目着。放眼望去，白茫茫的世界里，总有那曾经外直中空的荷柄，或挺着，或曲着，或拧着，或举着，从冰下牵紧了纹理毕现的荷叶和莲子散尽的莲蓬。融去了身上冰雪的荷，黑着或灰着，却崭新着。夏日的荷是从水中生的，"出淤泥而不染"；冬日的荷是从冰雪中生的，历垢世而弥新弥净。更有爱的宣言写在冰雪之上——干枯了也要拥抱着，共同迎受着寒风，等待冰消雪融的日子；既然灾难不可避免，那就相挨相慰着一起冻结于冰雪之上，携手承受苦难。谁能说与所爱者携手承受苦难，不也是一种巨大的享受与幸福呢？

热的荷，当是伟大的洁净与爱的楷模了。

最富有柔情的也就最为刚强最具力量，在这白色笼罩的湖面上，只有爱的荷在与冰雪较量。冻结与反抗，最为惊心动魄的搏斗，一定是发生在夜里。北风凄厉地嘶鸣着、撕扯着，雪的鞭子狠狠地抽打着，这时冰便阴险地一寸一寸地靠拢来。但是荷在，冰就无法完成它窒息一切的一统天下。到底有过怎样惨烈的搏杀，我们已经无从知晓。

午时的太阳下，荷的凛然与愤怒却历历在目。

铜铸铁打般的荷柄——有的举着叶或蓬，那是荷的解放的旗帜；有的头已半冻在冰中，却还将身子拱作劲弓，要将一统的冰盖掀翻，那满布的细钉头样的刺疙瘩，似乎正隐隐漏出咯咯吱吱的响声。即使光剩下了头颅，也要与冰撕咬在一处，如眉间尺咬紧了楚王的头（鲁迅《铸剑》）。这"头颅"的四周，总是有着深刻的冰的漩涡，就记录着荷的不屈与抗争，也记录下冰的胆怯与陷落。这是怎样的头颅啊，沐浴在冬日的阳光里，于冰雪上昂着，金灿灿的，金字塔般的从容，富士山样的美丽。

冬荷知道，冰下还有藕，正布满湖底。每一节藕上，都栖着自己生生不息的梦。梦在，来年的夏天，还能不让荷在每一朵浪花上自由地飞翔吗？

那是月华做成的荷瓣，水精做成的荷叶，渔歌做成的蜻蜓呀！整个夏天的热烈，都在这里轰轰烈烈地演绎着。

一种水样的感觉正在冬荷的筋脉里汩汩地流动。饱满，自在，清新，高洁，它甚至看见了一只翠绿的青蛙，正如意地蹲在肥嫩的荷叶上，一滴被鱼尾溅上的水珠，正在蛙的脚下滚动，而滚动的水珠上，有七彩阳光的闪烁。它还看见了花瓣纷披的粉荷，嫩黄泛绿的花托周围，是黄黄的蕊毛，花托上微突着幼小的莲子，泪泡一样地娇嫩着。美好，就是这样的吧？还有夏荷的清香，夏荷的明朗，夏荷风中快乐的呻吟和夏荷染红了白云的欢笑，都在抚弄着冬荷梦的琴弦。

风刮着。冰封着。雪覆着。夕阳正泛着荷蕊般的嫩黄。夕阳里，醒着的冬荷，梦正酣。

写于2003年4月29日

枣庄青檀

如果可以以树为友的话，那我选择枣庄青檀。

戊寅孟夏，在枣庄市峄城西四公里处的青檀山上，我和青檀一见如故。山阳揽一脉幽谷，有石径相盘。循径登高，便见大大小小、姿态各异的青檀树，或前或后，或左或右，杂生于山石间。

青檀山，唐代时还叫云峰山，山有云峰寺，谷称云峰谷。许是辈辈百姓见江山嬗变，世事沧桑，只有青檀模样不变、习性不改，才约定俗成，易名为青檀山的吧？于是谷也呼为青檀谷，寺也喊成青檀寺了。

山，以树为名，这在世上是少见的。

不过枣庄青檀长得并不排场，或许还有点儿丑。不高大，不挺拔，不舒展，连枝干都是疙疙瘩瘩。丑也罢了，还不大中用，不要说做大厦栋梁，就是桌椅板凳也难成材料。

尽管如此，它还是一下子就吸引住了我，禁不住让它的枝握我的手，让它的叶抚我的脸，让它的疙瘩敲我的骨。离开一些日子了，我还在想它，想得活灵活现，那枝还在握我的手，那叶还在抚我的脸，那疙瘩还在敲着我的骨。而且我还将永远清晰地记住，最让我动心的，是它的根！

这是怎样的根啊——在无土的地方，在岩石密不透风的专制之中，它那比树干还要粗壮的根，蜿蜒不屈，勃郁而伸，臂膀般紧擤着岩石，镇静地泛着岩石一般的青白色，裸昭于光天化日之下。在大山的深处，根与石，该有着怎样不为人知但却惊心动魄的对峙与相搏？百年，千年，只见裸昭于光天化日之下的根与石，不动声色地相擤着。相擤着，渴饮昼夜，饥餐寒暑，直擤得岩石苍老变脆，一层层风化成粉尘，直擤得青檀根干强健，一棵棵举着青春的华盖。或在峭壁间横空临世，或于巨石下腾躯昂首，青檀之根，真有着龙的神韵呢！看似强大的岩石，肯定蛮横地无视过它，对于青檀生的权利和生命的萌动，冷酷地压制着，无情地封杀着。没有土壤，甚至连空气、阳光都封锁殆尽，青檀的根一定遭遇过千万次窒息枯死的灾难吧？也许青檀树稍稍随和一点儿，别说媚骨，哪怕只带点儿媚态，其生活境遇也会大大改观的。何必和岩石较劲？瞧那攀附于岩石与大树上的藤蔓，活得多恣意。不过这山如果没有了青檀，还有什么味道？当然，挣脱了石之束缚的青檀是寂寞的，遭弃的命运又总是和痛苦相伴，但是青檀就是青檀，它只将痛苦酿成反叛的力量、将灾难踏成前行的路阶，以根为矛、为刀、为剑、为鞭，拱起岩石，劈开岩石，顶裂岩石，刺穿岩石，直至沐浴在雨水与阳光里，为世上树立起一株又一株独立的青檀、自由的青檀。长得丑，不成材料，不被识、不被知是自然的，可是挨近它，我却被一种自在超然所陶醉。随波逐流的灵魂，是不能俯察古今、咀嚼人世、享受生命的。有它百年千年和岩石相擤相搏后所获得的解放，那曲折疙瘩的根干里，怎能不翻卷起黄河一般的思想与激情呢？细细地谛听风中的青檀，它的每一片叶子，似乎都在啁啾着欢乐。

听说，青檀树还出一种制造中国宣纸必备的原料，莫非它那疙疙瘩瘩的体内，正郁积着锦绣文章？记得离开青檀山老远了，我还回头再回头，看一眼再看一眼啁啾着欢乐的青檀。就是青檀生长的这块土地，曾经出过自荐用世的毛遂和视毛遂为上客的平原君，出过连鸡鸣狗盗之徒也被列为宾客的孟尝君，出过帮助汉高祖制定出完整的朝仪、令对士子轻蔑有加的刘邦高兴得忘形高呼"吾乃今日方知皇帝之贵也"、从而得到重用的叔孙通，出过明朝名臣廉臣贾三近（二十世纪六七十年代，其筑于枣庄峄城区杨庄的墓被掘，墓中除骨骸外，仅有一方砚）。这些当然都是这块土地上的先贤了。那么青檀呢？已经寂寞了无数个世纪的青檀，也许还要寂寞下去，因为青檀是属于另外一类，中国稀有的一类。它已经超出了传统观念的真假善恶美丑，甚至还超出了传统的出世入世，没有功利，绝不依附，只将一个欢乐的锦绣的生命生长着。

青檀山下的老百姓讲，青檀木特别硬，连锯都锯不动它。看来，比石还硬的青檀是不会腐朽的了。但愿青檀们兴旺起来，那样世界就热闹有趣了。

曲阜古柏

　　从青藏高原转业到孔孟之乡已有十一个年头。虽然十一年里，和这里的一草一木耳鬓厮磨，可谓熟透了一般，但有一样东西却让我每次见到都新鲜得眼睛发亮，惊奇得心胸起伏。我甚至确信：就是我守它到生命的终结，它也会始终让我触目惊心的。

　　它便是曲阜的古柏。

　　曲阜，作为孔子的家乡和当年鲁国的国都，早在汉代就已是拥有26万人口的政治、文化、经济的中心。因了孔子这位封建社会"永恒的圣人"的缘故，使得这里的古建筑的命运，少受朝代更替的影响。孔庙、孔林、孔府、鲁国故城、少昊陵……111个文物保护单位拥挤在这块不大的地方。仅作为与北京故宫、承德避暑山庄并称中国三大古建筑群的曲阜孔庙，就以其庞大恢宏、时间久远和保持完整，被建筑学专家称为世界建筑史上"唯一的孤例"。世界都在仰慕这位"东方圣人"，这些古建筑便也在这种仰慕中，每年受到数百万双黑眼睛蓝眼睛的"青睐"。

我不知道这些黑眼睛蓝眼睛，是否注意到了这些古建筑身旁更具生命力的一群，那一万七千多棵古树？"先师手植桧"，"子贡手植楷"，唐代的槐树，宋代的银杏，还有柞、朴、枫、檀、女贞、五味、樱花等，在热闹处自为自乐成勃郁清幽的风景。在这些古树的世界里，最最摄人心魂的，还是占曲阜古树多数的柏树。

初识曲阜古柏，还是在 1967 年的深秋。心中澎湃着"革命"激情的我，连初三的课程也没学，就以一个"红卫兵"的身份，背着一床粗布被子，穿着一条去掉了棉絮的夹裤，开始了从金乡县到北京的徒步串连。走到曲阜已是第三天，孔庙门前那块国务院立的全国文物保护单位的标碑已经被砸烂。当我们踏进孔庙再一遍"打倒封建地主阶级的孝子贤孙孔老二"后，我却被肃立在荒草中、劲拔壮硕但却无言的一群古柏震住了，不由得凑近一棵，小心轻抚着粗糙的树身，仰望着空中它那如云的冠盖、如龙的枝丫。不知怎的，沸腾的激情骤然平复，浮躁的心里一片静谧，一个声音悄悄地落在这静谧的心上，犹如细柔的晨风吻过平静的湖面："回家吧，孩子。"我突然感到了秋风砭肤，被膝盖捣成弓形、裤管吊在腿肚下的夹裤也确乎无法支持我"长征"到北京。

我果真回家了，临出门又回头看了一眼孔庙内那片古柏。

再见到它们，已是十七年后。国务院的那块标碑早已重新立起，庙宁殿堂也已修葺一新，打倒砸碎的"孔老二"又以"至圣先师"的尊严，端坐在大成殿里，只有那一棵棵古柏，还是老样子，不动声色地自为自乐成勃郁清幽的风景。

此后，我更知道了还有好多好多的古柏散居在曲阜各处：孔林前的神道两侧和孔林内，少昊陵，鲁国故城，颜庙，孟母林，孔子父母的墓地梁公林……

造访它们，是一种让人心醉的享受。我甚至想，这当是上帝给人类的一种展示、一种启迪、一种警惕。人太容易急功近利了，为了一个利字，甚至可以将人性变得比兽性还凶残、还卑下。只有能洞察心阔大的高人，才懂得"十年树木，百年树人"这个道理。其实，就是这句格言也还是有些短视的，本来应当是"百年树人，千年树木"的。这每一棵古柏，哪一棵不是经历了百代人世沧桑、世态炎凉而葆着纯真的质品和常新的生命？

有的树干纹理如绳，从根至梢拧着劲长成，俨然游龙入天，蓬勃而飘逸。有的直插苍穹，耸作峭崖，骨挺魂伟。有的身空肢损，却能凭树皮一点血脉，挣扎出半树翠绿。有的树干已枯，竟让一枝新碧从枯干上横空出世，好似一位母亲，牺牲了也要举起自己心爱的儿子。

梁公林神道古侧柏，在"农业学大寨"中被全部砍去，虽然如今地上已没有丁点踪影，青年人也不知道这儿曾经有过一片郁郁葱葱的生命，但据农人讲，至今那地下的根还鲜灵灵地活着。特别是颜庙仰圣门内的那棵唐柏，也不知死于何时，虬劲光秃的主干却栉风沐雨，一代又一代地立于天地间，也是枯了的两根干枝如翅膀执拗地伸展着。我敲敲它，发出脆而闷的青铜的声响，没有半点枯朽。它是那样深地打动了我。真是相见恨晚，和它做着倾心的交流，并让诗句涌出心底："失恋的柏／枯了／立成生命的华表／向天地／展示痛苦的美丽／枯了也站着／将古今／简洁成一句哲理／爱／不死／等那圆圆的月照过／等那透心的雨淋过／枯柏／又会抽绿。"

是的，每一棵古柏都有一个不同凡俗的仪态，每一棵古柏都是一座生命的华表，每一棵古柏都是一部自由的史诗。

但是，最让我惊心动魄的，还是尼山的古柏。九四年的深秋，我拜谒了它。

位于曲阜东南三十公里处的尼山，是孔子的降生地，原名尼丘山，因孔子名"丘"，为避圣讳易名尼山。尼山孔庙和尼山书院就掩映在千余棵清秀笔挺的古柏间。

这种柏树，在世界上也许是绝无仅有的：从根至稍，不生一根树枝，扁扁的、香香的柏叶，从根长到顶，七八米十几米不等，棵棵都是墨绿的一个独杆，一如一杆杆如椽之笔。形状像笔，又是中国文宗孔子的诞生地，人们便将这种柏树呼之为"文柏"。

"文柏"这名叫得真好。质香躯挺，得天地之精魂；淡雅清苦，没半点奴颜媚骨。非是这样的文腹，便酿不出《论语》；非是这样的椽笔，便写不出《桃花扇》。当年因其生下丑陋而被其父叔梁纥弃于山下的孔子，也许就在那只雌虎将他衔于洞内喂养的时候，一种野性与无边的爱便在这个日后的圣人心里生根了。只不过这种野性，后来让一代代皇帝给磨光罢了。那位为来曲阜的康熙当导游、讲《大学》而被"不拘定例，额外议用"为国子监博士的孔尚任，不就是因为身上保留了这样一种野性而被罢官但却写出了千古名剧《桃花扇》的吗？

我本来认为这是一种天生的文柏，一种带点钟天地之神秀的灵柏，想不到我错了。从尼山农民处，我得知，这柏也是和其他柏一样的柏，原本也是有枝有权、树冠如云的，只是经历了一个特殊的时代后，才变成这般模样的。

是三四十年代还是六七十年代？无吃粮无烧柴的村民在万般无奈的情况下，开始一点一点地砍尼山柏树的枝子。他们十分爱惜这些和他们的祖祖辈辈相依相亲的柏树，他们不忍动柏树的一枝一叶。但是毕竟地上能烧的都取净了，为了生命的延续，他们不得不在树上取柴。每一根枝子都砍去了，只留下了主干，村民再也不忍动它。

柏树留下了。柏树没有死。不死的柏树却已无法长出胳膊腿，就像截肢的人无法再生肢体一样。不能再生肢体，那就让生命抱紧光秃秃的主干，再创造一个绝无仅有的奇迹、一个让主干长满茂密的叶子的奇迹。一棵棵，一千余棵都是这样于困境中喷薄出辉煌的生命来；一千余棵，棵棵又都向世上展示着各自卓尔不群的风采。望着它们，我想起湘水岸上泣血成骚的屈原，想起身受腐刑、汗"发背沾衣"而写《史记》的司马迁，想起腹背受敌暗自舔净伤口上的血迹再行战斗的鲁迅。

它们已经走过了漫长的往日，也许还要走更加漫长的来日。即使是来日方长，它们也不苟活一天，不让苦难扭曲自己的生命，不让世俗玷污自己的灵魂，而是让美丽与高尚、自由与热爱贯穿生命的始终。

深秋的尼山，安逸而荒凉。当暮霭潜侵，周遭渐入朦胧的时候，这些原是伟丈夫似的古柏，幻化作一群美妙绝伦的倜傥女郎，袍飘袖舒，舞姿奔放，整个尼山便成为生命无拘无束飞翔的极乐世界。在这里，在这时，永恒便是一瞬，一瞬也成永恒。

当舞动的柏林，衔起一轮古老而又新鲜的明月的时候，五溪正在尼山脚下汇流。柏林间的观川亭里，不老的孔子还在吟咏："逝者如斯夫，不舍昼夜……"

写于1994年秋

孔林二月兰

兰花，多有贵族。二月兰，却是世界上两万多种兰花里的平民。平民，当然易被忽视，常遭践踏，只是愈抑愈扬，再大的强力也按捺不住，蓬勃的生命就在七八千年里生生不息着。

如北大燕园中曾经伴着季羡林度过风雨的二月兰，南京理工大学冷杉园里常与市民耳鬓厮磨的二月兰，都是那样的气象独具，名传于世。可是，最能动我心魄又让我惊诧不已继而深爱不止的，还是中国曲阜孔林的二月兰。

清明前后，当你在夹道而列的千年桧柏里，走过一千多米长的林前神道，再穿过高大的红墙与森严的古侧柏相夹的长长的甬道，当你终于停在孔林门下，仰面注视着林门上古韵滞重的"至圣林"三个篆体大字，正让胸间充溢着肃穆与沧桑之感的时候——你怎么也不会想到，迈过这个短促而又高大的门洞，竟是一个如初生婴儿般清新娇嫩，又如新娘样羞怯热烈的紫蓝色的世界！二百多万平方米的二月兰，正怒放着扑怀而来，让你一下子投入在梦幻般的世界里，庄严的孔林陡然亲切生动。

　　十万多座坟茔与四千多块宋元明清以来的碑石，尽皆淹没在二月兰的花潮里。随着墓坟层叠高低，这花潮便有了起伏的动势，仅只轻风抚过，就会掀起由近及远、又从远及近的紫蓝色的波涛。拥来漫去间，博大精深、绵延了两千五百多年的孔林，便有了乘风破浪奔向未来的气象，每一座坟都成了一艘生命之舟，而那数十万棵或古或新、或翠或苍的树木，则成了扯起云帆的桅杆了。

　　人们也许会先入为主地直奔孔林的孔子墓园，而对这花的海洋视若无睹。但是二月兰自在地开放着，不求闻达，不谋地位，无欲则静地在天地之间释放着也享受着自己生命的美丽与快乐。

　　紫里泛着蔚蓝，蓝里透出着雪白，白里又浸染着淡红，全沐在春日嫩黄的阳光里，人就仿佛远离了尘世，神游于这彩色雾岚般的梦幻之中。这时，隐约着却是早已沁入在空气里与心脾间的爽冽和畅的清香，让人忍不住一次次深长地呼吸吐纳。这可是天上地下难以寻找的气息啊，草香，泥土香，树木香，去秋落入在草丛中的黄叶的香，全被二月兰的清雅之气酿成了一种非凡而又家常的圣洁之香。就连鸟的啼叫与太阳金色的光羽，都熏染着二月兰的味道。真的，玉石琴键一般的各种鸟的鸣啭，那片栖息着成群鹭鸶的柏树林的嗡嗡声，为枯木再生出俊美翠冠的藤叶的细细的沙沙声，还有风过耳旁时的呼呼声，都似乎飘粘着二月兰的淡却悠长的体香。于是，人就醉了，好像自己就是一棵浪漫而又自由的二月兰。莫非，吵嚷烦忧让人的本性异化了的现实只是一种幻觉？而我的醉与梦幻，才是真正的生命的原色？

　　投身在这海洋之中以兰为伍并以心相交吧。每一株单一的茎上，都诞生着长幼有序的十七八个花的兄弟姊妹——最幼的米粒大小地绿着，有白苍的绒毛隐约在初绿间；稍大一点的花蕾，刚咧开星点的唇，闪烁着粉白的笑意；将开未开的，则将四片花瓣两两相叠卷成马蹄形的筒状，露着几分调皮与待放的急切。一旦开放，就如纵情展翅，那恣意伸展的四片花瓣，会让人以为是翩然的双蝶在飞，六枚微颤的金蕊则俨然是蝴蝶的须了。时有真蝶飞临，又恍若兰的开放，竟惹得蜜蜂绕追，缠绵不去。

久久地与之相伴，便有了关于飞翔的对话，絮絮地在风中——"有根扯着，还会有关于飞的梦吗？""连焦黄的干叶子都会像飞鸟一样盘旋飞舞，何况我们花朵？开放就是一种飞翔，只要自由的灵性在。""这样不加收敛地盛开，难道不担心盛极必衰后的萧条与落寞？""萧条之时，正是我们果实成熟、弹出大量的种子并撒播于地下的新的孕育之时。"我仿佛看到了还没有来到的时间：不老的二月兰，正飞进明年的春天，飞进下一个世纪，也飞进美、自由与爱的梦里。

次第的开放，犹如前赴后继，也就能在一两个月里，不管晨昏，只见精神抖擞的二月兰，而不见它们的萎顿。看看它们，想想我们，光有采摘没有绽放的生命当是多么空虚与丑陋，而没有前赴后继争相开放的花蕾的生命，又是多么的寡淡与短促。以兰为镜，常常照照自己，知美知丑、见洁见尘，真是不孬。

虽然是水到渠成，自然而然，二月兰的绽放肯定还会经过艰辛与封锁的吧？在这片坟茔累累的死寂之地，是它们万众一心，奏响着生之交响。人世的黑暗是会将白日弄成黑夜的，它们的每一朵花，不就是一盏照世的明灯吗？这其中的悲悯与恻隐，点点滴滴，都洒在我的心上。孔林东部的林深处，我遇到了一座高不过腿肚的小坟，坟的周遭围着七八块砖，坟前只有三四片残石。看坟的颜色，当是最近十几年里筑下的吧。这里究竟埋着怎样的一个曾经被忽略与轻视的生命？只有二月兰郑重地生长在这座小小的坟上，在风中摇曳着，向着这个或许于孤苦贫穷中告别人世的灵魂，慷慨地开放着。这时，我注意到它们下部叶子的叶基处呈现出心形，而上部叶子的叶基则抱茎呈着耳状。莫非，二月兰们真的能够倾听、感知并记忆这个世界的欢欣与悲苦？

避开络绎的游客，一个人深入在花潮中，就会常常地遇见姿势各异的残碑，或仆或立着。风雨的剥蚀只会渐变出意味深长的沧桑，只有人为的残害才会造成如此让人惊心的毁坏。那是一个遥远的、开花都要犯忌的年代，在这片林地里，罪恶比荒草滋生得还快。于是这里的每一座古墓，全被扒开，每一块古碑石，全遭到索缚锤击。印在这些石头上的二月兰的影子，当年就是与石头一起遭受着踩躏。而今，还是二月兰在护着守着伴着，风里雨里、日里夜里，抚摸着无语的残石。

这些石头知道，二月兰们也是脆弱的、容易受到伤害。为了春日的绽放，其茎的底端几乎耗干了水分，而接近花序的上部，则又嫩又脆，饱满着血液般的汁水，一碰就断的。仔细看，青亮的叶面上，有的竟留有着斑驳的湿意，那是花的泪水吗？将心比心，我们应当献出着珍爱与珍惜，并让人与花的悲悯与恻隐交汇流通起来。

只是看似柔弱的二月兰，比石头更有着坚忍与柔韧的力量。那是个临近黄昏的时辰，我于孔林东部的南墙下，发现了一段奇异的景象，在不到三米宽的地段上，竟然同时排列着界线分明的四个世界：又高又厚的林墙，墙下是青叶绿蕾不见一支花朵的二月兰，紧挨着便是开得如火似锦的二月兰，再往北则是一行刚刚挣脱冬之寒旱、稍稍透着疲惫的柏树。二月兰没有柏树的四季常青，却能让一个一个活泼崭新的生命组成谁也无法扑灭的浩大的阵势。而林墙再高大威武，也无法挡住全部的阳光，跳出墙之阴影的二月兰当然尽着性子开放，就是处在墙的阴影之下从而晚开的二月兰，也是毫不退让，一直逼到墙的根部，不顾一切地生叶萌蕾。那种支支棱棱不怯不退的气度，那种迟早也要绽放的倔强，倒直白地捅开了墙之虚弱的老底。

今年大旱，又冷的时间久长，连松柏都现着些锈色。只有一株一株的二月兰，努力地生与长，在这死别之地生聚成蓬勃的紫蓝色的海洋，就连从林中穿过却早已干死了的洙水，也澎湃起紫蓝色的潮汛。洙水之阳，就是孔林核心的孔子墓了。这个生时尝尽了流亡之苦并让心里丛生着寂寞的布衣，最感欣慰的，也许不是每年九月热闹非凡的官办诞庆，而是每年清明时节二月兰用盛开对他的祭祀。在弱肉强食、狼烟不熄的时代，夫子曾经以身为烛，点燃起堪称先锋的仁爱的理想大旗。谁没经过黄钟毁弃、瓦釜雷鸣，物质至上、精神委地的时辰呢？但是，孔林的二月兰开着，开成了依然堪称先锋的紫蓝色的旗帜。

孔林的冬之静雪、秋之红叶、夏之浓绿当然各有着非常的美妙，但是唯有这春天里的二月兰，已然成为一种"现象"，既能与乡亲百姓亲密无间，又可以感动润泽八方学人的心灵。改用唐人一句话，正可谓"生不用有名与钱，但愿一识二月兰"。

哪一天，我真的老了，痴了呆了迂了，只要有谁向我提起孔林的二月兰，我那浑浊昏花的眼里，也许又会爆起欣喜的火花。

2011年4月25日再改于山东济宁

一棵大树的倒去

看似正值盛期的一棵大树，就这样轰然倒去。

就在公路的对面，从根部折断，庞大的树冠与看似粗壮长大的身躯就顺着公路倒下。先是震撼，本应有着如云的绿色，有鸟在其间的鸣啭，有云在其上流连，有星月在其间闪烁。如今，一切骤然寂灭，甚至连它本身也没有预料到。

漂亮国的森林多，树木杂乱，死去倒掉的事应当是经常发生的。但是这一棵，折断倒去的伤还鲜灵灵地，我却是第一次看到。不顾夫人的劝阻，我还是越过汽车穿行的公路，想亲眼看看。

不看还好，看了，非但惋惜之情顿减，还有了些"倒去好"的见死不救的味儿。

从那根最为重要的偏干被摔得碎裂的情况，可以预料倒掉是快速而剧烈的，不是那种缓缓地歪倒。碎裂处，鲜红微黄，正是木质最好的壮年样子。茂密繁多的树叶已经失去水分变得灰暗难看，却还没有焦脆，仍有着些柔软。

两搂粗细、数丈高矮，最少也得有着近七十年的岁数了吧？七十年，对于树木，本不是个大年龄，活得好，也算是树中青年了。

可它倒就倒在了根部的腐朽。

是一种病入膏肓的腐朽。树皮上看似万年桩一样地健康着，根部往上，有两三米倒掉时的断痕，惨烈是惨烈，却显示着一种必然：大树根部内里已经朽空烂透。这么晚才倒下倒是有着几分幸运在。前面说过的那个重要的枝干，尽管还没有腐朽的迹象，但是已经无法扭转整棵树倒去死掉的命运，于事无补了。如果是天灾，如暴风，雷电，冰雪，可能伤及树的肌肤甚或筋骨，但树们仍有在灾难中重生的希望——但是这棵树只能彻底倒掉死去，它是内里瞎了烂了。

谁也救不了它，只好随它去了。

2012年4月19日夜十时四十八分

一株小灌木与它的影子

不要说 30 米以上的伟乔，就是 6 米左右的小乔木，它也难以望其项背。它只是一株灌木，而且是身高不过半米的小灌木。不知在多长时间里，我一天到晚地路过它，却看不见它，好似它根本就没有存在着似的。真是不能怪我，它矮小，颜色单一，形态极其普通（我都不好意思再说它陋弱）。

它静静地长在路边的野草里，并不在意无人问津。

发现它是因为一只松鼠。可能是被我无意间惊扰了，突然从粗壮的松树干上跳下，长长的尾巴与满溢着活力的身子拉成一条直线，只一纵跃，瞬间便躲到了这株小灌木的侧面，隔着乱发样的细枝，将背与尾弓成"M"状，俏皮地朝我张望着。原来，这里竟有一株灌木，它的绿叶虽然细小，却蓬松成一个球形，活泼得像个孩子。

以后，松鼠再没有于这株小灌木的身旁出现，我却总会向它投上一瞥。对于我的注意，小灌木并不太在乎，该咋咋还是咋咋。只是有时会生出些朦胧的怜悯，因为它的小与弱，尤其在与它旁边高大的乔木相比较的时候。

清湛透明的空气，会让夏日的太阳显得越发毒烈。此时的松柏当然不怕，厚实苍翠的树冠竟会将毒辣的太阳挡个严严实实。想不到这株小灌木也无惧色，每一片细小的叶子，都支棱棱地昂着，没有半点倦意。这时，我会不顾灼热的阳光，止步，深深地弯下腰，细细地瞧它，就有一份敬重在心头生出。

也会有暴雨之前的烈风，挟着一股腥味，横扫千军的样子。发荡衫鼓的我，本能地疾步如飞往家赶，越过了它竟又禁不住返回来，站在这株小灌木的面前现着一脸的惊讶：如此烈风的威胁之下，怎么会"无动于衷"呢？也不是纹丝不动，细小的枝叶也在风里颤悠，并于烈风的呼号里，发出着自己的"沙沙"之声。要知道，平日里伟岸的乔木，正在随风俯仰、左摇右摆呢！真是，小灌木是可以有着个体的高贵的树格——人格的高低不也是这样吗？我还发现，它虽小，却并不弱，不依不傍，也不与谁抱团，甚尔比那些貌似强大者还要坚定与独立。我这个曾经走南闯北的老兵，禁不住，在风中，挺直了腰板，向着高不过膝的小灌木"欷"地敬了个军礼。

几乎没有主干，也就不成材料。不成材料，更加不被周遭关注，当然也就常常处于寂寞里。只是看它自得的样子，似乎还有些享受这样的清苦与素静。不成材料就不成材料吧，总也得生长，一样根扎于大地，一样面朝着天上。或许正因为不成材料，也就少了努力成才的羁绊，更能安然地自由地生长？

本来人与木各行其道、无法相通，我也知道上面的这些想法，很可能都是我的一厢情愿。有时生活真怪，就会有逸出常轨的事情发生，并让我对这株小灌木产生了亲爱倾慕之情。

让我对这株小灌木产生了亲爱倾慕之情的，是在冬日的一场罕见的大雪之后。

大雪被带刃长刺的朔风裹挟着从傍晚开始下起，整整一夜没有消停。辗转难眠，夜深了耳边还净是雪与风拧绞于一处的呜呜的吼鸣。不知怎么就想起了那株小灌木来，为它担心，却又知道无法改变其被暴风雪埋葬的命运。是什么时候睡着的？却又清清楚楚地被它喊醒，就看见一身阳光的小灌木，笑盈盈地叫我："起来，起来，晒晒太阳。"被喊醒了，还劝自己不要起来，是在梦里。终于睁开眼，金灿灿的阳光已经将雪的世界淋浴得锃明瓦亮。

　　没有半点迟疑，就冲出公寓，那株小灌木非但没有被埋葬，还精神抖擞着，在纤尘不染的雪地上映出着美妙得不可言说的影子，正在阳光里等我。原来，它是处于一个无遮无拦的风口处，覆顶的积雪已被有着刃锋的北风吹去。

　　肆虐的风雪，怎样折磨过它？无有凭借的小灌木，又是怎样度过了风雪交加之夜的奇寒（那晚最低气温零下33摄氏度）？震惊的我，看见它那已无半点叶片的枝头上，顶着一层薄如蝉翼的冰凌。那么，它一定是哭过的了，在那样无助的暴风与大雪迫压的夜晚。但是寒冷不相信眼泪，不等它拭去，立刻就将其冻结为冰。哭过的小灌木没有倒下，更没有死去，它不相信寒冷能够永恒。它独自挺立着，一点一点地数着时间的脚步，等待那个暖暖的太阳的到来。委于地上，不止是轻侮与忽视，还有总也没有尽头的苦难与屈辱，失望与绝望也就一回回地砸得它难以翻身。可是小灌木就是不能委屈了心性地去降服谁，总好规劝自己挺挺吧，于是期待与希望的太阳，也就在它的心上一茬茬地萌蘖。

　　我蹲下来，将一只膝盖跪着，让我的呼吸碰着它，心里头的血液就有了激荡不已的撞击。想不到，它竟这样美，虽然没有了叶子，每一个细枝的枝头，都洇透着嫩嫩的红晕，红晕里，则是两处三处春天里就会长出新的芽叶的斑痕。

尤其是它印在雪地上的影子，更让我惊叹不已。哪里是影子，分明是它的精神之魂，一面自由的旗帜！清莹，疏朗，轻盈，灵异，一面将美雕刻于纯洁的雪上，一面将真诠释于阳光里。白雪在影里闪烁着虹的彩，阳光在影里投射着忠贞不渝的情思。世间多少强亮与巨大的影子啊，如乌云的影子山岳的影子，不可一世，遮天蔽日，或让人膜拜，或让人沉沦。与它们相比，这株小灌木的影子小到几乎可以忽略不计。虽如此，这小小的影子却给我以清透、飞升的意象，还有只可意会不能言传的蓬勃的春意，并让我记住别尔嘉耶夫的这句话："人不仅应当向上超升，出俗不染，也应当向下观照，同情怜悯尘寰中的一切。"

离开这株小灌木已有两个季节，它会常常地不期而至。它来时，就会与它执手晤谈，醒时梦里。它离去，我还在想，一生，多短，无声无息也不碍事，就像这株小灌木一样，挺着刚硬的枝，也在阳光里招展着柔软的影子，多好。

云台山之梦

去过河南修武的云台山，印象最深的是它的水，到处都有水的鸣唱，似乎沉重的山体都因为这些轻快的鸣唱而轻灵起来。

再去云台山，路上就与文友们说，云台山啥都好，就是缺少古木。到了修武，又说起这个话题，当地文友也不无歉意地承认，没有古树真是云台山的一个缺憾。

不抱希望，倒能坦然地观察寻找别的风景。特别是红石峡，迭现的景观真有些让人目不暇接，也就将古树的事忘却得一干二净。

顾名思义，已让人想见这条峡谷石头的颜色。真到了眼前，还是出人意料：紫红色的岩石，千层饼般叠摞而起，整齐壁立得犹如谁用巨刀切成一般。却又不见分毫石头的冷漠，那种红润，那种柔和，还有一种暗藏的光泽与弹性，真像美人的肌肤，触碰间似有一种可以洇漫开来的体温在。

摩肩接踵的挪动的人流，正好随了我流连慢行的心意，人群全都略去，就是我与峡。立陡如劈的崖壁上，偶有山枣于层与层的皱褶处，伸出着虽瘦却劲的身体，在紫红的悬崖上汪着绿意。还有野藤，从山体的根处沿着崖壁向上、再向上地生长着，弯曲如蛇如龙，默无声息，不依不饶，攀援在压缩的时间里。我突然感到了一种奇怪：没有雄鹰在崖壁间回旋，甚至没有一声鸟叫。问询后才知，云台山没有虫子，也就绝了鸟的身影。

不知是在红石峡的何处，在我举手可触的左方的崖体上，竟有一株身高不足四十厘米的树木，斜着逸向空中。如流的人群蠕动着，我成了流中不动的砥石，只为了这棵树。谁知，树的身旁，还有一方小小的牌子，上面郑重地写着：请爱惜古树。

我惊呆了，这是世上身材最矮最小的古木了吧？

树身就是一坨蕴涵无限的碗口大小的疙瘩，与山石一样的颜色，灰里透着微微的紫褐。这疙瘩是在与整个山体分庭抗礼吗？疙瘩的后面，一条细长的裂隙纵在岩壁上。我轻轻地笑了，知道这疙瘩的身后是强劲的根，裂隙就是它的根咬开的，为自己咬开一条自由呼吸、接通水分的空间。整棵树只有两条枝向着空中伸展，虽然只有一拃多长，还是两条拧在一起，曲折地长出，却有几十枚翠翠的小叶子，蓬勃在枝上。山体的重压之下，即使将树身压缩成一个千年不化的疙瘩，即使树枝曲折地拧在一起，也还是活着，抗争地活着、独立地活着。多少个旱季？多少阵风雪？还有人祸，我看到，本该是三条枝杈，那条死去的枝干只在疙瘩处留下了一处火烧过的黑疤。轻轻地摩挲着那处黑疤，我突兀地想起那个小个子的鲁迅。

对于我的挡路，已经引起了怨声。只好依依惜别。走远了，就要拐弯的时候，我忍不住回望它，哪里还能见到它的身影？但是，我犹如看到，有一只鹰，正飞掠在峡谷间，检阅着4亿岁的奥陶系石灰岩、5亿岁的寒武系石灰岩、10亿岁的紫红色石英砂岩和34亿岁的锆石岩。

回来，一个熟睡的夜，有梦。梦中的云台山寂静无人，半个月亮幽幽地照着，我一个人一阶阶地走在红石峡里。月亮眼睁睁地看着，我走近那棵古木，抚摸间，自己竟然化为一条与岩石一色的枝干，长在那个黑疤处，还有几片翠翠的叶颤悠在枝梢头。

2014 年 8 月 25 日下午三时

在山水与皇帝之间

一

只因有了一个孔子,二十多个世纪里,弹丸之地的曲阜,竟能持续地成为偌大中国的精神的"圣地"。从汉高祖刘邦开始,有十一个皇帝"驾临"曲阜祭孔,其中光是清朝乾隆皇帝就九次到曲阜"朝圣"祭孔,并行三跪九叩的大礼。至于皇帝委派官员来曲阜致祭,更是频繁平常,达一百九十六次之多。

曲阜,在古代中国可说是一个热得发烫的地方。

在曲阜城北二十五公里处,却有一座峻然清冷的山,古曰云山。有两峰相对如门,如迎如拒,又名石门山。山上古树苍藤,泉凛涧幽,山下泗河逶迤,静婉从容。

人气火热的曲阜,竟也有一块自然静朴、寂清冷凝的天地。

热与冷,闹与静,尘与清,就这样对峙着,一千年又一千年地对峙着。

终于,在这对峙里,走出一个人来,他叫孔尚任,字聘之,又字季重,号东塘,别号岸堂,自称云亭山人,曲阜湖上村人,是孔子的六十四代孙。

二

按说,作为孔子的正宗后裔,修身齐家治国平天下应该是他的"本职工作"。但是不知怎么的,这个正宗的儒生却也喜欢山水,而且有时还喜欢得有点痴迷。与热得发烫的曲阜对峙着的石门山,就是他最为痴迷的去处。

我曾想,在他应童子试入学成为诸生、大张旗鼓地读经的青少年时代,肯定游过石门山,并从中触到了学问中没有的生命的愉悦,一种自有人类以来就有的、被大自然根植于人性中的愉悦。

当孔尚任于三十一岁上偕族弟尚倬、尚恪遍览石门山之时,这种心灵的愉悦真是溢于言表了。他惊讶"奇幻无伦"的石门山离鲁城不到五十里路,为什么鲁人竟然世世代代没有问津的呢?他却一下子便理解了石门山,理解了它比密树浓云还要苍茫的气、比红叶清泉还要洁静的骨、比枯木危石还要冷冽的神、比艳花异鸟还要美妙的胎。难怪孔尚任要买山,要记山,要在这山上结庐住隐,还要"把酒沥地与二子盟,他日负此山者有如此酒"。(孔尚任《游石门山记》)

这一年,他果真入山读书。再一年,他还在山中读书,而且一读就是四年。

有这样的山这样的水滋补灵性,愉悦的生命怎能不鼓涨起创造的活力,怎能不张开自由的翅膀?丢掉"斯文"的架子与禁忌,也抹去白天黑夜的界限,风云当酒,峦涧做肴,和族弟恣肆地谈,放声地笑,纵意地疯疯癫癫、大惊小怪、咋咋呼呼。酷暑的深夜,和亲家颜光敏点着蜡烛，赤着身子，于臧获仆役之处采集曲阜民间谚语。空明静谧的石门山，更是驰思骋想的佳地，明末复社文人侯方域与秦淮名妓李香君的爱情故事，便在孔尚任的心里酝酿成南明的兴亡风雨和人生命运的喟叹，那把溅血的桃花扇一定也幻作蝴蝶在他思绪中日夜翩飞了。

但是毕竟山的近旁就是热得发烫的曲阜城，就是可以接近皇帝的名利场。对于中国的儒生士子，它或许比清冷的石门山有着更加摄魂的魅力。

三

出身贫贱的孔子，做梦也不会想到他的子孙会一代代成为世受皇恩的贵族。一生不得展志、巴巴结结奔波了十四年却没有一位国君相中重用他的孔子，更不会想到比当年的国君大十倍数十倍的皇帝老子会在自己的灵前三跪九叩，还让孔门的子子孙孙做官当老爷。尽管这姓那姓的皇帝走马灯似的更换，孔子的尊崇地位和其子孙当官的档次，却毫不动摇，并且越来越高。从"罢黜百家，独尊儒术"的汉代开始，孔子由"褒成宣尼公"到"文宣王""大成至圣文宣王"，直至"大成至圣先师"，其子孙也由"奉祀君""绍兴侯"进到世袭罔替的"衍圣公"。衍圣公这一官爵从宋仁宗开始，直传到一九三五年，达三十二代八百多年，品秩也由从八品上升到列文班之首的正一品大员。这真是今古中外独一无二的奇观。

其实谁也精不过以武得天下的万岁爷，尊着孔子不仅证明着自己的正统，还可将血腥标成仁慈，刘邦、朱元璋两个由农民出身的皇帝和元、清两个少数民族入主中国的王朝特别的尊孔，于滑稽中不是也有着很耐人寻味的深意的吗？当年蒙古、金、南宋并立的时候，就曾各立了一衍圣公，使得衍圣公袭封史上出现了三个衍圣公并立的景观。

投桃报李，孔门对皇上的忠诚回报是更加丰厚的。清世祖爱新觉罗·福临刚刚定鼎北京，由明朝崇祯皇帝封的衍圣公孔胤植即上《初进表文》："圣帝山河与日月交辉，国祚同乾坤并存"，"臣等阙里竖儒……今庆新朝盛治，瞻学之崇隆，趋跄恐后"。清廷"遵依者为我国之民，迟疑者同逆命之寇"的全国剃发令刚刚下达，衍圣公立即"恭设香案，宣读圣谕"，命府属内外所有员役"俱各剃头讫"。袁世凯的复辟称帝，当然也有衍圣公孔令贻积极劝进的一份功劳，并于袁称帝的当日上疏祝贺表忠，"不胜欢忭鼓舞馨香庆祝之至"。皇帝每次视察太学，总会召衍圣公到京陪祀；皇帝驾临曲阜祭孔或派官员致祭，衍圣公是当然的总主持；而每年常规的祭祀孔子，则更是衍圣公报效皇上的主要职责。一年五十多次的祭孔隆重烦琐，从祭人员多达近千人，却不能有丝毫的差错。祭孔，是祭给天下人看的，它的形式就是它的内容。

常陪友人游览曲阜，每次驻足孔府大门前，看着门旁明柱上"与国咸休安富尊荣公府第，同天并老文章道德圣人家"的长联，我总要想起鲁迅先生《一点比喻》中的那只脖子上挂着铃铎"作为智识阶级的徽章"的山羊，领着一群温良恭俭让的绵羊，"成了一长串，挨挨挤挤，浩浩荡荡，凝着柔顺有余的眼色，跟定他匆匆地竞奔它们的前程"。这个前程，当然是屠宰场，但因为山羊是绵羊的带头大哥，稀少，比绵羊聪明，"能够率领羊群，悉依它的进止"，畜牧家是并不杀掉它的。

是老祖宗入世情结的遗传，还是千百年来的科举功名已成为中国读书人的生命的主旋律，拟或这种安富尊荣的热闹有着难以抗拒的诱惑？石门山的孔尚任出山了。

四

　　一六七八年，南明的抵抗残余已被扫平，三藩之乱也因平凉提督王辅臣、靖南王耿精忠的降清而由盛转衰，已经掌权十七年的康熙感到应当正儿八经地治理天下了，便于这年的正月诏举博学鸿词："自古一代之兴，必有博学鸿儒，振起文运，阐发经史，润色词章，以备顾问著作之选。凡有学行兼优、文词卓越之士，不论已仕、未仕，令在京三品以上科道员，在外督抚布按，各举所知，朕将亲试录用。"

　　已经三十一岁的孔尚任真有点按捺不住了。他眼看着亲家颜光敏成了进士，眼看着族兄孔尚铉考取了举人，眼看着衍圣公孔毓圻受到了当朝空前的眷顾。那是怎样的"龙恩"啊——先是昭圣太后的召见，赐茶赐食，又令内臣送出宫门，并让侍从官员好生辅佐；接着是朝见皇上，退朝时康熙又特命孔毓圻从只有皇帝才能走的御道上行走，这简直是以宾客相待呀！他无法看到衍圣公心中的惶恐，孔毓圻是再三辞谢一再踟蹰后，才在皇上的敦促下战战兢兢从御道上一小步一小步挪出宫的。他更加无法看到康熙眼睛的深处所藏的轻蔑与讪笑。他只让一股冲动的热流，撞击着原是平静的心怀。他从自己山中的草庐中走出，朝高处攀去，一直攀到石门山的最高处。站在峰顶的孔尚任，沐着八面来风，遥望北京，一只雄鹰在眼前盘旋了几匝，突然乘风直升九霄。

　　山水在他心灵之弦上弹奏的愉悦渐趋微弱。

　　这年秋天，孔尚任赶赴济南参加乡试。未中的冷水并没有浇灭他对功名的热衷。三年后，三十四岁的孔尚任不甘做仕途无望又受人耻笑的白丁，竟然卖尽靠近城边的良田，买了一个国子监生的"功名"。国子监是国家的最高学府，在此学习三年就有了"吏部议叙"当官的资格。可是孔尚任因为是用钱捐纳的"例监生"，按清朝典制规定，例监生未经保举不准升转正途。也许，孔尚任心怀着有朝一日被人保举而成为国家栋梁的期待？满腔热望却怀才不遇的孔尚任，内心肯定是在痛苦着，在他给亲家颜光敏的信中这样剖析着自己："弟近况支离可笑，尽典负郭田，纳一国子生，倒行逆施，不足为外人道"。

孔子的后裔，处在满清王朝定鼎不久大用人才之际，又适逢雄才大略的康熙，尚且如此难有出头之日，可想而知，贫民出身的士子熬个出头之日，那又该多么艰难了。悲矣哉，中国的读书人！

就在孔尚任渐趋微弱的山水所带来的愉悦又要抬头并渗进了几许惆怅的时候，一个重大的契机正迎头走来。

五

一六八四年的秋冬之交，被衍圣公孔毓圻请出石门山已经整整两年的孔尚任，办完了衍圣公夫人张氏的丧事，修成了《孔子世家谱》及《阙里志》，也训练好了祭孔的礼乐舞生、监造成了礼乐祭器，就要归山了。

谁知命运的指头只轻轻拨了一下，孔尚任就要和石门山离别十八年。南巡的康熙要到曲阜祭孔，才子孔尚任和其族兄孔尚铉被衍圣公推举为御前讲经人。亲瞻龙颜，已是皇帝社会士子们一生难求的梦境，而今却要当面给皇上讲经，孔尚任简直被这突至的荣耀与机遇激动得心潮澎湃了。

十一月十六日，康熙刚到山东的费县，孔尚任就紧张地奔走于孔庙张罗安排，直至夜深才回舍就寝。刚刚躺下，就被门人急促的敲门声惊起，一僮拽着他紧跑到衍圣公灯火荧煌的东书堂阶下匍伏听旨，并立即遵旨撰写应讲《大学》首节和《易经系辞》首节的经义。才高学富的孔尚任手不停笔地写完经义，蜡烛仅燃了一截。等皇上的侍读学士朱玛泰读罢经义，拍着尚任的肩膀感叹"名下固无虚士"的时候，已是四更时分。

十七日下午四时许，孔尚任随诸生班跪迎康熙至曲阜。薄暮时分，孔尚任跪在曲阜城南皇帝行宫幔外请安，并按皇帝的吩咐，跪着将康熙指甲掐出的"数字未妥"处一一改讫。直陪着翰林院掌院学士孙在丰誊抄讲义至漏滴三更，再赶回孔庙诗礼堂作第二天讲经的最后演习。明亮的烛光，正照着诗礼堂中的画屏，画屏上画的是"两个黄鹂鸣翠柳，一行白鹭上青天"。画真吉兆！孔尚任眼睛倏地一亮，忍不住内心的冲动，轻轻地扯扯身旁族兄孔尚铉的袖子，悄悄地说："我两人将登朝矣。"

兴奋的孔尚任，不觉间又度过一个不眠之夜。此时，晨曦先已降临石门山孤独的峰巅。

六

十八日，是让孔尚任感铭终生的一天。

上午八时左右，康熙帝煞有介事，在孔庙大成殿前三跪九叩，对孔子行三献礼后，便换上鹰白色便袍，外套石青色褂，由奎文阁入承圣门，步升诗礼堂御座。待衍圣公率领五世子孙向皇上三跪九叩首罢，随着鸿胪鸣赞一声威严而宏亮的"讲书"唱赞，孔尚任、孔尚铉由两阶入，跪拜，恭立讲案西侧。孔尚任先至讲案前，面朝北而立，翻开讲卷，用二银尺镇定。咫尺之前，就是御案，康熙和孔尚任相向面南，容肃立端，御案上书亦展开，是用二金尺镇压。"大学之道，在明明德，在亲民，在止于至善……"，诗礼堂内，只有孔尚任自信、谨顺、温润而又朗亮的讲书声，声透屋瓦，余韵绕梁。近在咫尺的皇帝在听，"天颜悦霁"；排立于左翼的大学士、各部尚书、内阁学士、翰林院掌院、国子监祭酒、太常寺卿、太仆寺少卿、鸿胪寺少卿、光禄寺少卿以及巡抚等二十二位阁僚大臣在听，多少人心萌妒羡；列立在右侧的衍圣公及孔孟颜曾等有功名者三十五人也在听，感动而自豪。

心怀广宇的康熙，对这位只是用卖地钱捐了个监生的孔子后裔，有点刮目相看了。那种以一代代衍圣公为主延续下来的忠诚与驯服，那种服服帖帖驯服工具的品性，皇上从这位士子身上感到了，一种互为所用、唇齿相依的一家人的亲近感，甚至使他真的有点喜欢上了这个可怜巴巴的"例监生"。但是透过这个例监生卑躬屈节的谦恭，他似乎也嗅到了一种自信，一种恃才的不羁。多少大臣在朕面前还要战栗有加，他一个小小的太学的自费生，当着文武百官，和朕面对面讲学竟能如此流利，腰不稍曲。他开始留心起这个藐小的书生来。

康熙抚摸着大成殿精美的盘螭石柱，问起已是"导游"的孔尚任的年龄来。阅罢洪武、成化碑，再观宋、金、元的修庙碑的时候，康熙又问这个超级"导游"：三十七岁了，有几个孩子？问罢，还"霁颜垂注"。下午，在孔林思堂内观览西壁碑上的刻诗时，康熙又问："尔年果三十七岁，有作诗否？"上午还声透屋瓦的士子，到底不能自持，感动得扑通跪倒在皇上的脚下。孔尚任，到底也不能跳出中国士子的老路，这一跪，奴才与主人，活脱脱重演了两千年来的人生悲剧。那个高高在上的康熙，望着脚下的圣人之后，那心头痒痒的舒坦，一定是

火凤凰 | 123

哗哗作响了吧？此时此刻，曾给他以生命的亮色与愉悦的石门山，曾经给他遮风挡雨尊他敬他的石门山，早已无踪无影了吧？看看吧，相隔四个月之久，在孔尚任偷偷写下的《出山异数记》中，他还感动莫名地写道："君臣于父子，一日之间三问臣年，真不世之遭逢也。"感动，欣喜，还有一种幸福，一齐涌到胸间。

忠君与功名，几乎就是古代中国读书人精神与物质的全部，能将一个颇有棱角、富有生气的生命揉搓得如面团一般，柔顺，服帖之态可掬。石门山数年的教诲，也无法使孔尚任彻底免俗，因为功名的获得，往往是要以人格的丧失为代价，"福兮祸所伏"的。匍伏的灵魂是无美可言的，下面这几个细节我们不应当忘记。浏览过孔庙的康熙，随便问了一句你孔家的古迹看完了没有，孔尚任竟能回答得如此"机智"："先师遗迹湮没已多，不足当皇上御览。但经圣恩一顾，从此祖庙增辉，书之史策，天下万世，想望皇上尊师重道之芳躅，匪直臣一家之流传也。"康熙赐给衍圣公一首过阙里诗，什么"銮略来东鲁，先登夫子堂。两楹陈俎豆，万仞见宫墙"。就是这样白开水一样少滋乏味的诗，文才如孔尚任者，必能掂出其斤两来。可他却似乎佩服得五体投地，叩头谢恩，说从古帝王过阙里只有唐明皇有一首五言律诗，也不过是感叹孔子生不逢时，有德无位，哪像您的诗对圣道充满悦慕赞美，真可谓超今越古。到了孔林，康熙当然要在孔子墓前又跪又叩。谁知在后面跟着跪叩的孔尚任心思全没在尊祖崇圣上，跪叩间只盯着皇上的背臀，竟发现了御袍翠里有补缀烧痕，这下可了不得了，蝎蝎虎虎发起感慨来，什么"仰观皇上恭俭至德"啦，"媲美神禹"啦。康熙随便问问孔林有没有占筮用的一丛五十茎的蓍草，没有就说难有也罢，机灵的孔尚任却说您圣上的銮舆今天一经过，这瑞草必定会生出来，到那时臣定"驰献"。你想康熙是什么人，什么事看不透？当他指着一棵大树问是什么树的时候，聪明的孔尚任真称得上第一流的机敏，只回答"俗名橡子树"。这下康熙可就忍不住笑了,捅穿了说:"本名槲树,乃木旁加斗斛之斛。朕胡人,不必讳也。"其实真的不必讳,有意避开正说明你心中想着皇上是胡人。不过这也就够了,康熙又看到了一个服服帖帖的读书人,而且是一个有才华的孔子后裔。

暮色渐苍时分,康熙起驾赴兖州。此时的孔尚任已熏沐焚香向先祖汇报已罢,正跪在老母亲的膝下述说这一天间梦幻般的经历。儿哭着说,娘哭着听。当然,这是和扬州屠城十日时的哭声截然相反的哭声。

十二月初一,吏部的任命书就已飞至曲阜:"孔尚任、孔尚铉陈书讲义,克副圣怀,应将伊等不拘定例,俱以额外授为国子监博士可也。"刚刚还是一个白丁似的国子监自费生,转眼间竟成了一般是进士出身的国子监的教授。

第二年二月初七,为刚上任的孔尚任在国子监彝伦堂西阶设了一座高高的讲坛,钟鼓声里,围绕在讲坛四周的数百名八旗十五省的满汉弟子,虔敬地向着坛上黄盖乌篷下的孔尚任连拜三拜,而后聆听这位圣裔的教诲。高踞于皇帝国子监讲坛的孔尚任,是否有暇让踌躇满志的思绪穿过两千年的岁月,去光顾一下设在曲阜民间的杏坛和杏坛上的那位布衣的祖宗呢?

七

耐人寻味的是,就是在皇恩浩荡的时候,那座石门山仍然顽强地在和皇帝较着劲。曾经因皇上的眷顾感极而泣的孔尚任,在他私自写下的对皇帝感激涕零的《出山异数记》的结尾,竟然还有着这样的文字:"书生遭遇,自觉非分,犬马图报,期诸没齿。但梦寐之间,不忘旧山,未卜何年,重抚孤松。石门有灵,其绝我耶?其招我耶?"

在国子监高高的讲坛上风光了不几回,孔尚任就感到了这是一个寂寞而又寒贫的差事。离皇上太远,离自己刚刚燃起的功名抱负则更远。他曾和皇上在一块相处了整整一天,并博得了喜欢,他甚至觉得皇上一定在心里有了重用他的打算。孔庙诗礼堂讲完经,就连内阁大学士王熙都待以宾礼,向他拱手祝贺,说他诸臣莫比,前程不可限量。而今却当开了教书先生,才七个月,他就发开了牢骚:"佳节豪华住帝都,闲官冷署自踟蹰……长安秋色今初见,愁绝山堂影倍孤。"(《中秋待月》)

终于可以迈出这"闲官冷署"了。一六八六年七月,当了一年半博士的孔尚任奉命随工部侍郎孙在丰南下淮扬疏浚黄河海口。谁知河署大僚耽于宴乐,官场钩心斗角致使河工形成狱案,工程一塌糊涂。一晃四年过去,在漂泊、艰苦有时甚至挨饿借贷于河海湖泊间的孔尚任,真是"酬报久思无计是,吴天冷雨意消磨"。官意消磨之时,那曾给他生命愉悦的石门山和在石门上构思的《桃花扇》,便常常萦怀了。瞻明朝王陵,访明朝遗士,寻明朝故迹,《桃花扇》里的人物开始有血有肉起来。

漂泊于湖海间四年写下诗集《湖海集》、回京仍官居国子监博士的孔尚任,又寓住在北京宣武门外的海波寺巷,看来他是离不开动荡不定的水了。但在孔尚任心里,这海不就是泯灭了人的生趣的宦海吗?他是越发思念那座如岸一样给他安定与愉悦的石门山了,那就把寓居之处叫"岸堂"吧,聊解思山之渴。

转眼间赴京十年,已经四十八岁的孔尚任两鬓已染有白发如霜,可还是个国子监博士。皇上似乎把他忽略了,忘了。回首以往,失望、无奈,还有点儿凄凉,他忍不住写下抒怨的七绝《国子监博士厅》:"雀噪新槐吏散衙,十年毡破二毛加。不知城外春深浅,博士厅前老荠花。"

新贵们一拨拨雀噪新枝，只有我这个两鬓斑白的老荠菜，花开花落无人问津。又熬了五年，直熬到五十三岁的一七〇〇年，才从七品博士熬到六品户部广东清司员外郎，这个"郎"没当了两个月，便被"以事致休"实则是罢官了。

这时的孔尚任，一定会记起先祖孔子的。他老人家也是怀着一腔济世的热忱踏上求仕致用的长途的，周游列国十四年，到底心灰意冷地回归乡野。二十多个世纪过去，他的六十四代孙孔尚任，也是怀着一腔济世热忱踏上求仕致用的长途的，旅寓京都十六年，重走了老祖宗走过的怪圈，又落了个心灰意冷。

当一个国家让它的读书人在这宿命的怪圈中疲惫不堪的时候，国运怎能不日渐衰微呢？走马灯式更换的是一个又一个的王朝，始终如一的是山河与山河间的百姓。好在有大自然的山水和百姓的乡野，给疲惫的生命以将养与呵护，使其葆蕴创造的灵性和恣放通脱的活力，不致彻底地奴化枯萎。

八

时间的潮水早已将孔尚任留在北京的足迹湮没殆尽，但是他心灵的轨迹却印在了自己的诗文尤其是《桃花扇》中。

庙堂的崖岸是那样的险恶陡峻，为国家建功立业名留青史的激情，一次次被其碰得粉碎。可他是一条激情恣肆的河，总得流啊！一种对理解、忠诚、温暖的渴望，将这条接近冰点的河烤得热情洋溢了。青年时期曾经有过的恋爱，犹如点点红叶，在他生命秋季的萧索里，平添了几分暖意。对一个女子的爱，终于充塞于他苍凉的胸间。这位女子，就是有貌有才、有情有德的秦淮名妓李香君，曾在石门山上相"熟"相"识"的红粉知己。

不管是百无聊赖的白昼，还是寂静如墓的黧夜，他都可以幻化作那个明末的复社文人侯方域，去体验一个优秀女子旷世的恩爱情怀。侯方域失去故国的惆怅与自己被皇上冷落的失意，已融为一体，被这位女子的深情抚慰得风平浪静。

多少志不得展的悲愤，多少生之宿命的喟叹，都变成对她绵绵的倾诉、唱和。她使他看到了浊世中的高洁，她让他感到了世态炎凉中的真诚，她更让他看清了自己入于世融于世的俗气。她将整个生命都为爱情献出，吃苦受穷也罢，荣华富贵也罢，甚至坐牢死亡都不能动摇她那不移的爱情。那柄素洁的绢扇上的桃花，就是她的鲜血染就的哇，当李香君为了不使爱情受玷污，不顾一切地头撞桌角要以命殉情的时候，大大小小的乌纱帽显得那样无足轻重。有这柄桃花扇在他心头放着，整个大清江山似乎也无法将他彻底压垮。

一辈辈的人并没有觉察，多情的李香君和多情的石门山在孔尚任的生命里，已经融而为一，并已成为支撑、润泽他生命的山水。

六十年之后，大清朝的又一个落拓文人曹雪芹，再次将自己苍凉苦涩的生命，放在郊野和他所爱着的林黛玉等一群多情女子的情怀里，同时也将一个天才文人的悲惨命运，挥洒作伟大的不朽经典《红楼梦》。

九

已经走入仕途的孔尚任，犹如投身进一部正在快速旋转的庞大而又残酷的机器，被挟裹着、搅拌着，失去了生命的愉悦，也丧失了精神的自由和人格的独立。

他抚摸着已是斑斑伤痕的心灵，真有些不寒而栗了。曾经有过的高贵，崇高，热情，在和腐败官场的痛苦磨合中，正在混融于士林日渐卑琐、鄙污的士风里。他虽然不能透视这场已经上演了两千年的悲剧，却真切地看到了活生生的现实：威气凛然的虎，正在变成媚态十足的猫，翱翔天宇的雄鹰，正在变成逐臭的苍蝇——不然就被封杀。

既然投入在这庞大而残酷的机器里，又是欲罢不能的。忠君，名节，功名，光宗耀祖，衣锦还乡，留名青史，几乎成了千百年来千千万万读书人全部的理想与毕生的追求。生长于这样土壤中的孔尚任，又怎能免俗呢？个性与传统，个人与国家，生命与制度，理想与现实，继承与反叛，矛盾的事实塑造着矛盾的性格。失意的孔尚任痛苦着，痛苦着的孔尚任又在心底里对皇上留恋着，并将再展宏图的幻想系在康熙的身上。

康熙二十三年十一月十八日这一天，是这样的刻骨铭心，他是永远也无法忘怀了。被罢官的孔尚任，不相信浩荡的皇恩会一下子如此不讲理地冷漠寡情。那一天，皇上不仅三问年龄，而且批准了他的四个奏本：由皇上选设卫护林庙的百户官，引城东文献泉之水入孔庙，准周公后裔为世官和扩大孔林的规模。皇上移驾兖州了还问询他这个秀才，从德州乘舟入京时又凭窗捋须，眷注着，嘱咐送行的孔尚任回家吧。五年之后，第二次南巡的康熙，不是还在金山江口于迎驾的群臣万民之中唤出孔尚任的名字，召他上船赐酒菜一盒、果饼四盘的吗？"匍伏迎銮江水头，待臣招手上龙舟。堪怜憔悴巡湖海，又得从容拜冕旒。彻出琼筵惊满岸，捧来金碗晃双眸。三年粗粝中肠惯，饱饫珍馐翻泪流"，"最是光辉人队里，龙颜喜顾唤臣名"（孔尚任《湖海集》），孔尚任吟着当时的诗章，十年前的情景一如目前。

也许是皇上太忙，一时忘了自己。或许是有小人谗言，假以时日皇上便会明白。罢官的孔尚任并没有马上回到渴念已久的石门山，他甚至还故意不去想，还有已是八十高龄的老母，也在牵挂着儿子。他迟迟不归，滞留京华，等着，苦苦地等着皇上的召唤。一年过去了，毫无动静，连明眼的朋友都讽劝他早日归去"升沉今古那堪忆，只羡君家归石门"（《恕谷诗集》）。罢官故人稀，生计萧条，度日如年，孔尚任还是等待着，苦撑着。又熬到第二年萧瑟的秋天，无奈的圣裔去德州拜访曾是自己顶头上司、已引疾归家的户部侍郎田雯，想请他为己做些辩解。可是却吃了闭门羹，甚至田的家人对这位落魄的人都不能以礼相待。这就是那时的中国官场，两千年如一日的官场，卑鄙风行，正直死亡，只认权只认势，冷酷而龌龊的官场。失望而返的圣裔，回到京城玉河岸边的新居处，已是心力交瘁，如同奔波了万里的路程，连马都难以下来。

又苦等到深冬，穷困潦倒的圣裔简直落入悲惨的境地。北京的冬日是寒冷的，清晨打水，皲裂的手便会冻在井盘上。一个月里，断炊该有九次了吧？辘辘的饥肠真使他度日如年了，那就早点睡吧。朔风整夜地吼着，冰却封住了玉河的呜咽，薄旧的被子盖着骨瘦如柴的身子，饥寒交迫的孔尚任听着老鼠在破了的顶棚上窜叫，整宿难眠。五十五岁的人了，却像一只被人丢弃的弊屣，泪水默默地涌出，淌下，流湿了斑白的两鬓。他百回千回地想开了石门山，那个知冷知暖、给他以理解与慰藉的石门山啊，才断的泪水，就又化作思念的溪流。

暮冬时分，罢官后在京滞留等待了两年之久的孔尚任彻底失望了，支撑起身心俱疲的暮年，打点行装，决心归去。

就要走出北京城了，他又恋恋不舍地停马回望："十八寒冬住到今，凤城回望泪涔涔。诗人不是无情客，恋阙怀乡一例心。"（孔尚任诗《出彰义门》）这就是中国读书人走不出的怪圈、演不完的悲剧吗？以至康熙第五次南巡路过济宁州时，重又隐居石门山已经三年的孔尚任，又出山随衍圣公孔毓圻前往迎驾,希望重新召用。只是皇帝再也不理这个茬,一任他放废为民,让这位徘徊在山水与皇帝之间、充满着矛盾与痛苦的圣裔,再一次长叹"还家徒壁依然冷,谁信相如遇汉皇"(孔尚任《投孙墅亲家宋处士》诗)。

谁惜他如水覆地的年华,谁解他终成泡影的壮志,谁知他至为凄楚的心情?但是毕竟有千里之外的石门山在等待他,殷殷地等待他。"整辔频探门外面,束装又到榻前头。故山今日真归去,上马吟鞭急一抽。"(孔尚任《归去》诗)一个"急"字,不正是一种决绝与回归吗?

十

石门山,终于成了孔尚任最后的归宿。当他在七十一岁上撒手人寰的时候,一定是对石门山怀着深深的谢意。是它收留他于失意凄苦之际,并让他在最后十六年的人生旅途中,找回了曾经失去的生命的愉悦。

也许孔尚任到底也没有弄明白皇帝为什么要冷落自己。有人说因为《桃花扇》不合时宜,也有人说皇帝让他去治理河湖是让他下基层锻炼锻炼,回来重用的,谁知他却广泛结交南明遗士,耽于诗酒。可能这些都是原因,有的甚至是直接原因。但我却认为,最根本的原因,还是敏锐的康熙感到了孔尚任身上那股"皇恩"无法控制的生命的愉悦,一种虎啸深山、鹰翔长空、鱼游湖海的愉悦与独立性。为了这种愉悦与独立的召唤,虎要踏倒栅栏,鹰会击碎铁笼,鱼能撞破罗网,哪怕豁出性命。因为让虎猫一样作媚态,让鹰鹦鹉一样去学舌,那是一种酷刑般的痛苦啊!

要成就功名，就得作媚态，做鹦鹉，痛苦是难免的了；要保持生命自然无拘的状态和人格的独立，就绝难成就功名，苦恼也是难免的了。中国的士子就处在这种要么降志，要么辱身或者既降志又要辱身的境地。而当心被痛苦与苦恼交相折磨的时候，心便会像河流一样汩汩流动了，流动着自己的思考，流动着自己的情感，流动着对大自然的向往与渴望，流动着人性的回归，也流动着反叛与抗争。在这汩汩的流动中，痛苦着的心灵就满沁着生命的愉悦了。谁能说被钉在十字架上的那个人，心里只盛着痛苦而不是流动着巨大的生命的愉悦呢？没有风浪的磨荡，珍珠能产生吗？

穿过历史，我蹚过京城与石门山之间的那条孔尚任新鲜如昨的心河。

能和石门山心性相契，那是一定有着和名利场的京都甚至和传统儒学名教相反的品性的。其父孔贞璠，明朝举人，曾经抗清，博学多才，崇尚气节，进入清朝以养亲不仕。他能不在儿子的身上留下痕迹吗？从孔尚任和父亲的好友木皮散客贾应宠的关系，更可以看到他灵魂的隐秘处。贾应宠是一个惊世骇俗之人。他手持一鼓一板，以说唱鼓词屹立于儒林，公然对包括尧、舜在内的历代贤君圣主嬉笑怒骂，剥其画皮，直至"不容于乡里"，被孔氏家族赶出曲阜。就是这样一个人，却和孔尚任成了忘年交，孔尚任不仅同意他的惊世之论，还为他写下了满含感情的小传《木皮散客传》。

而和不仕于大清王朝的明朝遗士的接交，更可以看出孔尚任独立拔俗的品格。当掌着生杀予夺大权的清帝，威逼利诱都不能使这些遗士与大清为伍的时候，一个文弱的书生却成了他们的朋友。明朝遗士、诗人杜濬，其著作被清朝列为应当销毁的禁书，生活贫困到妻子生子未过三天就为糊口卖掉了床的地步，也不向清朝低头，并让一批权贵吃了闭门羹。就是这样一个"睥睨公卿，气势峥嵘"的人，却会在七十六岁的高龄亲自登上孔尚任泊于扬州的船，饮酒畅谈，直至日暮。尤其是屡拒清朝征召的江南大名士冒辟疆，能以德高望重的身份，在七十七岁的高龄，远就三百里，赶到兴化，与孔尚任同住了三十日，谈孔尚任正在酝酿中的《桃花扇》，谈南明弘光遗事，谈他所熟悉的人物侯方域、李香君……与圣裔的交往，固然有他们对于传统文化的认同与追恋，但基础却只能是孔尚任与他们在气节与人格上的声气相投，那种迥异于普遍奴化的士林、"向人难折病时腰"的气节与人格。

精通音律的孔尚任，是一个情感充沛而又敏感的人。饮着遭受冷落的苦酒，他陆续购下了被世遗弃的四件乐器：汉玉羌笛，唐胡琴小呼雷，南宋内府琵琶大海潮和明宫中琵琶小蝉吟。购下它们，爱抚它们，修复它们，吟咏它们，和它们作着倾心的交流，也寄托自己在名利场上无法坦露的情怀。他理解它们的无尽的寂寞，他听到了它们那深藏的衷曲。

真正使压抑、郁积的心性得以舒展的，还是沉浸于《桃花扇》的创作之中。非扭曲性灵、屈辱下作不能混迹于官场的痛苦，"贤者恒无以自存，不贤者志满气得"的苦恼（韩愈《与崔群书》），都化作剧中人物的悲欢离合。痛苦在笔端化作瀑布，化作醇酒，浇自己的块垒，也浇天下人的块垒，幸福的快意便在心头漫溢了。一六九九年六月，"十五年拙宦，碌碌无成"的孔尚任，经过十余年惨淡经营、三易其稿，终于完成了传世之作《桃花扇》。这部长篇历史剧从明朝的灭亡，烛照出一个腐朽的制度和一群腐败的官僚，也塑造出一个忠于爱情、重于气节而又才貌双全、胜过须眉的秦淮名妓的光彩形象，加之少有的悲剧性结尾和极高的艺术价值，使其立刻轰动朝野，市井街谈巷议，百官争相传抄，演出"岁无虚日"。

这不能不引起对知识者深存戒备之心的封建统治者的警觉。这年秋天的一个晚上，宦官奉康熙之命急索《桃花扇》。孔尚任情急中从朋友家觅得一部抄本午夜进呈。数月之后,孔尚任便被莫名其妙地永远罢官。

《桃花扇》孕之于石门山,成熟于江湖,诞生于京都。它的作者却是隐于石门山,走出石门山,又复归于石门山。

皇帝与山水,都与中国知识者结下了难解之缘,并在他们身上留下了深深的烙印,造成了他们双重的性格和矛盾痛苦的人生。所幸的是中国知识者与山水的缘分要原始得多、深刻得多,不管皇帝的影响再漫长、再普遍、再暴烈,也不能从根本上动摇山水在中国知识者灵魂深处引起的共鸣,只要不能将他们全部杀尽,就无法使他们全部变成俯首帖耳的奴仆。因为人就是大自然的一部分,从他诞生那天起,就带着大自然的胎记,自在,尊严,思索,创造,平等。而知识者,又是人类文明的先锋和人类中最敏感者。

这种和山水的与生俱来的缘分,从孔子到孔尚任可说是一脉相承的。孔子不是十分赞叹地说曾点和自己的志向一样吗?曾点的志向就是"在暮春三月,脱下冬装换上春天的服装,和五六位成年人、六七个小孩,无忧无虑地在沂水里痛痛快快游游泳,而后在舞雩台上清清爽爽吹阵子风,尽兴了再高高兴兴唱着歌回家去"(《论语·先进》篇)。这就是圣人,懂得生活、会享受生命的平凡的圣人。曾经印遍孔尚任足迹的石门山,而今在它的最高处雕刻着一个巨大的"归"字,向着游人迎面而来,犹如一声深情而又悠长的呼唤。

十一

大清王朝,已是整个封建社会的强弩之末了。为了延长其就要寿终的统治，其黑暗、腐败与统治的丧失人性都达到了前所未有的程度。而中国知识者毫无自由尊严的命运，则必然的也要经历这炼狱的最后的蹂躏。

当漫长的中国封建皇权社会，就要落下它沉重的大幕的时候，生活于十七世纪中叶到十八世纪初叶的这样几位知识者，却以自己沉重多舛的人生，为这个不合理的社会提供了正史无法提供的佐证。

这几位知识者是孔尚任，蒲松龄，洪升，分别生于1648年、1640年和1645年，又分别卒于1718年、1715年和1704年。都经过了艰辛漫长的忠君求仕遭弃之路，都在心灵匍伏与站立的痛苦挣扎中回归山水与乡野，并留下了不朽的伟大作品，最终都死于贫寂潦倒之中。

孔尚任二十岁进学为诸生，屡试不中，愤而隐石门山，三十八岁破格提拔后便遭冷遇，直到五十三岁被罢官，"尽道君王能造命，冯唐白头未封侯"。被称为北孔南洪的洪升，二十四岁进学，屡试不第后于三十岁上赴京，开始了长达十六年之久的国子监生的生涯，一生未获一官半职。在四十四岁上因在佟皇后的丧期演自己的剧作《长生殿》，遭劾下狱，被革去国子生籍，永绝仕进之路，"可怜一曲《长生殿》，断送功名到白头"。蒲松龄的仕进之路更是漫长而凄惨，十九岁为生员后，屡试屡挫，直考到白发苍苍的六十老翁，还是个失败，这才接受了贤妻的劝告放弃了科考之途。

洪升《长生殿》的创作始于二十八岁，定稿于四十三岁，其间三易其稿，熬去了十五年的光阴，直到五十一岁那年才得以付梓。孔尚任的《桃花扇》构思于三十二岁左右，也是苦心经营，三易其稿，历经近二十年，才在五十二岁上改定，而刊印则是到了他六十一岁，在朋友的赞助下完成的。蒲松龄的《聊斋志异》，是从二十五岁时开始创作的，耗去了十五年的岁月，三十九岁上大体写成，直到六十八岁时还在增删，可谓是费尽了毕生心血。这部费去了毕生心血的著作，却是在他凄凉地死去五十一年之后，才得以以抄本编刻成书的。

王朝到底亡了，皇帝也一个一个地死了，只有山水和乡野还在有滋有味地活着。夹在皇帝与山水之间的这三个寒儒，也许想不到他们和他们的著作，会活在山水与乡野的记忆里，比一个个不可一世的皇帝甚至整个皇权社会的寿命还要长。

1997年7月23日写成于山东曲阜

孔子之死

一

公元前四七九年（鲁哀公十六年），夏历二月五日（周历四月五日），子贡前去看望已经病了的老师。

孔子在心里是有着感应的，他越来越想自己的学生了。颜回走了，子路走了，闵子骞走了，仲弓等人都走了，连儿子伯鱼也走了。老师知道，那个子贡该来看他了。果然子贡来了，上午的太阳从寒风里筛下，沐着正在悠然散步的自己的老师。子贡突然感动了，几十年的岁月里，就是这个人像父亲一样用全副的心血教育着一茬又一茬的学子，没有一天的懈怠。他看着这个病了的老师，拄着拐杖，风正吹动着他的白发与白了的胡须，他仍然是那么高大。高大之中，还更有一种飘逸与洒脱，铸于这金黄色的阳光里。一个想法就在子贡的心里萌动一如星辰升起在夜空里：这个人，眼前的这个老人，这个从百姓中来又归于百姓的人，肯定要成为有人类以来，最为不朽的人了。

子贡看到了老师那急切的眼神。他紧走几步，扑到老师的跟前，攥紧着老师的手。手是这样的冰凉，还有着微微的颤动，子贡本能地更加地攥紧了。他下意识地觉得,要通过自己的手,将自己的体温传给老师。但是他,突然在这寒风里感到着一股强烈的暖流,从这双冰凉的手上传达于自己的心上,还有袅袅的音乐在这暖流之上盘旋。有泪水就在子贡的脸上悄然滑落了。

老师似乎没有看到这些。他埋怨着子贡:"早该来了,怎么来得这么晚呢?"一边埋怨,一边将昏花的眼睛从子贡的头顶望向遥远的天际。有一声叹息,从他胸膛的深处露出。随之,孔子便唱起歌来:"泰山要倒了!梁柱要断了!哲人要死了!——"泰山坏乎!梁柱摧乎!哲人萎乎!"(司马迁《史记·孔子世家》)苍凉如钟,孤寂如磬,清纯如瑟,回响在寒风里。

唱着的老师又哭了。泪水如小溪般欢畅地流淌。子贡听到老师如歌的倾诉:"天下无道久矣,没有人能够尊奉我的主张,'莫能宗予'。夏朝的人死了,要把棺材停在东厢的台阶上;周朝的人死了,要把棺材停放在西厢的台阶上;我们殷商的人死了,是将棺材停放在堂屋的两柱中间。昨天晚上我梦见自己坐在两柱中间,受人的祭奠,子贡啊,看来,我就要死了。"

子贡惊诧了。老师真的要死了吗?可是老师却像谈论四时运转一样地超然物外,虽然含着钟的苍凉、磬的孤寂和瑟的清纯,而那颗心却像这当空的太阳在微笑着灿烂着。

还有那阳光里闪着玉一样莹光的泪水,是老师在哭吗?

他知道,已经不用任何安慰。老师当然是在哭学生,哭自己,哭这个苦了天下苍生的无道的社会。但是这欢畅却又耀着玉的莹光的泪水,又是在欣悦地向这个仍然饱含着温情的世界和世界上的一切挥手作别,更是向着那个刻刻迫近的死亡,招手相迎。这泪水又分明是一条河流的使者,正将老师的生命导入于无际无涯的海洋。

二

齐鲁的旷野里，北风猎猎地吹着。

病了吗？脚步怎么会如此轻盈？踏在这片生于斯养于斯并将要没于斯的土地上，孔子的心里有了一种从未有过的踏实的感觉。

七十三年的岁月，正踏出一条没有尽头的道路。他欣慰地看到，是他罄尽生命，在中国的大地上犁出了一片文化的沃野。他不能不想，走了之后，在这片沃野之上，还会因为小人的践踏而又荆棘榛榛吗？

孔子捋了一下被北风吹得有些凌乱的胡子，将目光洒向空旷的田野，也洒向自己曲折斗转的一生。他经验过多少小人的行径啊，也屡屡被那些得势的小人所伤所害所欺所骗。

我们至今翻阅《论语》，仍然能够感受到孔子对于小人的憎恶与唾弃。他们是毁坏社会的蛀虫，也是毒化社会风气的苍蝇与蛆虫。在整个《论语》里，孔子有二十四次提到小人，只有四次是指平常的普通人，而二十次全是或刻画或直斥这种缺德的小人。

孔子在《论语》第一篇《学而》的开始部分，就对这种小人进行了第一次刻画："巧言令色。"花言巧语，说的比唱的还好听，会讲大道理，会往领导心里奏事，并能装出一副伪善的面孔，但是有一条，就是不真做正经人。"匿怨而友其人"（《公冶长》），这是说小人的阴险。他明明对人心里藏着仇怨、嫉妒，却装出一副公允甚至亲热的样子，与人周旋，遇到机会就会暗咬一口，甚至可以置人于死地。

正如小人是君子的一面镜子一样，孔子也好把君子当作一面镜子，用君子的光明与磊落，照出小人的小与卑鄙与阴险来。如孔子说"君子成人之美，不成人之恶。小人反是"（《论语·颜渊》）。小人就烦别人的美别人的好，别人一美一好他就心里难受，有时难受得白爪挠心似的，想法阻拦非要破坏或者迫不及待地去扒个豁子。于是，"成人之美"也就成了大家欣赏的一种君子之风。"君子和而不同，小人同而不和"（《论语·子路》），君子能够团结别人，却又坚持自己的意见，不会随声附和，而小人正好相反，只是根据自己的利益说话行动，哪怕明知是个谬论，只要对自己有利，也会坚决赞成。"君子泰而不骄，小人骄而不泰"（《论语·子路》），君子安详舒泰，从不骄傲凌人，小人却把手中的权力（哪怕是一点点小权力）用在盛气凌人上。究其根源，君子知道尊重人、尊重人的劳动，而小人则只考虑自己的面子自己的利益，从来就不会也不懂得尊重人、尊重人的劳动。

对于君子与小人，孔子有一句大家耳熟能详的总结："君子坦荡荡，小人常戚戚。"（《论语·述而》）这里孔子是说的胸怀胸襟，也就是我们老百姓常说的心眼。君子是大胸怀大胸襟大心眼，坦荡正直，光风霁月，哪怕泰山压顶也会泰然处之；小人则是窄胸怀狭胸襟小心眼，卑鄙龌龊，阴暗险冷，为了自己的一点私利，诬陷告密，当狗做猫都行，就是不做人。

虽然孔子不会像道家所提倡的那样"以德报怨"，但是他也早已释怀了。小人的脏总是脏了自己，将自己的丑陋显于世上，更把君子衬托得益发高大与光彩起来。孔子的嘴角间，露出了一丝别人不易觉察的微笑。他从脚下抓起一把土，轻轻地扬起，让风吹去。他的那些对于小人的曾经的憎恶，也如这沙土一样随风散去，只留下怜悯在心头热着。"举枉措诸直"，是这个社会这个时代让小人得势、君子碰壁，但是这样的时代这样的社会会长久吗？违了公理违了人心怎么可能长久呢？小人不也是受害者吗？在社会与时代的鼓励与怂恿下，他们让自己宝贵的生命浸在污秽之中，并成为对社会与他人有害的蛆与蛀虫，这是可悲可悯的呀。风中的孔子,期待着自己用数十年岁月所耕耘出的那片文化与教育的沃野,能让更多的君子长成大树,甚至期待着在中国层出不穷的小人,也能够在这片沃野里变成君子,过上几天光光明明、坦坦荡荡的日子。

风越来越大了。太阳,正在东方升起。

三

孔子不知道,云彩是在夜间涌起的。但是他似乎对于云彩的蔽日并没有什么感觉,心头仍然晴朗着。

后世加给他的头衔他当然无从知道,但是学生们已经把他尊为"圣"了。他记得那是在与子贡的一次谈话中,子贡曾经问他:"夫子圣矣乎?"当时他回答子贡说,"圣则吾不能,我学不厌诲不倦也"。子贡这时就说:"学不厌,智也;教不倦,仁也。仁且智,夫子即圣矣!"(《孟子·公孙丑上》)

其实,称号是什么对孔子而言有什么意义与关系呢?在他的一生里,不管穷通与否,不过始终在以一个君子要求自己罢了。一部《论语》,竟有一百零七次说到君子。他曾经告诫过自己的学生子夏,要他们当君子儒不要当小人儒。当老师的,自然要言行如一、表里如一,做好表率了。

将天下苍生的苦难担在自己的肩上已经很久了。君子不担谁还去担?头破血流过,走投无路过,甚至还遇到过看似无法越过的绝境。但是有过一刻的忧愁与恐惧吗?没有,从来没有。"内省不疚,夫何忧何惧"?七十三岁,不能算短了,谁能知道一个无愧无悔着的生命,是多么的快乐吗？

他为担着天下苍生的苦愁而快活着。那是站在人生的高处，有风雪雷电，有险峰幽谷，有悬瀑深潭，有峭崖危石。有这些当然要万苦千辛，要有炼狱般的考验，但也正因为有这些，才有着常人没有、小人更是无法享受到的巨大的收获与欢欣。

"朝闻道，夕死可矣"（《论语·里仁》），让死神把生命拿去好了。能够拿去他的生命，却无法拿走一个君子心头的仁爱，因为他的仁爱已经在他的"道"中载着，直奔后世而去了。这种仁爱是什么？这种仁爱就是既可以把幼小的孤儿也可以把国家的命脉都交付给他，就是在面临生死存亡的关头，也不会有丝毫的动摇与屈服（"可以托六尺之孤，可以寄百里之命，临大节而不可夺也，君子人与？君子人也"《论语·泰伯》）；这种仁爱就是"修己以安百姓"（《论语·宪问》），修炼自己君子的德行，让天下苍生全部得到安乐的生活。

那是谁？那是他吗？一个熟悉而又陌生的孔子正从远处而来。他乘着殷朝的车子，穿着周朝的服装，戴着周朝的礼帽，奏着尽善尽美的韶乐，而所处的时间，正是在夏禹的时代（"行夏之时，乘殷之辂，服周之冕，乐则韶舞"《论语·卫灵公》）。

大禹的时代是那样地令人向往。大禹承接了舜的帝位之时，就接受了舜的嘱托——"四海困穷，天禄永终"（《论语·尧曰》）——假如天下的百姓都陷于困苦贫穷，上天给你的帝位也就会永远地终止了。就是这个大禹，宁愿让自己办公室的建筑简陋得如百姓的住房一样，也要省出财力去为天下兴修水利。就是这个大禹，"三过家门而不入"，而且是新婚之后的第四天就长别家人，领导人民治理洪水去了。就是这个大禹，"亲自操橐耜而九杂天下之川。腓无胈，胫无毛，沐甚雨，栉疾风，置万国。禹大圣也，而形劳天下也如此"（《庄子·天下》）。杂为治理，腓是腿肚子，胈是肉，亲自——看来"亲自"一词古已有之——操着家伙,顶风冒雨,带头苦干。不仅干,还是真干实干长干,不然不会干得腿肚子上没了肉,小腿上磨光了毛。

戴着周朝的礼帽,乘着殷商的车子,奏着韶乐的孔子,正从远处而来,走在夏朝的时空里,并高声地咏唱着:"巍巍乎,舜禹之有天下也而不与焉……"(《论语·泰伯》)——舜和禹真是高大而又崇高啊,他们拥有天下、富有四海,却整年地为天下人操劳,从来不为了自己。

四

是雪在翻飞吗?

孔子望着窗外混沌的世界,有一缕留恋的火苗在胸中蹿起着。

他最是难舍自己的学生。

一个一个,三千个学生就在这雪的翻飞中挨个从自己的面前走过。

多想让他们停留一下,好再摸摸他们的脸他们的头他们的手。就是闭上眼,光凭手,也能摸出是颜回还是子贡。多想为他们掸去身上的雪,再为他们端上一碗开水,让他们捧着慢慢地喝,既暖手又暖身还暖心。但是得提前交代那个性急的子路,水烫,要慢慢地喝。不然,肯定会烫着他。多想听听他们读书的声音,那是比天籁、比韶乐都要美妙百倍的音乐啊,那是可以忘生忘死的声音啊!不管是滴水成冰的数九寒天,还是汗流浃背的三伏酷暑,一旦学习起来,大家总会忘掉了寒暑,出神入化于精神的妙境里。更想再与学生们来一番越磨越深、越磋越透的辩论,哪怕受更多的抢白、更多的质疑。那是心灵与心灵的碰撞,有照亮灵魂的火焰燃烧不息。颜回走过来了,我得告诉他,还是要好好保养一下身子。这不是樊须(即樊迟,姓樊名须字子迟,亦名迟）吗？不要走得这样匆忙吧，是不是还对于我骂你的"小人哉，樊须也"有所不满？那次你问种庄稼和种菜的事，我确实是不懂，当时也有些躁，话是说过头了。我现在想起来，学会种田与种菜有什么不好呢？我不是说过"知之为知之，不知为不知，是知也"的话吗？老师也有不知的事情，你问得好，你不想再问问别的什么吗？问吧，问吧，老师真想听你的提问呢！

可是，谁也没有停留，还是一个一个的，从孔子的面前走过，向前走去。

但是，在这雪落中华的时刻，无限留恋的孔子，从学生那浩浩荡荡的队伍里，听到了一个嘹亮的声音，在雪野中回响：仁者爱人，仁者爱人。老师笑了，这是樊迟的声音啊。老师继而哭了，笑着哭了，因为他听到了这整支队伍共同发出的生命的大和唱：仁者爱人，仁者爱人……

"德不孤，必有邻"（《论语·里仁》），有道德的君子从此再也不会孤单了，这一列学子的队伍，还会无限地延长、延长，壮大、壮大。

一种莫大的欢乐与幸福，就这样充盈于孔子苍茫的胸臆。

不远的将来，又有一个叫孟子的君子大儒，还在感叹着孔子当年的欢乐与幸福。他告诉世人："得天下英才而育之，一乐也，而王天下不与焉。"这种欢乐与幸福，给个国王也不换！岂止不换，简直是不可同日而语的欢乐与幸福。

雪下着。孔子笑着哭了。

五

他知道母亲在等着他。

那个叫颜征在的女子，注定要因为儿子而流芳永远。

母亲墓前的树已经长得又大又粗了，而母亲的容颜却越来越清晰，如同就在眼前。虽然学无常师，但是母亲当然是自己的第一个老师了。母亲在困境中的从容与果敢，母亲对待生活的乐观与进取，还有母亲一视同仁地照顾抚养身有残疾的哥哥，以及母亲待人接物的得体与大气，都是那样潜移默化地教育着年幼的孔子。那座尼山和尼山上的那个山洞，好多年没有登临了吧？母亲生前可是常常会停下手中的针线活，朝着那个方向走神呢。

尤其是母亲的笑容，美，还带着一种莫名的宽容。身体病着，可是只要一看见儿子，笑容就会自然地浮现在脸上，是那样的温馨。流亡的十四年里，母亲的笑容就常常地浮现在自己的眼前，从而给自己艰难的行旅增添起力量。她曾为父亲献出过如花的青春，她更无言地为自己的儿子献出了整个的生命。

如果没有年轻时做乘田、委吏的经历，怎会有后来"弃天下如敝屣"的胸怀与气度？

在孔子内心最柔软的地方，除了母亲，还有自己的妻子亓官氏。太苦了她了，在那十四年里，她是怎样度过的"守寡"一样的时日呢？其中的艰辛当是一言难尽的。一丝愧疚就在心上浮起了，还有一声轻轻的叹息。

对了，还有那个南子。她也早已不在人世了。但是她的好心她的照抚虽然被世人，包括自己的学生所误解，但是孔子心里是有数的。一种感激总也在记忆的深处藏着。十四年的流浪之旅，七十多个国君与大夫，没有哪个能够真正理解孔子、重用孔子，倒是这个担着好多"风言风语"的南子，对孔子有着真正的敬重。多少年了？也不用去计算了，但是那次相见却如昨天一样。还有她在帷幔后面的回拜，和回拜时所佩戴的环佩玉器首饰发出的叮当撞击的清脆声响，都历历如新。

火凤凰

如果母亲健在并且知道南子对自己儿子的好，肯定也会对南子有着好感与感激的吧？

雪一定会把母亲的墓盖得严严实实了。等着我母亲，儿子就要来了。

六

黄昏。

点上那盏灯吧。多少个这样的黄昏与多少个夜晚，就是在这盏灯下，孔子让自己整个的身心，投入在这些文化典籍之中。投入其中，犹如鱼在海中鹰在云上。

双腿已经有些麻木与僵直了，只好斜靠在床头的墙上。把那断了牛皮绳子散落了的竹简重新穿好，再打上牢稳的结。手也不听使唤了，一个结就要打好久好久。但是孔子的头脑却空前地清楚，犹如雨后的春晨。

就是闭上眼睛，他也熟悉每一片竹简和竹简上的每一个字。有时，他会觉得，这些竹简比自己的儿子还亲。那些个权贵是不把这些东西真当回事的，他们没有工夫去想它们的价值，当然更没有工夫去看上一眼。即使迫于应酬必须要学习，也总是在皮毛间打转，很少能从肌肤深入灵魂中了。

连睁开眼睛都觉得难了。干脆闭上眼，只用手轻轻地柔柔地摩挲。

有风从窗子的缝隙中探进来，灯光好似春天的柳条般摇曳着。孔子的身影，也便在墙壁上荡来荡去，是那样庞大，又是那样坚定。

那只一条腿受伤的麟已经死去还是回归了山林？手中的这些竹简，

却是比麟更有生命力的生命啊！它们就如这盏灯吧，看似脆弱得很，轻轻地一口气就可以把它吹熄。但是，当它们已经刻在人们尤其是仁人的心上之后，那是再也熄灭不了的啦。人，人的情感与思想，还有烟雾缭绕的历史，都会因为它们而不朽，因为它们而再生。它们就是一盏盏的灯，再黑的夜、再长的夜，也能被它们照亮。一旦把心灵点着，就是点着了一颗颗星辰，那就更是黑夜与大风都无法扑灭的了。

后来有一个叫秦始皇的愚蠢的皇帝，以为把这些手持灯盏的知识者和正在亮着的灯盏一起扑杀，他的皇帝位子就可以万年了。但是历史早已证明，"焚书坑儒"只是宣告了一个暴虐王朝的短命，并将这种暴虐与罪孽永远地钉在了耻辱柱上。是孔子后人的一面小小的鲁壁，护下了这粒文化与文明的火种。其实，多少有志者的中国人的心灵，不都是一面永远站立的"鲁壁"？这是任何焚烧与虐杀都无济于事的。

也许孔子早已看见了这一切？摇曳的灯光里，有微笑正在孔子的胡须间游走。

这个冬日的黄昏听见，有苍凉的咏唱正从这栋屋子的门缝间逸出：天行健，君子以自强不息……

七

没有一点寒冷。

孔子真切地听见了雪花的脚步，那是尧的脚步舜的脚步禹的脚步周公的脚步吧？"有朋自远方来，不亦乐乎？"（《论语·学而》）知音的接踵而至，真是让孔子喜出望外了。携手间，已经在飞了。

轻灵的魂魄，也如这纷扬的雪花，翔舞在天地之间。是飞舞在泰山的峰巅间吗？只有醒目的松柏，在这银白的世界里吐着勃郁的绿色。这当是泰山上的君子了，"岁寒，然后知松柏之后彫也"（《论语·子罕》）。

齐鲁莽莽，世界茫茫，壁立万仞的泰山也如这轻灵雪花，在宇宙间飞翔。

从来没有过的解放，从来也没有过的自由，就这样弥漫在孔子的生命间。每一片雪花都是一个音符，共同组成了无边无际、无上无下的和鸣。这是天上的音乐吗？可分明又是在人间，而自己的每个细胞，也都成这个和鸣中的一个不可分割的部分。

一种大安详、大欢乐降临了。

是寒冷的锐利刺痛了孔子？他从梦中醒来。

已经无力翻身了，他看到有银色的东西正侵入在床头上。是雪吗？他艰难地微微侧过脸去。一种喜悦一下子就亮起在这深夜里：雪霁了，这是月亮的吻痕。

孔子没有担心，也没有疑惑。雪花，泰山，知音，他们存在过，就不会丢失。或者，这眼前的月光，就是梦中的雪花变的？

全身也许就只剩下心口窝处还有一点温热，他清醒地意识到死亡的来临。一辈子"不语怪、力、乱、神"（《论语·述而》）的孔子，就要直面死神了。

平静如水的孔子甚至有了一个大胆的念头，要用这心口窝处仅有的一点温热，去温暖那个被人误解的死神。

它是多么美好的一个精灵啊！是它给人以最终的休息与解脱，也是它给人以最终的平等与自由。这种自由，是自由得连躯壳都抛弃了的。

死亡也是这样的美丽。可以是一片树叶飘扬着从树上降下，也可以是一颗星辰燃烧着从天空陨落。可以是山溪渗入于渴念的田野，也可以是黄河跳下万丈的壶口。但是它们，都带着生命的光芒，升华于安详而又欢乐的至境。

八

寒冷又在慢慢地离去，那颗臻于圆融的灵魂，轻柔得如天鹅的羽毛，飘逸着似天上的白云。

就这样，灵魂飞扬在漫天的月光里。

那就是自己常常驻足的泗水吧？它正在月光里粼粼着玉的光泽。是的，泗水在等着孔子，等得好久了。你从哪里来？又到哪里去？泗水笑了，无言地说着：我从来的地方来，我到去的地方去。孔子笑了，一河的月光泛着澄明也在笑呢。忍不住，孔子掬起一捧河水，啧啧地饮下。啊，连肺腑也被月光照彻了。

天与地，月与河，人与世界，植物与动物，灵与肉，生与死，过去与未来，全都处于一种无始无终、无边无际的和谐中。只是这种和谐不是静止，而是一切的生命都因为大自在大解放而处在欣欣向荣之中。

不是吗？瞧这条泗水，它不是日夜不息地在流吗？一切的生命，一切的时间，不是都如这泗水一样在日夜不息、一去不回地流淌向前的吗？

死亡也是一种流淌啊。

随心所欲、自在安详已经好久了。但是今夜，生命却新生出一种从来也没有过的欢乐与美妙。

好吧，那我就走了。

公元前四七九年（鲁哀公十六年）夏历二月十一日，七十三岁的孔子死了。

孔子死了吗？他的生命正化作一条船，载着满船的明月，与泗水一起，正驶向烟波渺湎的远方。

"逝者如斯夫，不舍昼夜。逝者如斯夫，不舍昼夜……"

去见阿炳

我宁愿走向黑暗,去与你相见。

即使让我白发如雪,我也愿意,只要我能与你生在同时,亲耳听一次,从你手指间流淌出的《二泉映月》。

但是,这一切都是不可能的了。甚至连你当年生活的细节,也都早已被时间的水流,无情地冲走了、淹没了。阿炳兄弟,你可知道,一颗悲苦的心是怎样地想念你吗?把我的心捻作你的二胡之弦,如泣如诉地拉奏吧,那上面,正战栗着与你心的和鸣啊!

饥饿。连衣服也难遮体了。还有寒冷和寒冷中无妻无后的孤独。北风,雪,破败的道观中的凄清的长夜。更有疾病频频袭来,一只眼睛瞎了,又一只眼睛也瞎了,双重的黑暗,无理地降临在你的壮年。活着,竟是这样的艰难与无趣吗?人,竟会这样的无依无助吗?天亮了又能怎样呢,炎凉的世态不是与这黑暗的夜晚一样冷漠吗?而且天亮了,被欺凌的人的尊严,更会羞辱在光天化日之下。绝望,比双重的黑暗还要沉重地压迫在你敏感的心头,或许,你想到了死。

但是，黑夜惊诧了，它突然看见绝望的手握住了那把破旧的二胡，已经被冷风舔僵的手指，困难但却沉稳地放在了那两股静默的弦上。弓，悄然拉动。

把人世间的痛苦与悲愤，还有哀怨与忧伤，尽情地作一次倾倒吧。

它呜咽着，从一个流浪艺人的悲凉的心田里流出，流向无锡的大街小巷，流向一个又一个也是充满着痛苦与忧伤的心灵。只要是满含悲辛的心灵，哪怕漂泊在天涯海角，也能听懂它，立刻与它相通，并让或干涸或冰封的心灵之泉水重新喷流，从而汇聚成浩渺的湖泊。这是善良但却因此承受着悲剧之痛的心灵上自然存在的泉水啊，只要它流动着，让痛苦与痛苦相融，痛苦便会升华为一种博大的抚慰与深沉悠长的感动，从而涵养出一种至善至美的高贵的心性。

这是中国百姓的痛苦与悲愤、哀怨与忧伤，这是一个中国流浪艺人的痛苦与悲愤、哀怨与忧伤。它呜咽着，从无锡小城的街巷间流向一个又一个无依无靠的心田，仅仅是这些吗？不，不，我分明看见，带着追寻与向往、渴望与呼唤，一个饱受命运欺侮的人挺起胸膛，一颗痛苦的灵魂，点燃在黑夜里……

原来黑夜是可以变作燃烧的炭的，缕缕暖意，怯怯地，但却是坚决地弥散开来。还有光明，动情的光明，羞涩地，又是慷慨地叩动一扇又一扇被漆黑抵紧的心扉。当然还有爱，爱的欢乐，由清清的溪水和着亮亮的月光，酿成甘洌的酒。冻结的心在缕缕暖意中苏醒，被黑暗魇住了的梦，也长出月光样的翅膀，向着光明飞翔。叹息与呻吟，都在爱的阳光下化作颂赞与歌唱，花儿笑了，鸟鸣蝶舞着，痛苦透了的人生，沐浴在欢乐之中！

于是，冰封的中国有春水蜿蜒；半轮明月，穿透浓重的云层，照临冷酷的人间。

你不可能想到，一个瞎子在街巷间所拉唱的曲子，会成为世界经典名曲并让世界为之感动。你更不会想到，连最起码的人的尊严都难保全的一个流浪的民间盲艺人，会是一个让全世界都尊敬爱戴的大师。数千首曲谱在你胸口翻涌，在你指间流淌，只是你生命的响声和生命的需要，欢乐也罢，悲伤也罢，都自然地生长成千变万化的曲谱，一如一腔的鲜血在周身搏动。只是那成功盛过太多痛苦的心怀格外敏感格外广大罢了。你用宽容面对联袂而至的厄运与打击，并将对世间痛苦的感应、理解与同情，全都化为潺潺流淌的乐谱，抚慰伤痛，润泽众生。你已经是幸运的了，这数千首曲谱毕竟还有六首被抢救、保存了下来。从古至今，在黄土之中，该会掩埋着多少自生自灭的英才啊。当然，这也是人类的幸运，能够一辈又一辈地聆听你的《二泉映月》。

我似乎看见，你已经瞎了的眼睛里，正盈满着泪水。

阿炳兄弟，在你与泪水一起涨潮的乐曲中，我还分明听到着深沉的感激。你在感激什么呢？是感激上帝赐予你的神弦，还是感激那位女性，那位在你失明之后一直陪伴你到死的女性？不然，你的乐曲声中，怎能如此地充满着女性的柔情与美丽呢？她看见了你，她听到了你，她就来了，与你做伴，也与你的一切痛苦与灾难做伴。寡言，贫穷，疾病，世人的白眼，甚至脏与丑陋，她都宽容地收下。她只把胳膊连同女性的温存和她的生命伸给你，平静地说：咱们往前走。当疾病夺走你的生命二十八天之后，她处理妥你的后事，也便平静地追随你去了。你的灵魂，是安息在你的音乐之中，也是安息在她那博大、宽厚的情怀之中。

你与你的女人，不仅让我见识了人性的美好与善良，还让我领略了博大胸怀的壮丽与锦绣。狭小的心胸，一块小坷垃就会让其堵塞窒息。只有博大、宽厚的胸怀，才能容纳众多的山岳、湖泊与森林。而人生的美丽与否，恰恰就在其一望无际、丰富多彩上。如果人生的价值是可以衡量的话，那就看谁能在自己生命的旅程上创造并为后人留下更多更高的山峰和更多更大的湖泊与森林，尤其是不易磨损的精神上的山岳、湖泊与森林。

走进《二泉映月》，湖泊与森林层层环绕着的，正是一座直插云天的青峰。

2001年9月21日夜至22日清晨

李白的最后时刻

"谪仙醉后云为态，野客吟时月作魂。"

——唐·吴融《题兖州泗河中石床》

犹如生是每一个人的权利一样，死也是每一个人的权利。公元762年晚岁，这个死的权利就要降临到李白的头上了。重病，衰老，获罪，流放，穷困，孤单，共同凝结成"死"的阴云笼罩着六十二岁的李白。

死神虽然气势汹汹，内心却在胆怯着，就为了李白那依然不见消歇的英雄气概。

朝辞白帝，暮至江陵，驾轻舟一日千里，连野猿的啼叫都成了生命的歌唱，这哪里像一个戴着"叛逆"罪名的将死之人，简直就是一个意气风发的青春少年！那挂"飞流直下三千尺"的庐山瀑布，不就是他在暮年时分从九天银河一手牵下人间的吗？这是激情的瀑布，这是豪情的瀑布，这是美的瀑布，一千四百年过去了，这挂不老的瀑布依旧弹奏着山河与人心，令山河与人心都飞翔起涨满着激情的憧憬。

中国文人不是一片悲秋之声吗？悲命运的乖蹇，悲生命的短暂，唯有李白，却把秋日擦拭得如自己的心怀一般亮堂透彻，就是老了也还要率真地"我觉秋兴逸"（《秋日鲁郡尧祠亭上宴别杜补阙范侍御》），歌唱秋日的灿烂与欢喜。人的头发白了掉了，犹如树叶黄了落了，谁见过树木因为落叶而对秋天怨声载道？没有。那么人就更没有工夫怨声载道了，哪怕死神明天就来，我也要把今天过得"青枝绿叶"。当然，返青的枯草，也不用感谢什么春风，更不必三呼万岁了，只要自己的根上始终留存着翠绿的理想，就是千年的冰霜，又怎能阻挡住萌绿的脚步？

　　这就是李白，老了仍让飞扬的情思驰骋于天地之间，老了仍让生命的脉搏海涛般激荡。

　　安史之乱爆发。国难当头之际，皇帝唐玄宗领着老婆大臣，带头弃京逃跑；老年的李白却置陷在山东战火中的子女于不顾，披挂上阵，于五十七岁的时候毅然参加到永王平叛杀敌的队伍。谁知一腔热血竟遭当头冰水，经过了下狱流放，经过了乞讨江南，无可归依，李白离死亡的终点越来越近了。公元761年的秋天，史朝义叛焰复炽，太尉李光弼出镇临淮。平叛的大业再一次在李白的胸中激起万丈雄心，已经六十一岁的诗人竟然在重病之中再度请缨。请看他的这首诗吧，光是题目就让人魄震魂撼：《闻李太尉大举秦兵百万出征东南，懦夫请缨，冀申一割之用，半道病还，留别金陵崔侍御十九韵》。

　　这就是李白，这就是临近死亡的李白，仍然一手仗剑，一手持笔，仗剑能"为君谈笑静胡沙"（《永王东巡歌之二》），持笔则"兴酣落笔摇五岳"（《江上吟》）。而且以死为背景，他似乎看清了生的全部美妙，满眼满怀的世界，都沐浴着生的绚丽、生的深情、生的盎然与智慧。夕阳即使如小小的蜡烛头一样的短暂又何妨？明天早上，新的太阳又会从东方升起，旭日之下，便是那生龙活虎的百川永不停息地奔向大海。于是创作的欲望在他苍茫的胸怀里更加的汹涌澎湃了，久违的家乡也在他生命的尽头生成一片蝶飞蜂闹的春野。

是什么让他"一叫一回肠一断，三春三月忆三巴"（《宣城见杜鹃花》）？那是家乡的子规鸟在叫、家乡的杜鹃花在开啊！它们开在李白醒时的瞭望中，它们叫在李白梦中的相思里。多少回，他想一吐想家的情怀，但是他怕那情意缠绵的巴山蜀水羁縻了自己飘然远行的脚步。多少回，那浓浓的相思已经鼓胀得心口难受了，但他还是默然地忍着，他怕一旦点着便会燃成漫天的大火。而今，来日苦短，家乡苦远，那就一吐为快，让巴蜀与游子在他的诗中痛快地拥抱吧！

对于李白，死神也许只有感动。让死神感动的，还有李白的痛苦。他的痛苦，是壮志难酬、报国无门、志士蒙羞、又逢绝境的痛苦。

寻阳的监狱和夜郎的流放，彻底粉碎了李白的卿相之梦，他一定是无数遍地咀嚼过司马迁的话了"文史星历，近乎卜祝之间，固主上所戏弄，倡优畜之……"而身体的迅速衰老和已入膏肓的疾病，让他连最后的希望也彻底破灭了。早已是无家可归，所依的本家当涂县令李阳冰也就要退隐，还有肝癌后期的难忍的疼痛。白发委于枕上，曾经容纳着一个宇宙的头颅里，似乎有出世、入世的两个李白在打架：一个是"谪仙人"，可以"戏万乘若僚友"，可以"一月累醉轻王侯"，可以"凤歌笑孔丘"；另一个则是早年常求人荐引，晚年常求人接济，到头来却落了个万里天下却没有他李白安身立命的立锥之地的境地。"人闷还心闷，苦辛长苦辛"（李白《江夏赠韦南陵冰》），痛苦的李白痛苦到了精神崩溃的边缘。

此刻，李白想起了他的诗。

想起了诗的李白陡然坐起，长长的白发如瀑布般泻下峭壁似的头颅，一丝灿烂的笑意开在唇上，两目炯炯有电光石火，眉宇间又亮堂起逼人的英气。一篇篇的诗章，犹如一条条的江河扑面而来，在他的胸际汇聚，喧嚷，奔突，积蓄为波澜壮阔的诗的海洋。啊……啊……这就是我李白的生命了！天下伟大能几人，我李白就算一个。死，来吧，你来一千次一万次好了，我的诗歌照样活着！我这个顶天立地的人如青青的山峰般站着！人不能活在坟墓里，不能活在碑石中，甚至也无法活在钦定的史书上。人要活在世上，活在世人的心中，活在世人心中的爱戴里。那么，我李白就要永远地活下去了。来来来，皇帝老儿，咱们比试比试，你有你的江山，我有我的诗歌，看看咱们谁拥有得更多，看看咱们谁能真正地不朽。当你的江山社稷已成累累荒冢的时候，我李白诗歌的海洋还照样波翻浪卷、吐日映月，"屈平词赋悬日月，楚王台榭空山丘"（李白《江上吟》）！

连李白都被这诗的海洋惊诧得有些不知所措了。他握着死神的手，豪迈地说：伙什，稍等，让我再挖出一条河来。剑在靠床的墙上，笔在床头的几上。李白望了一眼墙上的剑，伸手拿过毛笔，手不停辍地写下了他的最后一首诗歌《临路歌》："大鹏飞兮振八裔，中天摧兮力不济。余风激兮万世，游扶桑兮挂左袂。后人得之传此，仲尼亡兮谁为出涕？"写罢，高声朗诵一遍，连同他十不存一的诗稿一并托付给了族叔李阳冰。

剑就挂在墙上吧，连笔也掷于几上。李白高举起酒壶，将仅剩的酒一气喝尽，便乘着月色，微仰着头，朝着长江滔滔东去的地方飘然而去了。"旷然小宇宙，弃世何悠哉"（李白《游泰山》）！今夜，李白感到了从未有过的轻松。

三十七年前，二十五岁的李白就是作罢《大鹏赋》才一举冲天出蜀去的。而今，这只大鹏又要飞往何方？

没有了钱的束缚，没有了功名的束缚，没有了家庭的束缚，甚至也没有了诗与身体的束缚，彻底解放了的大鹏，今夜要作真正自由的飞翔。

凉凉的江风吹在热热的脸上，犹如清朗的风鼓在远游的帆上。白发皑皑，月光溶溶，闪亮的眸子映着不老的河山，天、地、人便在这安详生动的月色里融为一个和谐美妙的生命了。

一种从未有过的欢乐，潮水般漫过了他那曾经伤痕累累、痛苦万状的心灵。

李白看到了一江的美酒，美酒的波纹间，正闪烁着那轮万载常新的月亮。一个透彻光明的人间，一个透彻光明的天地，一个透彻光明的李白。在这光明透彻的夜里，李白张开双臂，向着美酒含月的大江、向着江中的那轮光明透彻的圆月，扑去！李白醉了，天地醉了，人间醉了……大地已成子宫，江水即是羊水，重生为婴儿的李白正乘着月光飞升，每一片月光都是一枚银光闪闪、剔明铮亮的羽毛。

记住这个时刻吧，公元762年阴历11月的一个月圆之夜，中国安徽当涂采石江上，一个无比欢乐而又无比痛苦的灵魂，将死亡也解放成幸福的诞生与自由的飞翔。

2002年元月29日写成于山东济宁太白楼下

孙犁的妻意

> 一落黄泉两渺茫,
> 魂魄当念归家乡。
> 三沽烟水笼残梦,
> 廿年嚣尘压素妆。
> 秀质曾同兰菊茂,
> 慧心常映星月光。
> 老屋榆树今尚在,
> 摇曳秋风遗念长。
>
> ——孙犁《悼内子》写于1970年10月26日
> （又名《题亡人遗照》）

二十多年前，林贤治曾在《五十年：散文与自由的一种观察》一书中这样评价孙犁："正是母性的乡土感，博大、深厚、柔润，滋养和造就了散文家孙犁。"这个"母性的乡土感"既是安平县东辽城村、白洋淀、晋察冀，乃至中国北方，又是一个个具体的人物，尤其是让孙犁"衷心敬佩到五体投地程度"的女性们。而在孙犁的这个女性系列长廊之中，他的妻子有着一个十分重要的位置，甚至占着第一的位置——既是生命所托、生活所系、情感所钟，又是他文学的源泉之一。

《亡人逸事》当然是孙犁的传世佳酿，其朴实到极致又情深到极致的行文，世所罕见。其实，在孙犁的全部作品里，关于妻子，有着难以尽述的众多的记载与忆溯。前期的《荷花淀》《嘱咐》《丈夫》等名篇，直接地套用着再现着妻子的形象与对话。而在他后期的"耕堂劫后十种"之中，更是密集地写到妻子，全部或重点写到妻子的篇目就有《报纸的故事》《新年悬旧照》《包袱皮儿》《从维熙小说选序》《三马》《住房的故事》《火炉》《爱书续谈》《书信（摘录）》《移家天津》《善闇室纪年摘抄》《鸡叫》《我的金石美术图画书》《续弦》《记邹明》《无题》《暑期杂记：捐献棉袄》《庸庐闲话·我的起步》《耕堂读书随笔：读〈前汉书〉卷六十四·朱买臣传》《宋贤遗翰》《致葛文》《孙犁文集自序》等22篇。让我惊异与感动的，是在我对他晚年的10部书做过摘录与统计之后发现：提到或描述过妻子的，竟有68篇文章之多（包括书信）。

让我们缓缓地叩开孙犁的妻意之门，也打开这颗充满着爱的诚实的心——

《亡人逸事》的细节力量

1975年12月30日上午，在陈老莲《水浒叶子》的书衣上，孙犁写下了这样的几行字："此书系妻伴随，在和平路古旧书门诊部购得。

其已逝五载,无只字悼亡。"虽无只字悼亡,心却念念不舍,六年又两个月之后,他终于写下经典之作《亡人逸事》。

这篇经典之作,全是细节复活而出的画面,家常却又跳动着鲜活的脉搏,将两个曾经风雨同舟了四十年的生命,平实而又再难分割地熔铸在一起。

以"非常偶然"的"天作之合"开始,竟预示着一个必然的生死与共的过程与结果。"结婚以后,她跟我学认字,我们的洞房喜联横批,就是'天作之合'四个字。她点头笑着说:'真不假,什么事都是天定的。假如不是下雨,我就到不了你家里来!'"从"天作之合"开始学习认字,对于有志于文学的孙犁与文盲的妻子,都是新鲜而充满喜悦的。孙犁是最钦服鲁迅的。鲁迅曾经向朱安的家庭提出过学认字与放脚两个要求,都没有得到回应。而且相对于朱安的干瘦,孙犁的妻子又是一位肤白而丰腴的姑娘——他们的小女儿孙晓玲这样描绘妈妈:"稍圆的脸盘儿、双眼皮大眼睛,宽脑门儿白净皮肤中等个头儿,待人亲切乡音极浓。她总是穿得素素净净的,是家做的那种偏襟布衣,鞋也总是自己纳底儿做。虽然没有上过学,可她记忆力不错,语言特别丰富,民谣乡谚经她说出来,一串儿一串儿的既押韵上口又风趣生动。"

这个美的姑娘又是有趣的,那条大辫子,那身"花枝招展"的衣服,那双"用力盯了我一眼"的相亲场面,都给孙犁留下了一生不能磨灭的印象。这个美而有趣的姑娘,又是有尊严的,"结婚已经好多年,有一次我路过她家,想叫她跟我一同回家去。她严肃地说:'你明天叫车来接我吧,我不能这样跟着你走'"。尊严的前提是平等,孙犁从开始就给了妻子这样的平等,何况还有慢慢长得丰满的爱。

孙犁还以充满情趣的笔致,记下妻子的两次"哭",如其中一次是回娘家向自己的父亲"哭诉"农忙季节起得太早,"颇以为苦"。当父亲听到婆婆为了让儿媳妇多睡会儿而起得更早,则反问:"那你还哭什么呢?"一个细节,既说了妻子的娇、母亲的慈与岳父的通情达理,当然还暗示着这对小夫妻之间无话不谈的融洽。孙犁更多的还是体贴,用了三个细节体贴妻子的艰难与牺牲。孩子多、穿衣难,妻子便学会了纺线织布,"我从外面回来,看到她两个大拇指,都因为推机杼,顶得变了形,又粗、又短,指甲也短了";闹日本令家境陷入更大的困境,是妻子带着孩子们"下场下地",到集市"去卖线卖布","有时和大女儿轮换着背上二斗高粱,走三里路,到集上去粜卖",却"从来没有对我叫过苦";几个孩子全是妻子拉扯成人,"每逢孩子发烧,她总是整夜抱着,来回在炕上走"。

借老友李夫的话,孙犁确认妻子便是自己文学语言的"第二源泉"。越是"瞑目之时,冰连地结,人事皆非",越让他的思念与日俱增。这种思念,既是夫妻间的留恋,又是文学的怀想,日思夜想,梦便成了这种留恋与怀想的夜以继日:"过去,青春两地,一别数年,求一梦而不可得。今老年孤处,四壁生寒,却几乎每晚梦见她,想摆脱也做不到。"于是,妻子临终前的那"一丝幸福的笑容",也便成了他孤独甚至逐渐有了些许幻灭感的晚年中久长的安慰。从"天作之合"开始,至"我们之间的恩爱"结束,这也是孙犁对于他们婚姻的真实而具体的结论吧?而最真切的证实,也是一个引起她临终前那丝幸福笑容的细节:为了让爱美又要面子的妻子做衣服方便,还在北平当小职员的孙犁,就曾买下两丈花布直接寄至妻子的娘家。

曾经有人评论,说孙犁的《关于丁玲》写了6节,而《亡人逸事》只写了4节,分量似乎有所轻重。其实这是两篇不同性质的文章,很难比较,而且文章的分量是不能以长短来分别的。

这 22 篇文字中的妻子

从妻子称呼的演进，可以感到她命运的轨迹：娘家时的"二妞"，嫁后的"振海家的"（孙犁原名孙振海），为母后的"小平她娘"。但从她五十年代初去天津山西路参加街道扫盲班开始，终于有了自己的名字：王小丽。这个名字是孙犁起的，他告诉孩子们："你们的母亲很美丽，就叫王小丽吧！"美丽的不仅是仪容与心地，还有语言。关于自己语言的源泉，《孙犁文集自序》中又有更为具体地告白，说这种源泉像"吸吮乳汁一样，最早得自母亲"。母亲死去，是"结发的妻子"将这几乎"断绝"的源泉源源不断地无缝接续，从而成为孙犁第二个语言源泉。"在母亲和妻子生前，我没有谈过这件事，她们不识字，没有读过我写的小说"，但是这些曾经的源泉连同源头上的生命，给过孤寂而又常怀伤痛的晚年的孙犁，多少阳光与温暖啊。

一个作家与自己文盲的妻子，竟发生了那样多关于文字、文学的故事。

《报纸的故事》平实地记下了他们婚后不久的一件私房事：从北京失业回家的孙犁想花 3 元钱订一个月的《大公报》，为阅读也为投稿。首先与妻子商量并想向妻子借钱，他知道妻子有 15 块钱，"包在一个红布小包里，放在立柜顶上的陪嫁大箱里，箱子落了锁。每年春节闲暇的时候，她就取出来，在手里数一数，然后再包好放进去"。妻子支持订报却不借钱："你花钱应该向咱爹去要，我哪里来的钱？"虽不愉快并感到自尊心受挫，却也理解妻子，知道那是妻子新婚时的"拜钱"，给一个个的长辈一下下地跪下磕头磕来的，"拜三拜，叩三叩"，"她一共要起来跪下,跪下起来多少次啊"。过了些时日,颖敏的妻子还会问"有了吗",知道自己的丈夫会写东西要在报纸上发表。等到在妻子的建议下,用所订报纸按日期排列起并把有社论和副刊的一面糊在外面,将新房的顶与墙重又贴糊一新的时候,孙犁不由得有了这样的感叹:"这是我们的幸福的窝巢呀!"

她那放钱的箱子,也放丈夫的书:"年轻时在家里读书,书放在妻子陪嫁的红柜里。妻子对我爱书的嘲笑,有八个字:'轻拿轻放,拿拿放放。'"(《老荒集·爱书续谈》)即使不识字,能够陪丈夫买书也是他们共同的快乐,值得孙犁精心地回忆与记录。《我的金石美术图画书》不仅有实录,"水浒叶子系病中,老伴于某日黄昏之时,陪我到劝业场对过古旧书店购得"。水浒叶子就是陈老莲《水浒叶子》,宣纸印刷。当妻子听到丈夫说书中的图画"这就是我们老家,玩的纸牌上的老千、老万"时,忍不住与丈夫并肩欣赏起来。孙犁说:"这是她第一次,也是仅有的一次,同我一起,欣赏书籍。"心爱着妻子,当然就会设身处地地想她的想法:花去那么多并不富足的钱,买了那么多破旧书,还爱不释手地"又缝又补",就是识字"她也不会喜欢这些破旧东西"。但是对于"你看我买的这些书好吗"的提问,妻子还是坚定地说:"喜欢什么,什么就好。"(《无为集·我的金石美术图画书》)孙犁直言:"我初学写作时,在农家小院。耳旁是母亲的纺车声和妻子的机杼声,是在一种自食其力的劳动节奏中写作的。"(《曲终集·庸庐闲话·我的起步》)

甚至对于一些作家,文盲的妻子也会如数家珍。比如说到遭灾的从维熙,她会说"不是一个青年作家吗","他人很老实,我看还有点腼腆。现在竟落到了这步田地","你们这一行,怎么这样不成全人","从维熙不是一个小孩子吗"(《劫2·秀露集·从维熙小说选序》)。有义愤,有同情,并与痛苦着的丈夫同呼吸。对于丈夫喜欢的同事邹明,妻子也是予以信任与同情。那样的时候，看到同是文人的邹明"拿着刨子，从木工室出来，她差一点没有哭了"，还将很多鱿鱼送给遭难的邹明以表关心与慰抚（《如云集·记邹明》）。

虽是私情，却也是历史的见证。

比如那件老伴置办的"我最实用、最爱惜的"棉袄（见《曲终集·暑期杂记：捐献棉袄》）。那时，虽然已经失去了穿新衣服的身份与权利，却终究可在干校披着它劈柴，午间休息时搭在身上"当被子盖"，以至后来竟成了保持最后体面的"外出的大衣"。当然，更多的，还是因为这件"带着我蒙受的灾难风尘"和"忧患意识"的棉袄，让他永远记得"那一段苦难的岁月"、永远怀念"当时细心照料自己"的妻子。在那样的岁月里，只有妻子知他懂他疼惜他，也只有妻子可以听他看他护他爱他。也许正是储存着这种暖心的亲情，平时就爱惜诸物的孙犁，对这件有着长毛绒领子的棉袄更加珍惜，25年了，"一点没有缺损"。

《尺泽集·三马》是写怪异时代的悲剧人物三马，更是写苦难中妻子的澹定，并用这种澹定建设与支撑起这个家。他有一本《澹定集》，用在妻子身上最合适。日本侵略者闯进家中，躺在床上正在坐月子，硬是"横下一条心，死死盯着"这个侵入者，直至逼退这个持枪的侵略者。土改时被划成富家，搬她嫁妆时虽然落泪，但在拆房、牵牛此等大事之时，不仅走出走进都不在乎，还对正在拆房的人说："你慢点扔砖呀，等我过去，可别砸着我。"特殊时期，受辱且又绝望的孙犁曾经自杀未遂，但是妻子忘了自我，只想着留得丈夫，虽吞吐却极其坚定地劝丈夫："你经过的运动还少吗？总会过去的！"

更多的，还是滋润生命并让平凡的日子闪起亮色的家常。

《新年悬旧照》所记，其实是一张拍摄于1946年的旧照。他先回顾起抗日年代的岳父家因为他的一张照片，而让一个容貌相仿的青年被"打了个半死"的经历,忆起妻子由此将家中所存孙犁照片"都放进灶火膛里把它烧了"的事情。而新年所悬的这张旧照,是孙犁从延安回到冀中,在蠡县县委机关院里所摄。头戴着一顶延安时发的毡帽,身穿一件新的棉袄。这件棉袄与上一件"购置"的不同,是妻子用孙犁当小学教员时所穿的一件大夹袄改制而成。这是在经过14年抗战,家庭已经极度"匮乏"的情景下,妻子心疼聚少离多的丈夫而在严冬的寒夜赶做出来的,更让享受着棉花之暖与妻心之热的孙犁,这件棉袄也就有了一种终于"和家人也算是团聚一起"的感觉。这篇文字写于1981年的12月,题目上有一个"新"字,文也与此相呼应:"晚年见此照相,心里有很多感触,就像在冬季见到了春草春花一样。这并非草木可贵,而是时不再来。"将极深的情藏在极淡的文字中,看似不动声色,读已令人落泪:"妻亡故已有十年,今观此照,还隐约可以看见她的针线,她在深夜小油灯下,为我缝制冬装的辛劳情景。"仅700字,竟有如此容量与感人肺腑的力量,当代作家,只有孙犁能够为之。

一年又两个月之后,孙犁又写下《住房的故事》。讲为了盛放妻子的嫁妆而将房的隔山墙往外移的事情,主要叙述了夏雨之后大梁"朽败",一家人午睡时的险情。"忽然大梁咯吱咯吱响起来,妻子抱起孩子就往外跑,跑到院里才喊叫我,差一点没有把我砸在屋里。"接着是精彩的对话:"事后我问她:'为什么不先叫我?'她笑着说:'我那时心里只有孩子。'"这让孙犁得出了与鲁迅所见略同的结论,也是透着酸甜味道的结论:"对于女人来说,母子之爱像是超过夫妻之爱的。"还有那个白底紫花日本人造丝的"包袱皮儿",也承载着他们共同的岁月。他好书,她好布,50年过去了,孙犁还在一笔一画地还原妻子那时的情景:"她很高兴,说花色好看,但是不成材料,只能做包袱皮儿。"(《老荒集·包袱皮儿》)一个人想着喜爱它、使用它却已经故去十年的妻子,当然是难以入眠了。"艰难入睡",却又"梦见我携带妻儿老小,正在奔波旅行",梦里那是无边无际的滔滔洪水呀,为了一家人的安危,孙犁便又惊醒在茫茫的夜色中。《陋巷集》中的《善闇室纪年摘抄》,不仅记着他们的订婚与结婚、妻子的怀孕与生产,更记下1937年、1941年与1945年的三次奔家。这样一个坚定的革命者,却也有着不惜危险而执着赴家的浓郁的家庭观念。"妻正在大门过道吃饭,荆钗布裙,望见我们,迅速站起回屋",是1941年那次回家的情形;"黄昏进家时,正值老父掩外院柴门,看见我,回身抹泪。进屋后,妻子抱小儿向我,说:这就是你爹!这个孩子生下来还没见过我",是1945年孙犁连续步行了整整14天,终于在第14天的黄昏才赶到家中的现场。特别珍贵的,是《善闇室纪年摘抄》还记下了1946年将妻子与两个孩子接到部队驻地的事情,其中送妻子回去的大车上的镜头尤其感人:"天冷,妻把一双手,插入我棉袄的口袋里。夕阳照耀,她显得很幸福。"而《移家天津》,则近乎琐碎地记载着妻子拉扯着两个孩子从老家奔赴丈夫的艰难,还有艰难中再也难忘的幸福与欢乐。一个奔赴,一个迎接,终于在唐官屯店中一张破席的炕上,夫妻与孩子眠在一处,"荒村野店,也有爱情"。一到天津,孙犁便为妻子买下两丈蓝布,欣喜的妻子,终于在自己的家里为自己"缝制了一身新衣"。这也许,比做新娘时还要幸福吧?那时还有未知,此刻却是患难中的深爱。孙犁说"一望见自己家里屋顶上的炊烟,心里就升起一种难以表达难以抑制的幸福感情",这屋顶上的炊烟,是北方的土地与民众,是父母孩子,当然也是那个世上最疼自己的妻子。

在这22篇文章中,《火炉》与《曲终集·读〈前汉书〉卷六十四朱买臣传》是特别的,没提妻子,却句句都在说妻子,说妻子的好与妻子的难。"嫁汉嫁汉,穿衣吃饭。跟着你,既然饥饿难挨,又当众出丑。且好心相劝,屡教不改,女方提出离异,我看完全是有道理的,有根据的",这是说妻子的难;"以后见朱买臣饥寒,还对他进行帮助,证明这位妇女，很富同情心，慈善心，品质性格还是不错的"，这是说妻子的好。《远道集·火炉》更是念念都在妻子身上，"它伴我度过了热情火炽的壮年，又伴我度过着衰年的严冬"，"它伴我住过大屋子，也伴我迁往过小屋子，它放暖如故"；"火炉，我的朋友，我的亲密无间的朋友。我幼年读过两句旧诗：炉存红似火，慰情聊胜无。何况你不只是存在，而且确实在熊熊地燃烧着啊"！

点滴汇聚的湖泊

坦白与诚实，是孙犁做人与为文的基本风貌，更是他情感经历的基本态度，尤其是对待妻子，在坦白与诚实之时，还有赤裸的自省与忏悔。"我们结婚四十年，我有许多事情，对不起她，可以说她没有一件事情是对不起我的。在夫妻的情分上，我做得很差。"（《亡人逸事》）在《曲终集·无题》中，孙犁直言对革命与工作完全地问心无愧，但是对于"老父老母，青春发妻，幼小儿女，一生之中，对他们没有尽到应尽的责任而忏悔，痛苦"。他甚至想到已经在冥间获得彻底解放的妻子的"责难"，而且"他将无言答对，无地自容"。对于曾经令亲人"焦虑、感伤"的"错事、鲁莽事、傻事"，之所以在晚年"时常自责并无掩饰地写出来"，就是要"作为临终前的忏悔"（《如云集·谈镜花水月》）。

三十年代，曾有一个叫王淑珍的女学生，"眼大而黑，口小而唇肥，声音温柔动听，我很爱她"，写过"很长"的信，说过"那么多热情的话"，是"苦雨愁城中，一段无结果的初恋故事"（以上见《陋巷集·善闇室纪年》《老荒集·书信》）。四十年代是一个叫"梅"的闯进他感情的海滩，梅也是他的学生，"共过患难的，一同走到延安"，正是"大家都已离家七八年，战事还不知何日结束，自己和家人的生死存亡，也难以断定"的时候，但是答应过梅的孙犁还是坚定地"变卦"中止(《曲终集·忆梅读〈易〉》)。五十年代，在青岛病疗，一位护理员，"腼腼腆腆"的农村姑娘，"长得也不俊，面孔却白皙，眼神和说话，都给人以妩媚，叫人喜欢"，她曾给他母亲绣的鞋垫，他曾给她买过秋凉时的棉袄，孙犁从青岛移疗太湖，在可怕的寂寞里，还"非常思念那位女孩子"。

但是这些，都即起即落，虽然仍以温热的情感与美好的颂赞回忆她们，却已不再有波澜。潮落的力量，是他的身后有一片宁静而又阔深的湖泊，他与妻子共同酿蓄而成的生命之湖。当然，还有他看清历史全貌后的通脱，更是一种文学的良知，一种将时光与灵魂裸呈的良知与胆魄。此处，孙犁是仅有的。这种毫无掩饰的坦白，在中国现当代文学史上是罕见的。这不仅是一种精神洁净的卓然独行，更是对于妻子热忱之爱的另一种表达。

1944年的秋天，他在延安的窑洞里，从笔记本上小心地撕下一整页纸，蘸着心上的血，给饱经战火的家庭，写下一封"万金家书"：正面是写给父亲，背面则写给妻子，"她不认识字，父亲会念给她听"。三十九年后的1983年10月16日，孙犁这样写道："我离家已经六七年了，听人说父亲健康情况不好，长子不幸夭折，我心里很沉重。家乡还被敌人占据着，寄信很危险。但我实在控制不住对家庭的思念。"写下那封"万金家书"两个年头之后，妻子告诉步行了14天终于回到家的丈夫："在一家人正要吃午饭的时候收到的这封信，父亲站在屋门口念了，一家人都哭了。"40年的时光，将这封家书的每一个字，包括标点符号，都磨得锃明瓦亮，"这封信的内容，我是记得的，它的每句话都是有用的，有千斤重量的"(《老荒集·书信》)。

所以他在太湖，警觉到蚊蚋赴网、飞蛾投火的不妥，并看清是一种水—流动一切就成为过去的"萍水相逢"。有身后那片宁静而又阔深的湖泊，本是优柔寡断的他，也便有了决断的力量："把她送我的一张半身照片，还有她给我的一幅手帕，从口袋里掏出来，捡了一块石头，包裹在一起，站在岩石上，用力向太湖的深处抛去"（《陋巷集·病期经历》）。

这封"万金家书"，是通向孙犁情感世界的一条正门。文盲的妻子与妻子抚养的子女、侍奉的父母，是孙犁精神与情感的真正所系，他是从这里走向晋察冀、走向整个民族与民族所赖以存活发展的大地。延安时期，沙可夫见别人都有家眷，而孙犁独处，问他是否把家眷接来，孙犁最知妻子的分量："彼不知无论关山阻隔，小儿女拖累，父母年老，即家庭亦离她不开。"（《秀露集·〈善闇室纪年〉摘抄》）

妻子于苦难中去世之后，孙犁曾经与1952年毕业于北京大学并曾任《人民文学》杂志编辑的张保真有过5年的同居生活，从1971年10月至1976年。其实，从1970年10月至1971年8月，仅10个月时间，光是孙犁就热烈地写给张保真112封信，多达10万余字。可谓老树新花，明丽而又热辣。他一定想到过这是他值得纪念与保存甚至将来会出版的文字，才精心地装订成5册。但是这些附丽着情感与时代真相的文字，这些"真实地记录了我那几年动荡不安的生活，无法倾诉的悲愤，以及只能向尚未见面的近似虚无缥缈的异性表露的内心"的文字，到底还是"后因变故，我都用来升火炉了"，"当时也只有这样付之一炬，心里才觉得干净"（《老荒集·书信》）。在《如云集·续弦》一文中，孙犁还细数了为了这次婚姻而竭尽全力的情形，黄昏踟蹰，披星戴月，风沙摆渡，甚至病倒在为张保真奔波途中的禾场上，但是到底还是分手。就是谈续弦，他还是要不能自已地说起那个相依为命的妻子，"因为孩子们没有经验，置备的装裹又很简单，妻长时间露面躺在停尸板上,我从口袋掏出一块旧手绢,蒙在她的脸上,算是向她作了最后的诀别"。初说不能罢休,还要再说:"老伴从二十一岁以身相许,那时彼此有多少幻想。四十多年,经历了无数艰辛,难言之苦,最后这样相离而去。"

写下《续弦》3个月后的1988年10月17日,他与郭志刚有过一次谈话,更是确凿地讲:"我觉得,只有我那个天作之合并主张从一而终的老伴,才能坚忍不拔,勉勉强强地跟我度过了一生,换个别人,是一定早就拜拜了。"(见《如云集》)

他一定会在孤单无依的时候,常常地想起妻子与他共同度过的那漫长而又琐碎的一切,那天底下没有任何一个人可以替代的一切。

那件因为盛着米面而幸存下来的"明瓷",就是妻子从娘家带来的;有了稿费,丁玲等北京的文友劝他在新的首都买一套四合院,是妻子阻止了他,他知道那年土改家中的房子被贫农团分了拆了,"她伤心了";自己大病之时,是妻子时刻地陪着,那一个鸟笼两只玉鸟就是妻子陪着他在鸟市买下的;那些被虫蛀残破的书套,是用妻子包袱中存下的同色旧布头打好了无补丁,并睹物思往,"不只忆及亡人,且忆及一生颠沛,忧患无已";十柜书全部被抄走,只有老伴知道书是他的性命,因疼丈夫而与丈夫一起难过;是妻子为他不只做了一件棉袄,还有她用自己织染的黑粗布,为丈夫做了一件短皮袄,"因为狗皮太厚,做起来很吃力,有几次把她的手扎伤";在外地教书做事,是妻子接过母亲的班,数着鸡叫三遍才舍得将丈夫唤醒,这"是伴着晨星,伴着寒露,伴着严霜,伴着父母妻子对我的期望"的鸡鸣啊;见丈夫只知"絮絮叨叨"地说自己在外面受了多少苦,担了多少惊,是妻子在枕边交代他"你应该先说爹这些年不容易";为方纪的散文集作序,还记得妻子的话:"你们就像兄弟一样",说到与方纪曾经的争吵,又写下被泪水浸湿的文字,"即使还有机会争吵,我身旁也没有了兼顾情义的老伴,听不到她的劝诫了"。

战争年代，妻子拿他的书"烧火"，和平年代，重病的妻子又将丈夫的本子、信件还有照片"投进了火炉"——丈夫问她："'你拿我的书烧火，就不心疼吗？'她说：'怎么不心疼？一是你心爱的东西；二是省吃俭用拿钱买来的。我把它们堆在灶火膛前，挑挑拣拣舍不得烧'。"但是不烧就太危险了，会危及家人的生命，妻子也就"合眉闭眼把它扔进火里去了"(《晚华集·装书小记》)。

在延安的窑洞的一盏油灯下，孙犁用自制的墨水和草纸写成《荷花淀》，也写下对于已经睽违8年的家乡、父母、妻子的思念。在孙犁的封笔之年1995年，孙犁写下过这样的句子："凭窗远望，白云悠悠。伊人早逝，谁可告语。"(《曲终集·甲戌理书记》)这是绵亘了一生的思念。

彩云流散了，留在记忆里的，仍是彩云——妻子就是那朵彩云，一直陪伴孙犁从青春到终老。

2023年4月5日至17日写于鲁西南运河之畔

微山湖上静悄悄

当代人知道微山湖，大多是从一支歌上听到的："西边的太阳就要落山了，微山湖上静悄悄……"一支歌，将静悄悄的微山湖唱得热闹非凡起来，每年盛夏，十万顷荷花总会引来数不清的游人。其实，这歌与热闹，都与微山湖隔膜着呢。长年与微山湖为邻，我更多的还是感到她那绵亘古今的自由与欢乐。

无疑，微山湖是黄河的杰作。从汉武帝元光三年（公元前132年）黄河在瓠子决口、大溜转奔东南夺泗水淮河入海起，直至明万历三十一年（公元1603年）黄河在微山附近的两次决堤涌注，微山湖终于完成了她的诞生过程。黄河野性无依、愈顿愈奋、粉身碎骨也要在前行中再生的精神，更有黄河粗莽、暴烈掩饰下的善接百流、平和安详、纳众浊却不失清明本性的博大心地，都在这里蔚为湖泊了。

当母亲黄河又北上入海、离开这里的时候，微山湖早已出落成一位风情万般、涵养四方的少妇了。是母性使它有着海一样的胸次吧？她不仅献出自己的全副血脉，惠及人畜万物，还让四十七条大小河流在自己的怀抱中吟唱。它能轻松地消化了京杭大运河,又不动声色地将其分娩出,并让犹如重生了一遍的大运河向长江、向淮河、也向黄河带上它自由野性的呼吸——那生命的祝福。那条孕育了孔子而后又让其发出"逝者如斯夫"的旷世感慨的泗水,就在不舍昼夜地奔向这里。

一个世纪又一个世纪地过去了,时时在吐故纳新的微山湖依然年轻着。虽然她本是丰满滑润的胴体明显地瘦了,还有每天大量倾泻的污染想要窒息她自由的呼吸,但是她怎么会放弃自己自由美丽的水性呢?她自信地咀嚼着日月,为日渐干涸的天地保留下一片湿润的情怀,也为人性常常横遭摧残的人类,保存下一片休养生息的资源。

也许微山湖是寂寞的,但她并不孤独。那曾和她血脉相通的八百里梁山水泊(同一个黄河母亲,同一个手牵手的童年),一定会常常打湿她深长的梦境吧?那裸露的梁山石崖和石崖上造反的好汉,当年曾得到过水泊多少的抚慰与庇护啊!水泊枯竭了,却遗下了东平湖、屹立的梁山和那一百零九个大写的人的身影(晁盖当然得算一个)。至今,山、湖间那股总也化不开的反抗压迫与奴役、不做奴隶要做人的魂气,依然不绝如缕,让日夜相望的微山湖、东平湖,平添了多少豪情与欣慰。

最让我意想不到的,是这方憨朴秀灵的水域,竟然和远在万里之遥的贝加尔湖还有着亲近的关系。微山湖之名,得之于殷商微子。微子即殷纣王的同母庶兄,名启,微是他的初封地,子是他的封爵,故称微子,死后葬于其封地宋国的一座小山上,百姓称之为微子山或微山(即今微山岛),成湖之后便也名之微山湖。而1950年至1975年在河南安阳殷墟出土的8具殷王族头骨以及据传说、语言考证,"商人祖先为阿尔泰语系满—通古斯语族玄鸟部落,自贝加尔湖一带南迁,于夏末入主中原"(《文史知识》九三年第一期唐善纯《殷人秘史》)。如今,那个起于湖又终于湖的殷商王朝早已没入历史的深处,只有两片湖泊却还在涌动着它们自由自在的年轻生命，越过万里之远与数千年之久的时空，思念着又呼应着。

那么，谁能说微山湖不也是一种时间与历史的结晶呢？不仅仅是聚集，时间与历史更要在这里活泼泼地流动着，并与现实长成一体奔向未来。

看来，这方土地，是注定要和水结下深深的缘分了。为什么呢？我想起了"柔情似水"这个词。母性的微山湖，当然更是女性的微山湖了，于是爱便如夏日满湖的莲荷一样，将空气酿成了酒，把湖面烧成了火。世俗的，经典的，人间的，神话的，无不带着淋漓的湖味。

就在微山湖畔的马坡乡，默默地掩埋着东方的"罗密欧与朱丽叶"——梁山伯与祝英台，一对在历史上真切地存在着的湖畔恋人。他们合葬的坟茔，曾经被流经湖边的白马河淹没过，但是他们至死不渝的爱情，却感动了一代又一代的官员与百姓。直到明正德十一年（公元1516年），又感动了路过此处的南京工部右侍郎前都察院右副都御史崔文奎，他深感"其心皎若日星，其节凛若冰霜"，毅然上奏皇帝，在梁家祖林中为二人重建了墓、碑和祠堂。直到1976年，墓与碑都还在，碑高1.85米，宽0.82米（根据张自义等人《关于"梁山伯祝英台合葬墓"及其戏曲原型的考证》）。等到全国各地都在争着做梁山伯与祝英台的出生地的时候，微山湖沉默着，不屑于争什么，更没想到借什么光，依然用她的水土养育着"梁祝"的后人，也掩护着"梁祝"的魂骨。

如果在一个春雨霏霏的夜里，熄了灯，静静地听着"梁祝小提琴协奏曲"，那遥远的故事就会如苍茫的湖水扑面而来。湖面上，雨与波在欢喜地喁喁私语着，还有明灭着灯火的小船和摇曳的芦苇。这时候，你甚至会产生幻觉，纷然的春雨尽成舞着的柳絮，无涯的湖面灿烂成杂花竞开的草地，那对浪漫的蝴蝶，正自由地翻飞着、翻飞着……

这该是怎样的一位女子啊。为了争得做人的权利，她敢于女扮男装外出读书，而且一读就是三年（相当于现在的专科吧？）；只身在外攻读三年不说，还敢在亚圣孟子的家乡峄山，以一个女子之身与男子汉梁山伯同榻三年；最后更为了实现自己的爱情，宁愿化为感天动地的蝴蝶！

放飞了这只蝴蝶的微山湖，是该为之骄傲的。

是为这对翩然于湖畔的蝴蝶所吸引吧，一种叫作苇莺的爱情鸟，也从我国第一部诗歌总集《诗经·关雎》中飞入微山湖里。据胡淼先生考证，这种雌雄对唱、歌声响亮、在微山湖区被称为"苇鸟""苇喳子"的苇莺，就是堪称我国第一首爱情诗中那只鸣唱了数千年的爱情鸟，而"关关雎鸠"就是苇莺鸣唱声"呱呱唧唧"的直"译"（人民政协报"学术家园"第20期《诗经〈关雎〉中的雎鸠指什么》）。我更听到了微山湖上的另一个人变鸟的传说：一对自由恋爱的青年男女为抗婚而摇舟漂泊湖上，在被暴风雨倾覆而葬身湖底之后，却变成了一对歌唱生活与爱情的苇莺。再后来，又从一位老渔民的口里，听到了这个故事的许多细节。这一对情人的家庭，曾因老辈家族械斗而成为世仇。姑娘叫田呱，小伙子名姬成，在两家强烈反对、严酷压制下，他们的爱情却蓬勃到生死不顾的地步。终于，在一个月黑加阴天的夏夜，他们双双逃到湖上。谁知起风了，继而雷电交加，风也狂暴起来，恶浪怒卷，满湖骚动。小伙子奋力撑着危在分秒的船，姑娘刮着船舱里越积越多的水。撑船的小伙子镇静地呼唤着：呱呱——刮水的姑娘大声地回应着：姬成——撑着唤着，应着刮着……等风平浪静的明天，船没了，人也没了，只有苇莺在欢快地唱着：呱呱，唧唧，呱呱唧唧……渔民们说，他俩没死，是变成了苇喳子，在永世不歇地唤着应着。

又是微山湖宽厚的情怀收留了他们并使他们再生！

风里雨里，小小苇莺在这湖上鸣唱着，"呱呱唧唧""呱呱唧唧"。这是普通人的生活与爱情，也倾注着普通人平凡但却高尚的情感。一个普通人是一滴水的话，那么这片水就是无数代、无数个普通人汇成的普通人的湖泊了。对于真的善的美的，她有着天然的亲和力；对于难的苦的弱的和一切被压迫受欺凌的普通人，她又有着天然的同情，并施与不求报答的抚慰与珍爱。饱经沧桑的微山湖当然知道，普通人如水一样，温和，甚至还有点卑微，可温和下往往藏着烈如怒潮的力量，卑微后有着皇帝老子也不买账的山岳一般的高傲与尊严。因此她更加喜欢他们。

虽然和孔子的曲阜、孟子的邹城只隔着几步路，有这一湖水垫底，普通人反倒并不怎么把"神圣"的孔孟之道真正放在眼里，总好由着性儿泼洒。瞧这湖谣——

"姐在房中绣芙蓉，情郎赶考要进京。满怀情意说不尽，手拉手儿送一程。送郎送到一门东，顶头碰上老叔公；操操罗裙遮粉面，管你叔公不叔公。送郎送到庄北坡，迎面撞上大伯哥；看见偏装没看见，谅他有话不敢说。送郎送到小清河，婶婆气得把嘴噘；赌气俺俩亲个嘴，气她个肚疼屁打锣。送郎送到个泉水崖（ái），小姑子迎头走过来；眼馋俺俩多恩爱，叫声妹子你学着点儿！"最不能见的人都让她撞上了，她偏敢在光天化日之下与情郎手拉手，亲了嘴，还公然"号召"小姑子"学着点儿"，礼教上的规矩几乎全让这个没过门的普通湖妮子踩在了脚下。她并不要故意表现什么，只是自自然然地做去，不受繁文缛节的拘押，让心性荷花一般地怒放罢了。女孩儿家就是过了门，有湖阔天远，那自由的心腔里，便会越发地鱼蹿鸟翔起来。听这摘菱歌："七月老，八月落，新娶的媳妇摘菱角，舱里菱角没腰窝。挨着个'扁子'还好过，挨着个'刺头'扎死我。该死的，光笑不疼我！"

每次，当旭日或夕阳将一条火的大道，从太阳贴着湖面一直铺到脚下船头的时候,我总会在一湖柔情里,触摸到一种原生的野性,正太阳似的燃烧呢。

这是个野性的湖。这是个在野的湖。

在野的王子微子,就是在弟弟纣王荒淫腐败得不成样子却听不得丁点反对意见,全国已民怨云积、坟墓一般死寂的时候,毅然出走,被这个偏远的山野之地留下的。留下他,不是因为他是一个王子,而是因为他是一个清白的仁者。死了,就埋在山上,为了记住他的仁,山也叫作了微子山、微山;再后来,这里成了湖,山也成了湖中岛,微子的墓却一直好好的。至今,汉代名相匡衡所立的"殷微子墓"碑,还静静地守护在微山岛上的微子墓前。

本来,这里才真正应该算是中国汉民族的发祥地之一。汉民族的"汉"字,不就是因为刘邦建立了汉朝的缘故吗?而汉刘邦起事的家乡沛县,就在现在的微山湖畔。他出去了,当了皇帝,微山湖不眼热也不眼馋,更没想到去争个什么"名闻遐迩"的地位。出去的,大多是高蹈于庙堂,隰洼之地不必去高攀什么;进来的,是智者仁者或智仁的回归者,那是可以为伍的。孔子"知者乐水,仁者乐山",真是说得太好了,这里有山有水,总会有不恋庙堂甚至厌恶庙堂的乐山乐水的"湖友""趋之若鹜"吧?那个"运筹帷幄"、帮着刘邦打下江山的张良,不是拧着脖子不要齐地富庶之区的三万户封地而选择了这里仅有万户的穷留城吗?微山岛上,也有张良墓,连他的留城也早已被微山湖水淹没了,这真是彻底遂了他的愿了。当再大、再辉煌的走狗,也不如做一个人舒心,哪怕是一个普通的人。回回,站在他的墓旁,就听到微山湖的涛声里,有一个声音在说:"狡兔死,走狗烹……"

不知是微子、张良榜样的感召,还是这方水土本身就富含着智仁的营养,光是汉朝,这里就出了一大批心性如水般澄明独立的高士,如姜肱，如郑均。郑均是微山仲浅村人，多次被征召为官，都被他托病拒绝。为感哥哥在任城当一个小官却常有受贿行为且屡劝不听，便愤然离家，外出当了一名雇人。一年后将打工所得的钱币绵帛悉数交给哥哥，痛切地劝道："财物尽失，尚可重新获得，而名誉丧失则千金难赎。如贪赃受贿，则名劣誉毁，遭人唾骂，这一生不就抛弃了吗？"姜肱微山夏镇人，酷好读书，精通五经，远来就学者达三千多人（孔子不也是这个数吗？）。可他就是讨厌官场中的乌烟瘴气，耻于厕身其中。别说叫他跑官买官低三下四地乞官了，倒找钱也不干！桓帝派大臣备上皇上的礼物上他门上求他出来做官，他不干；又命画工上门为其画像让他扬名，姜肱干脆躲于床上以被蒙面，说得了眼睛昏花病；桓帝死，灵帝又亲召其为太中大夫，认性的姜肱索性来个溜之大吉，从小路逃走了。还有玄学家王弼，文学家王粲，哲学家仲长统，医学家王叔和……

帕斯卡尔说人类是"一棵有思想的芦苇"，那么微山湖正是芦苇茂盛的地方了。

我常常想，微山湖就是谁裁下的一块海吧，好让我们这些远离海洋的人生多些水的韵味与憧憬。

水至柔，柔肠百结，痴情弥漫。却又能含辛茹苦，走自己喜爱的路，因为至柔的水有着至刚的骨，"滴水穿石"绝对不是虚言。

水至善。老聃说"上善若水"，是指至善的水从来不会媚上，却一生都在谦下，平等众生，惠万物利千姓，永也不改"水往低处流"的平民本色。

水又至洁。人类一个"洗"字，是对她最大的赞颂。

水还善言——嬉笑怒骂，不平即鸣；就是泰山压顶、粉身碎骨，也还是嬉笑怒骂，不平就鸣。

水更至健至美,永远向前,"不舍昼夜"。"苟日新,日日新,又日新",是世界命脉所系。就是面对沙漠绝对一元的专制,她也义无反顾,前仆后继,非但要冲出禁锢,还要在死寂的戈壁留下多元的生命的绿洲。不知停滞,拒绝腐败,"改革开放",向前,向前,水的队伍向海洋。海是最大的自由,海是最终的解放;海是时间的总汇,海是生命的交响!

海洋,诠释着全部的水性。滴水,也透视着浩瀚的海洋。我轻按着自己日夜奔流的血脉,醒悟着:人,不也是水做的吗?也自勉着:别忘却了水性。

蜀地物语

一说到古代，总会让人想到"野蛮"与"血腥"。如在古巴比伦的乌尔墓中，就发现有59名殉葬者；如亚齐克人曾用人血祭祀玉蜀黍女神，腓尼基人、迦太基人、古印度高康达人则长期流行用初生儿或儿童献祭农神；再如古希腊人和古罗马人，则喜好用孕妇祭祀谷神。而这些又无法与中国的殷商相比，祭祀祖先，商王一次就可以杀死400多名奴隶与战俘，而在著名的商朝M1001号大墓中，殉葬的奴隶竟达255人。但是，在那样的时代，却有一处与这些带着血腥味迥然不同的文明，一处尊崇人的生命、不用人作为殉葬的散发着人味的古代文明——古蜀文明。

都以为死亡会让一切复归于零。其实不，死亡也是一种生存方式，或者干脆就是生的睡眠，会在某一个黎明醒来。成都平原上的三星堆遗址和金沙遗址，就是这样在一个黎明突然醒来的（一如它的突然死去）巨大的人类早期文明——古蜀文明（三星堆遗址最早发现于1929年初春的广汉，大规模发掘于1986年夏，而金沙遗址则是发现于2001

年初春的成都市区的西北部）。它们一言不发地醒来，轻轻地抖落身上三四千年的尘埃，古老簇新、博大精绝的人类初期文明的又一极，自立于四大文明古国之外的又一个古代人类文明，便一遍又一遍地拨动着当代人的心弦了。它们就是一双波光流动的眼睛，审视着当今与未来，也让我们从这流动的波光里，看见了古蜀的模样。

自大往往目空，餍足则会裹足。面对这个庞大而又新奇的人类早期文明遗存，我极力地挣脱现成、规定、主流、惯性、定论从而也省力、安全的思想，试图透过三星堆与金沙，窥见哪怕一丝丝当初的真实信息。

最触目的首先是青铜器。相较于还嫌蒙昧的石器时代，青铜器就是人类进入文明之域的划时代标志。我们已经习惯于将沉稳如山的青铜之鼎作为青铜器的代表，其实，鼎只是中国商周时代青铜器的代表。

它是容器，更是代表鼎食钟鸣的统治者不容置疑的权威的礼器，以致形成了天子用9鼎、诸侯用7鼎、卿大夫用5鼎、士用3鼎或1鼎的列鼎制度。对于被统治者或曰被压迫者，对于敢于向统治者的权威进行挑战或者统治者认为的挑战者，鼎是有着血腥的本质与形态的。"鼎镬刀锯"——对于被压迫者和统治者的挑战者的鼎煮刀剁——就是这一本质形态的形象概括。

与其并存的古蜀文明，却走着另外一条路子：它的青铜的主角是人。人的形象，人的生活，甚至可以感到着他们身上血脉的温热。如三星堆遗址就出土了青铜人形面具22件，青铜人头像57件，尤其是那尊高达2.26米的青铜大立人，最为惊世骇俗。很有可能，这位青铜大立人，就是那个时代世界的制高点吧，一个凸显着人性光芒的制高点。

作为社会形态的见证，青铜的兵器，当然是商周时期青铜器中的另外一个主角。但是在成都的金沙遗址浩繁的出土文物中，几乎没有一件严格意义上的兵器。譬如它也出土有铜戈，但是金沙的铜戈不仅形制特别小，而且刃部并未打磨开刃，刃口也没有使用的痕迹。这种铜戈，当然不是用于战争杀伐，只能是祭祀与礼仪活动中的用品，甚至有学者称它为"舞戈"。

还有象征威严并主要用来防御敌人进攻的城墙。三星堆人的城墙与当时世界上所有其他地方的城墙不同，它几乎没有任何防御的功能，顶部的宽度只是底部的二分之一，其城墙坡度足可以使"敌人"轻易地攀登。那么，古蜀的这种城墙，也就只能成为和平的三星堆人祭祀的场所或者抗御洪水的堤坝了。

这让我想起那个蜀后主孟昶的城墙。这个会作诗能绘画的蜀后主，号令全城的人都到城墙上栽植芙蓉花，还带头浇水。到了秋天，成都便会被芙蓉花包裹一般，盛开着芙蓉花的城墙，也便成了孟昶与群臣嫔妃宴乐和城中百姓游玩的场所。宋人赵抃在《成都古今记》中这样说："五代时，孟蜀后主于成都城上遍种芙蓉，每至秋，四十里如锦绣，高下相照，因名锦城。"没有刀枪剑戟礌石滚木、只有芙蓉花的城墙，当然抵挡不住赵匡胤的6万虎狼之师。公元964年的秋天，从开封到成都，赵匡胤的大军只用了66天，便让后蜀败亡。本来孟昶是有14万军队的，但他明白这6万虎狼之师的后面，是一个最终无法抵抗得住的强大的大宋王朝，他不愿意让久疏战阵的士兵像羊一样喋血在虎狼群中。他早早地向大宋王朝送上了一份降表，降表写得很诚恳，说我孟昶无能，甘做大宋的阶下囚，只是请求大宋的官兵不要伤害后蜀的百姓，也不要焚毁正盛开着芙蓉花的成都城郭。

在他之前，还有一位在成都投降的帝王——蜀汉后主刘禅。没有了诸葛亮的刘禅，是反剪了双手，背上插着一根木棍出城去向魏国的大将邓艾投降的。这一降，也是保住了蜀地的百姓免遭战争的屠戮，也保全了成都免遭战火的焚毁。

两个投降派当然要落下千古的骂名。谁还会记得诸葛亮死后，是刘禅为蜀国保持了整整 29 年的和平日子？"乐不思蜀"的刘禅，注定要成为诸葛亮英明伟大的反衬。而让成都成为锦城、蓉城的孟昶，也要以他的投降，为他柔情万端且又绝世美丽的女人花蕊夫人，添上阳刚的一笔，让这位柔弱的女子，公然在赵匡胤面前吟出这样怨恨丈夫的诗句："君王城上竖降旗，妾在深宫那得知？十四万人齐解甲，更无一个是男儿！"（我想这首诗当是后来者的造假之作）但是，历史的本来面目，就没有与"盖棺论定"大大差异甚至正好相反的可能吗？谁还会哪怕稍稍体察一下这两个人内心的折磨与痛苦呢？有时，是可以离开一下历朝历代所规定的立场，试着站在草民的立场上，以对百姓的生活与命运产生着好坏、善恶影响的事实，去对历史事实与历史人物重新品头论足、从而泛滥一下自己的爱憎好恶的。

在成都城里到处走走，总会有古时的岁月与你相遇，让怅怅的心绪柳絮般飘摇，隐隐的淡淡的酸楚，也就如细微得几乎不能觉察的雨丝，洒落于有无之间了。那个让安禄山逼迫得走投无路的唐玄宗，还有那个被黄巢追撵得走投无路的唐僖宗，都曾来到成都避难，或一年，或三年，躲过灾难，养好了身子，也就走了。还有唐明皇的杨贵妃和蜀后主的花蕊夫人，两个出生在成都的美丽而又多情的女子，走出了成都，最终都是悲惨地死去。当然还有武侯祠里的诸葛亮，草堂中的杜甫和望江楼上的女诗人薛涛，都会在这与你相遇的古时的岁月中活着生着笑着哭着。

但是，这柳絮般飘摇的怅怅的心绪，还有那雨丝样淡淡的酸楚，就会如薄薄的雪，被一种暖暖的亮亮的阳光消融得没有了踪影。这时，滔滔的锦江就会湍急着撞开蒙昧的胸膛，在你的身前身后留恋地舞几道旋，便喤喤地流向远方，心也就在这浸着阳光又不舍昼夜的江水里显影出古今与未来。这又暖又亮的阳光和阳光里不舍昼夜的锦江是什么呢？它们是那样地撞击得人的心胸阔阔的又让一种深重的苦涩炙得人的心胸痛痛的？噢，我是看见了那些跪着的、双手被反缚着的石像。

1986年，人们在三星堆遗址的城墙内发掘出两座双膝跪坐、双手反缚、全身裸露，却没有了头颅的石雕像。2001年，人们又在金沙遗址发现了12尊虽矮小却完整无缺的跪着的裸体石雕像。这12个跪着的人，全都双手交叉于背后，腕部则被一道又一道的绳索捆绑着，而手指有的有9根，有的7根，有的则只有5根。最为刻骨铭心的，是他们的眼神与表情，惊恐，挣扎，痛苦，愤怒，仿佛有厚厚的乌云正从那忧郁而空洞的眼睛里涌出。在三星堆遗址与金沙遗址成千累万又珍贵无比的青铜器、玉器、金器、象牙之中，他们太粗糙也太矮小了，常常会被人们忽略。但是，我分明感到，他们经历了三四千年的沧桑，依然活着。

三星堆人及其文明，是在哪一年的哪一天突然死于何种巨大的灾难？他们之后崛起的金沙人及其文明，又是在哪一年的哪一天突然死于何种巨大的灾难？地震？洪水？瘟疫？战争？金沙人是怎样在空前的艰难之中，延续了三星堆人的文明并在此基础上创造出自己的文明天地？又是怎样的蜀人，再次从金沙的几乎是毁灭性的打击下，重新站起，将古蜀文明薪尽火传？

我将目光，久久地投向那十几个双手反剪、肢体已经残缺不全的矮小的石人。是他们，将我领进那支浩荡不息犹如锦江之水的队伍：承载着所有的苦难却又延续着生活，也用心酿造着生活的世代百姓。只有他们，才是唯一能够打开古蜀文明之门的钥匙吧？元朝灭宋，攻陷成都，先后两次大屠杀，"城中骸骨一百四十万，城外者不计"（元代贺清泉《成都录》）。比其更为嗜血成性的，是明末清初的陕北人张献忠，在他百般的屠杀和清朝军队的杀戮之下，整个四川所剩人口不足9万，而成都几乎被屠戮为一座空城。但是比苦难甚至比屠刀坚忍的还是百姓，百姓是压不垮也杀不绝的，真正如大地上的草，"野火烧不尽，春风吹又生"。百姓的手中握有着最具力量的"武器",这"武器"便是日子与日子里的家常。明朝也好,清朝也罢,甚至那个打着百姓旗号的张献忠,哪一个是好货?哪一个不都是为了一己的江山给百姓带来了弥天的灾难?但是百姓还是踏着苦难,一步步走向前去,过他们的日子享受他们的家常,与一切统治者走着两样的路途。天下不再成为沙漠与死地,不是什么朝什么人的文治武功,而是百姓的日子与家常,是他们为这个世界带来了浓浓的人间烟火,也为这个世界种下了一地的庄稼。麻婆豆腐、夫妻肺片、赖汤圆、龙抄手,不都是咱老百姓的名片?在中国的众多菜系之中,哪一系能像川菜这样具有彻里彻外的平民气息?还有成都数也数不清的茶馆(据清末民初的一本《成都通览》记载,当时成都城数得上名号的茶馆就有454家),那里简直就是咱百姓让心性自由放开的天地。哪怕生活苦得累得让人如负着重轭的牛马,可是在茶馆里待上一阵,就会揩去心上滴下的血和眼中流出的泪,让心绪从容起来,再埋下头去过家常的日子。

就是这样的百姓,早在3000多年前的成都金沙,就创造了那件空前绝后的艺术瑰宝——太阳神鸟金饰。2005年8月16日,"太阳神鸟金饰"正式成为中国文化遗产标志。我们不要只想着古蜀文明是受中华古代文明影响的中华古代文明的一部分,它其实很可能是独立于中华古代文明并对中华文明产生着重大影响的独立的人类古代文明之一。甚至,古蜀文明很有可能是一种有着联邦民主制匀芽的、先进于中华文明的一种古代人类文明。

只用20克黄金,就打造出了一幅人类迄今为止最具创造力的作品:一轮太阳在5.29厘米的空间里旋转着放射出12道齿形光芒,4只首足相接的飞鸟,在12.5厘米的空间里,围绕着太阳欢愉地飞翔。这十几厘米的空间,也许就是世界上最为伟大的空间了,因为它代表了无垠的宇宙、没有尽头的时间,同时也表述着劳动者无限的想象与无边的向往。与此相比,我们的太空飞行,只能算是一种低级的、近距离的飞行。有着这样的精神世界的人们,怎么会被灾难与苦难所根本阻碍呢?这20克的重量,也就是世界上最伟大的分量了,因为这20克,就承载着世界的过去现在与未来。都在说这4只飞鸟就是循环往复没有止境的四季,而那12道太阳的光芒,就是四季的12个月。我真的感到,在那些个双手被缚、痛苦不堪的石人的心里,不正存着挣脱而后飞翔的梦?那个叫库尔特·冯内古特的美国作家,不是把人比作一只"囚鸟"吗?能飞想飞,却处在被囚的悲惨世界里。圆是自由飞行的弧线,也可以是限制飞行的界限,圆是一种开放与无限,也可以是一种束缚与拘禁。人的生命的有限与时空的无限,正藏着一种悲剧式的宿命。可是当上苍因为人的生命的有限而窃笑的时候,这轮"太阳神鸟金饰"却照亮着我们人类向上的路:只要敢于冲破从而自由地飞翔,无数个有限的个体相连,就会一点一点地接近那个无限。让胸膛里积攒起可以绽放可以燃烧的血液,肉体的沉重,怎能阻挡心灵的翱翔?苦难与压迫,又怎能窒息精神对于解放的渴望?哪怕层层叠叠的黑暗,迫煎得草民百姓生不如死(当然,还要加上知识者),可是,仰起头来吧,透过黢黑的乌云,就有这太阳正放射着金色的光明,就有这首足相连的鸟正飞翔在光明里。

写于2010年

梭罗与他的瓦尔登湖

夜访瓦尔登湖

虽然五去瓦尔登湖，还是不过瘾。想带上帐篷，一个人在瓦尔登湖住上一夜，静静地与梭罗聊天。可是家人谁也不同意，说立冬后的湖边太冷，还有野兽出没。临近回国，实在舍不下，就变通了一下家人无法拒绝的要求：入夜将我送去，独自待上几个小时，再接我回来。

昨晚，终于成行。

在树影的黑暗里绕过已经封锁的栅栏，进入湖边的沙滩，已是一片光明了。小半个月亮，在如水的天上弯着，正定定地望着我。四周一片寂静，连一声悄悄的虫鸣都没有。这一刻，天地之间，只有一个不远万里而来的中国人与瓦尔登湖。

放眼全湖——匝湖的树都在水中映着，圆融密实而又梦幻虚浮，好像比白日胖了一些，并模糊了白日曲折的湖岸——如洞开的门。就有了驾一叶小舟，轻移"门里"、隐约于明暗之间，与梭罗相遇的冲动。原以为倒影的绿与蓝，已是那样摄人心魄，谁知这浓黑更有着神秘的魅力。

　　湖中的月亮瘦着，就在脚边的水中，熠熠着，文火般明亮。而湖里的星星，则要仔细打量，才能这里那里，发现它们。发现了，也不显著，时有时无地烁着，悠远着，仿佛远处村落露出的微弱灯光，让人心上凭生一种温暖与惆怅。静默里，能够听到心的自由跳动，与湖的心跳响应着，让自己化在这刻刻里。而这刻刻，似乎就成了永远。世上最有情有义的，就是湖泊了。在这月光之下，我让心上的沧桑，与一湖的情感汇融在一起，洗涤，省思，便有了即时翔飞的轻灵。"它是大地之眼；人们注视着湖泊，就可以测量出自己天性的深浅"（梭罗《瓦尔登湖·湖泊》），就让我在这初冬之夜，深情地注视它吧。

　　偶尔有鱼跃出水面，知道是瓦尔登湖特有的彩虹鱼，身上有着虹样的浅彩，它们是从梭罗那时传继而来的鱼的子孙吗？那时的梭罗，是用一根长长的亚麻线与夜间出来的鱼交往的。

　　有火车从湖边驶过，车窗的灯火也便泼洒在湖里，打破了这厚厚的宁谧。想想白日里游人的热闹，真不知与梭罗时代相较，我们的"当代"是进步着还是退步了？

　　梭罗当年在湖边居住的小木屋，不足十四个平方米，如今按原貌复制后，建到了离湖边二百米的一个坡上的树林里。当然需要拜访，在这样的月夜，多有味道。门虽锁着，他却在门前迎接，向南的窗户琉璃上，还泊着那弯明月，在树影间影影绰绰地亮着。我知道，窗下就是那张不足一米宽的小床，那时的火炉应当已经点燃了。树林里，只有我们俩，一个是铜铸的等身梭罗，一个是血肉之躯的孔子的老乡。没有一点扰嚷，我将右胳膊稳稳在搁在他向前伸出的左手上，脸对着脸，不到十厘米的距离，似乎都能听到他均匀的呼吸。不知他看清了没有，我的不愿示人的伤痛？而我分明看到，他那丛生的胡须里，正藏着一直没有融解的忧郁。

2015 年 11 月 19 日

大自然就在那里

每一次去瓦尔登湖，都要去梭罗小木屋的遗址转转、坐坐。遗址就在湖边的一个折转处，走过一座窄小的木桥，几步路就到了。屋是没了，基础的痕迹还在。倒是痕迹的旁边，堆起着世界各地游人放下的石头，大小不一，粗细有异，不少的石头上还写着五花八门的字。不管有字没字，这些石头就是人类的心迹，在忧苦里与梭罗也与《瓦尔登湖》发生着或深或浅的共鸣。尤其是间杂其中的撰着中文字的石头，惹我留意，也顿生亲切。其中有一块写道："忏悔吧，大自然就在那里！"

我们对于这个看似简单而又短暂的人生，对于他的那本并不多厚的书，有着浩繁却又几乎是单一的解读，似乎他就是一位崇尚宁静的隐士，躲在自然里心平气和地写着《瓦尔登湖》罢了。

生死于十九世纪的梭罗，却在二十、二十一世纪成为一个世界性的话题，这是连他自己也未曾料到的（《瓦尔登湖》出版的时候是那样的寂寞，不只是冷遇，还有误解、讥讽与贬斥）。为什么会如此？是人类共同的困境，越来越煎熬着也威胁着人类与人类生存的这个地球。他是一位先知，在"现代社会"的初期便焦灼地发现了这样一个困境：物质的"现代社会"，正在扭曲、异化、毒害着人类的精神与心灵；本是大自然中一员的人类，正在走向背离自然、奴役自然、从而成为大自然的暴君并最终将要毁坏这个地球也毁灭了自己的绝境。他说："他们会为了一杯朗姆酒出卖他们所享有的那一份自然之美。"他不是美国文艺复兴的领袖，领袖是爱默生。爱默生的超验主义——人能超越感觉和理性而直接从大自然中认识真理——曾经在梭罗那里发生过热烈的响应，并对梭罗有着直接的影响。但是与爱默生不同的是，梭罗更是一个践行的战士。他径直走进大自然里，以热烈的爱，与其同呼吸，具体地发现美，发现大自然无穷无尽的细节，发现大自然自由的真谛，从而也就发现了一条救治心灵、挽赎精神、让人成为"完整的人"的道路。

那时的他，还在庆幸，庆幸人类还无法飞翔，不能像糟蹋大地一样地糟蹋天空，不能像砍下树木一样地砍下云彩。而今，天空、海洋也已被人类糟蹋，而人类自己的心灵与精神，更在走上堕落的深渊。大地之殇，天空之殇，海洋之殇，人性与心灵之殇，难怪梭罗小木屋遗址旁的那堆世人堆放的石头，是那样五花八门的沉重与悲悼、怅惘与忧伤。看来，他的那句"人是一切进步的宿敌"（1858年4月3日梭罗日记），不是没有来由的。

一次次地行走在瓦尔登湖畔，就觉得这个只活了45岁的人并没有死，他总在天真而又执拗地给我说：大自然就在那里。

11月22日晨五时至七时

在康科德镇

零零星星的冬雨下着，却并不冷，与女儿一起去被亨利·詹姆斯称作美国最大的小镇康科德。小镇确实小，不足十万的人口，散漫在一些林间的住宅里。这个小镇却又大，不仅是美国独立战争发起的地方，更有四位大作家曾在这里出生、生活与写作：爱默生、梭罗、霍桑和奥尔科特（《小妇人》的作者）。

有了这样四位作家，镇博物馆也就对世界各地的人们，有了莫大的吸引力。我还是在梭罗与爱默生的房间前停留最久。两个房间紧挨着，一如他们生前，连房间的风格也写实般复制着他们生前的原状。爱默生的宽阔豪华，红花厚地毯，直顶天花板的高大书橱，长长的真皮沙发，深红的大圆桌与铺着绿绒坐面的摇椅。梭罗的房间不仅小，更是简单得有些寒酸，一如瓦尔登湖旁的那个小木屋：一张高脚的小木桌，如我们初中生的小课桌，只浅浅地涂了些绿色（他就是在这张小桌上写下了那部不朽的《瓦尔登湖》）；那把比爱默生的小了一半的摇椅，多处露着岁月的皴裂，从深绿里显着点点苍白；还有那张三四十厘米高的小床，据说是中国制造，简单的木架上拉着藤条：当然没有厚重的地毯，只钉着粗粗加工的白木板。

穷困，一直没有真正离开过这个哈佛大学毕业的人。还有难与人言的苦痛：心爱的哥哥早早地死去，心爱的姑娘又拒绝了他的爱，可能还有永也无法圆满的暗恋，自己又生着肺病，四十五岁的盛年便匆匆故去。

曾有一个好友从国内发短信问我：以我们当下人的眼光，梭罗的人生是成功的还是失败的？我想了想，这样回复：从物质层面看，他是失败的；从心灵的自由度——亦即人的解放上看，他是了不起到让人羡慕不已的成功者。小木屋虽小，大自然却是他精神的天地。当然没有灯红酒绿，可是那片湖泊不就是他的人生之杯吗？日光月色，还有四季那时时刻刻都在生长与发生的无穷无尽的美妙，无不与他超出物质之上的精神，碰撞、兼容、创造、再生。一部《瓦尔登湖》，蕴藏着巨大的欢乐，是发现的欢乐，也是创造的欢乐，一个对一片树叶、一只小鸟都怀着平等敬畏之情的自由灵魂的欢乐。他不是避世，而是走向没有涯际的天地。他不是疗伤，而是抖去身上的枷锁、砸烂心上桎梏，重新铸造生命。不是愚昧与懵懂的回归，而是俯瞰与远眺的飞翔。只有梭罗才能发现"人类的劳动像春天一样焕发光芒"；也只有梭罗，才能感觉"只有在瓦尔登湖滨，才与上帝与天堂最近"。

从博物馆出来，又与女儿一块儿去康科德镇的公墓，寻找梭罗。成千上万的墓碑，如树叶一样纷然着，各异其形。没有导游，没有图示，竟如大海捞针。倒是爱默生的墓碑与众不同着，不规则地大着，还是耀目的白中带点红晕的石头。我环视这高低起伏的丘陵状的墓地，知道梭罗肯定就在这众碑里，只是淹没其中了。我倒欣慰着，觉得这才符合梭罗，他不喜人间的烦扰。

回家的路上，停了的雨又飘忽着零星地落在挡风玻璃上。我的内心有一种缠绵，默默地祝福着这块土地的幸运，诞生了梭罗与瓦尔登湖。"让我们失去视觉的光明对于我们而言就是黑暗，只有我们醒悟的那天才是天亮了"，咀嚼着梭罗的话问自己：醒悟了吗？也问这个世界：天何时亮？

11月22日晚零点十五分

牵着外孙的小手转瓦尔登湖

《瓦尔登湖》也是一片湖，一片文学之湖。梭罗在这里不仅为世界文学另辟了一条通向大自然的幽静而又热情的小路，也给世界文学以诸多启迪。那种不受污染的干净与朴实，那种包含着爱与美的细节的大自然品格，那种绝不向世俗妥协的自由的童真，还有那种对于这个世界与世界上生命的热爱，无不给人以从未有过的审美享受。"真正的文学，无论小说、散文和诗歌，都要求作者首先具有诚实的品格，有着正视现实的勇气"，林贤治这样说的时候，一定曾经受到过梭罗与他的《瓦尔登湖》的感染。

瓦尔登湖已经失却了梭罗时代的宁静，但是它的本真与丰富并没有丢失。而且，人不可能两次踏进同一个瓦尔登湖，每一次，它都会给你新的感动。梭罗的好多文字让我由衷的感动，连同他的日记。比如他在1854年1月11日的日记里说，"最卑微的杂草具有难以形容的美"。

那天，我牵着不到四岁的外孙女家家的小手转瓦尔登湖，她也让湖中的白云与秋树吸引得兴奋着，从头走到尾，一步也没让抱。一只手牵着我，一只手拿着一个小树枝，边走边在水里划起美丽的波纹。关键是，她还用手中的树枝，救出了5只蚂蚁。我表扬她："家家不简单，救了5个蚂蚁。"她想了想，纠正我说："不是5个，是6个，还有小树叶呀。"我的心暗暗吃惊，知道孩子是可以当大人的老师的。在她的心里，蚂蚁与树叶，都是生命，有着平等的价值与美好。而一个"救"字，更凸显着纯洁无瑕的爱心。这不正是梭罗与他的瓦尔登湖，不朽的真义所在吗？

2015年11月24日黎明至中午写成于瓦尔登湖旁的莱克星顿小镇

刘勰的浮来山

还想三去日照莒县的浮来山，选一个有雪的冬日，一个人，在山上的定林寺里住上几天，听听那棵"天下第一银杏"的呼吸，也陪着那个叫刘勰的读书人说说话。

这是一座海拔只有298.9米的小山，却因为这树这人，让我动心得入梦。两次登临，尽管同行者众，又游人如织，我还是会在这棵有着4000年寿命的巨树前孤独了自己，游进时光的河流里。

第一次见它，是在四年前一个雷电挟着暴雨大风的夏日。600多平方米的树冠下，静寂着，似乎暴雨都无法穿透一般。周长15.7米的树身，在风雨里纹丝不动，山体一样，我甚至感到急切的雷电都在生气着巨树的从容。今年的夏日再去晤它，却是阳光泻着金色瀑布的溽热时辰。宏大，却又如此朴实，阳光在它的每片扇形的叶子上欢快地跳着舞，再流成光的小溪——我满眼的阴凉，心都醉了。当年，那个不容于齐国、被迫"接淅而行"的孔子，也许曾经在这棵古老的银杏树下将息过片刻？它不属于任何朝代，它是它自己，淡然地看着一个又一个朝代的兴起与衰落,只是将根深深地扎在大地上,滋味非常地咀嚼着自己的岁月。

35年前,联合国教科文组织曾经对它进行过专题研究并向全世界播放了它郁郁葱葱的生命状态。静静地想念这棵老而弥绿的银杏,才知道这样的一座小山,竟有着海阔天空一样的胸襟。

这样的胸怀里,与日月杂酿的,还有缱绻不已的情义。

从巨树拾级北上,会遇到一座二层的小阁楼,悬一匾额,上书"校经楼"三字,是郭沫若1962年为了纪念刘勰的《文心雕龙》成书1460周年所书。这座山,建一个寺,在寺里筑一座小楼,就为了等一个人来,这个人就是刘勰。

刘勰的父祖辈,早在西晋末年的"永嘉之乱"时便流迁于江南,使刘勰一出生便饱尝乱离之苦,浮来山下的家乡只能在梦中相遇了。

幼年丧父,青年失母,又无兄弟姊妹的刘勰,其孤单与寂寥,外人几乎无法想象。进入南京钟山的定林寺,十数年间与和尚们共处,既是生活所迫,也是南朝崇尚佛教潮流的裹挟。失去家乡又无依无靠的刘勰,于万般落寞里,让一个"佛"字作了精神的向导。

毕竟,佛教再是博大,也不能独占了青年刘勰的精神世界。对于儒家思想的学习与对于孔子的向往,深深地吸引着他,以至在《文心雕龙·序志》篇里,他还欣喜地记下三十岁时的一个梦境:"梦执丹漆之礼器,随仲尼而南行,旦而寤,乃怡然而喜。"梦里,他终于回到了浮来山下的家乡,正与孔子一起南行。"穷则独善以垂文,达则奉时以骋绩"(《文心雕龙·程器》),再是辉煌的庙宇,也不能束缚了刘勰的人生理想——而三十七岁时便已写就的《文心雕龙》,或许比那株巨大的银杏,还有着更加长远的生命力。鲁迅先生将其与亚里士多德之《诗学》相比,称其"解析神质,包举洪纤,开源发流,为世楷式"。三万七千言的《文心雕龙》,是刘勰的呕心沥血之作,更是他自铸的以文发声的黄钟大吕。高高在上的统治者可以享尽天下，但在文化与精神的天地间，一群寂苦甚至孱弱的知识者，却可与之分庭抗礼，用心血乃至生命创造出一个自己的世界。

考证论述刘勰的生平者，大都主张他出身士族。但是，读他的《文心雕龙》，想见他写作时的心情，也就越发地同意王元化先生在他《读文心雕龙》一书中的论断："刘勰并不是出身于士族，而是出身于家道中落的贫寒庶族。"鲁迅是刘勰的知音。"然将相以位隆特达，文士以职卑多诮，此江河所以腾涌，涓流所以寸析者"，鲁迅读到刘勰的这些话，深自赞同，又为刘勰这样一位出身贫寒庶族者的命运而痛惜不已，"中国汉晋以来，凡负文名者，多受谤毁……东方恶习，尽此数言"，并体味整个《文心雕龙》"函深哀焉"。从江河腾涌，涓流寸析，到黄钟毁弃，瓦釜雷鸣，这是漫长的中国专制社会的常态，也是知识者心上不灭的愤慨。虽然刘勰揣着自己的《文心雕龙》扮成小商贩，在当朝重臣沈约必经的路上等候跪荐，并因此而进入仕途，但他到底还是在残酷的现实压迫下，以出家为僧结束了自己的生命。刘勰出家的方式，是悲惨的——他烧去自己的眉毛与胡须。这是对于仕途的绝望与对于生命的幻灭，也是对于梁武帝一种曲折难言的反抗。

在他出家的当年，便死去了，寿命只有五十六七岁（连卒年也不能确定）。一生未娶的刘勰，是在孤独与哀伤中离世的。读他的《知音》篇，直让人唏嘘不已："知音其难哉！音实难知，知实难逢。逢其知音，千载其一乎！"

默默的浮来山，感知了这一切，痴痴地等着自己的骄子归来。还有那棵四千岁的银杏，也在等着他。刘勰七岁时曾经做过另一个梦："乃梦彩云若锦，则攀而采之。"也许，他的灵魂，早已化作彩云，正萦绕着浮来山，朝朝夕夕。

鱼·鱼鹰·鹰帮

三月二日晨。

半个月亮在南天悬着，犹如老天正侧着一只耳朵，谛听微山湖的动静。

这是微山湖中的独山湖。难得的晴朗终于从连续的雾霾里突围，往日锁在阴霾里的独山，到底露出了青黛的容颜，在湖的远处静静地又清爽地等待着朝日。一湖的水呈着安详，丝缎样的湖面静静悄悄，一马平川得心平眼阔。

是湖的梦还是梦的湖？风都不起，纤尘不染又娴静异常的湖更显安恬静谧。

与旭日一起，山庄村的鹰帮出发了。不大的铁壳机动船，拽着七八只小溜子，每只小溜子上都有一个六十上下岁数的渔民，或蹲或站着。小溜子的两舷支着四五排横木，横木上站着鱼鹰，每只溜子仿佛一只张着翅膀的大鸟。

在湖汊里行着，才感到有冷的风。一出湖汊，豁然开朗，冷意顿增,却见旭日,在湖的尽头处晃悠着,如一艘宝船。鱼鹰们大多缩着脖,将头向后插进翅腋里,犹如没精打采的家鸭,只是光滑的羽毛黑里泛着亮闪闪的宝石蓝,小小的眼睛则冒着绿莹莹剑般的寒光。而那些个六十上下的渔民们,个个戴着或黑或灰或蓝的棉线无檐帽,仍然或蹲或站,缩脖抄手,和船舷上的鱼鹰一起与湖融为一体。

深入,再深入,阔大的湖面上只有我们。

终于停船,解缆,七八只小溜子自由地散浮在湖面上。小溜子上的"老者"们不经意间各自拿出一把青黄的苦江草(又名扣谷草),在湖水里浸浸,便一只一只为鱼鹰们扎好了嗉子。

我还没有反应过来,就见各只小溜上的"老者"们,全都麻利地脱去甩掉身上的羽绒服,挥起长长的竹竿,将鱼鹰尽皆赶进绿宝石般的湖水里。随即,"嗬嗬嗬嗬……啊啊啊啊……嗷嗷嗷嗷……呦呦呦呦……",吆喝与呼叫,骤然爆破!

静悄悄的独山湖刹那惊醒。

雄性的吼鸣与呐喊,恰如急骤而又激越的鼓槌锣锤,敲击着原本寂然的湖面,如惊雷行天、野马奔地。吆喝与呼叫,吼鸣与呐喊,既是激励百十只鱼鹰的战斗精神,又是在点燃各自蕴藏在生命最深处的活力。

劳动开始了!

十分钟左右,百十只鱼鹰们就已迫不及待地飞翔于湖水的深处了。跃起,收身,箭一般射进水里,此入彼出间,鱼鹰们的大嘴与伸缩力极强的嗉子里,便会鼓鼓囊囊着捉到鱼。逢到大些的,权形的鱼尾就会在鱼鹰的嘴巴上甩动着、摇晃着,还带着湿淋淋的湖水,水珠上就闪着阳光碎成的星星,眨个不住。

原本又蔫又老的汉子们,早已成为意气风发的英雄。双手握桨,膀臂肌肉突起,身子前倾,昂俯有致,一划一收间,像极飞翔时的俯冲。随着昂俯划收,小溜子便像流星般向着噙满鱼的鱼鹰冲去。或从船舷顺手牵鹰,或抄起杆头缠有网兜的长杆,迅速将鹰捞到船上,一手掰开鹰嘴,一手轻搦鹰嗉,三两条小鱼或一条七八两的半大鱼就会吐进船舱里。

鹰,争相入水叼鱼;人,东奔西突地抢鱼。

"嘀嘀嘀嘀……啊啊啊啊……嗷嗷嗷嗷……呦呦呦呦……",此起彼伏。

原本静悄悄的湖,热气腾腾得让人心潮澎湃。

最是两三只鱼鹰头挤在一处,在水里疾行,一定是一条大鱼被它们缠住。四五斤,八九斤,有时竟有二三十斤的大鱼。鱼大劲便大,在水中更是让力道放大数倍,而竟能一条一条败在体重只有六七斤的鱼鹰喙下,其中必有门道。仔细观察,其景象紧张异常。两三只或三四只鱼鹰,喙叼如急雨,且次次叼在要害处:眼睛或呼吸用的腮处。还能心照不宣,团团围定,轮番进攻,一只失嘴,另一只或两只立即叼住。

这时,我才后悔将其当成家鸭的念头。鱼鹰也是鹰。鱼鹰更是鹰!它们不仅有着自己翱翔的天空——大湖,它们还与人结为终生的朋友,一起劳动,一起悲欢。

几乎就在鱼鹰们斗头疾行的当尔,就会有一只小溜飞一般冲上前去。这时的摇桨人,两目放光,身子压得极低,一起一伏,人船一体,几乎就是眼到船到,喉咙里同时发出兴奋的呼叫。一旦临近,闪电般抽出杆兜,一兜下去就会将鹰与鱼拖上船来。这样的大鱼,一般是微山湖闻名全国的四鼻鲤鱼,铜钱般大小的鳞放电似的闪着光彩,而金黄血红的尾巴犹如独脚,弹着巨大的身躯跳起鱼之芭蕾,敲击得船舱"嘭嘭"如战鼓在叫。这时的摇桨者,并不稍息,又将身子俯压着飞翔一般,快速地摇向新的目标,只是眼梢扬起着收获的喜悦,而紧抿的

火凤凰 | 201

嘴角还凝着战斗刚刚开始的庄严。

鱼鹰也有滥竽充数者，或者也有累的时候，以为伙在鹰群里，偷会儿懒也能蒙混过关。这些在风浪里穿行了半个世纪的人，哪一个不是眼观六路？总会有船与警告的叫声一起冲向偷懒者，甚至船未到，已经抄起竹竿投掷标枪般将竹竿掷于偷懒者身旁。竹竿先是空中飞行，"嗖嗖"有声；而后会在水中穿行，"哧溜溜"犹如响箭。常常是"哧溜溜"的声音未尽，偷懒者已经奋力扎入水里，重新投入捕鱼的行列。

只有鹰帮的帮主、六十四岁的屈庆金，独驾一个小溜，似乎超然于这种热火朝天之外。他快捷而匀速地摇着船桨，在鱼鹰与众小溜的外圈转悠，满脸的皱纹每一道好像都是一只眼睛，能够看穿湖下的一切：哪里有鱼，哪里的鱼多。看似杂乱的场面，却有一个纲在，这个纲就捏在他的手里：向哪里转移，什么时间转移，全看他与他摇的那只小溜。开铁壳机动船的小伙子屈云华小声告诉我们：他的压力比谁都大。

等到下午一时许短暂的休息，"嗬嗬嗬嗬……啊啊啊啊……嗷嗷嗷嗷……呦呦呦呦……"，吆喝与呼叫，已在五个小时里持续不歇。

开始时的兴奋与搏击，还好理解。而这种持续的生命力的强大释放，暗暗震撼了我。我记下了这些鹰户：屈庆纯六十一岁，李居连六十二岁，熊光和五十八岁，李喜云六十六岁……不仅下午还要继续上午一样的强力劳动，明天，后天更是日复一日，从农历的十月直至来年的农历二月，五个月里不停不歇。累到什么程度？一旦回到家里，晚上睡觉双手都无力上举脱掉身上的毛衣。这支鹰帮的渔民们，已是四辈结合在一起，生生世世与这片湖、与这些鹰为伴，不离不弃。屈帮主不无忧伤地告诉我们，等到他们真正老了，微山湖上的鹰帮也就会绝迹了。满脸纵横着深的皱纹的屈帮主说："苦不怕，最焦心的是每年都要闲上六七个月（天一热鱼活跃了，鹰就逮不住鱼了）。闲的这些日子里，全靠买鱼来喂，可是上边每年每只鹰还要征收八十块钱的管理费，小青年谁还愿意干这个营生？"

　　会有买鱼的机动船从远处驶来，船舷上站满着也在歇息的鱼鹰的群溜，就会静静地移过来。二十多条大鲤鱼与半舱银色的草鱼，就被分别装进大筐过秤，大鲤鱼四块钱一斤，半大草鱼两块钱一斤。望着称秤与一张张点清七百二十元票子的过程，让我想起家乡开镰割麦时的喜悦与怦然心动。加上下午近四百元的收获，鹰户们这一天每人分到了一百一十五元。

　　等到鹰累透了，人再撑也撑不动它们的时候，也就是这些个六十上下的人收工的时辰。夕阳就枕着不高的独山，静静地落着，将自己的血洒了一湖。

　　明天，这片静悄悄的湖上，还会响起激动人心的"嗬嗬嗬嗬……啊啊啊啊……嗷嗷嗷嗷……呦呦呦呦……"。是什么让他们一年一年地激情不老？是什么让他们一天接一天地激情如新？渐老的身子骨与那激情似火的心劲，该有着怎样殊死地搏斗？漫长而又短暂的夜里，从疲惫中恢复越来越难的这些个老鹰户们的心上，是怎样地在做着驾溜穿行于鱼鹰间的甜梦？

　　待到微山湖上的鹰帮消失的那天，这些个已经老得干不动的曾经的鹰户们，一定还会爆起星星点点的生命的火花来。点起这火花的，就是这必将与生命共始终的嗬嗬嗬嗬……啊啊啊啊……嗷嗷嗷嗷……呦呦呦呦……

2013 年 3 月 5 日夜零点二分

妙响涤尘

不知从什么时候起，普陀山潮音洞的涛声就在或远或近地涌来。

其实，八九年前去普陀山小住，纯属一种偶然。虽然只是稍稍一住，似乎就有根须扎下了。当时不觉，后来就常常感到着这种根须的牵拽，尤其是那个潮音洞的涛声，一下一下，或急或缓，就撞击得心上漾起了层层的空旷与怅然。

数十米的山崖裂隙，直上直下，刀劈一般，海浪便没有间歇地进进出出了。是大海没有止境地进退？还是裂隙不知疲倦地呼吸？动，动是大海；静，静是山岩。动静之间，就蕴藏了大千世界的生死轮回。

一个孤单的自性，就这样安立于海、山之间，沉潜在一种繁杂与静明之中，只有微闭的眼睑上，有泪水悄悄地渗出。潮音洞的涛声，也便在这苦到极处的心上，游走无碍了。

大海本是有翅膀的吧，应当与天为伍。只是感于地上无尽的愚暗与丛生的孽障，才死死地厮守着大地，并敞开胸怀，容纳下世上的悲苦与伤痛。一只失偶大雁的哀鸣，一个乞丐于寒夜中瑟瑟的战栗，甚至一株幼苗在暴风雨中的无助……都被大海发现着,理解着,同情着,接受着。先天下之忧而忧,于是,大海便渐渐地苦了。苦着的大海,又怎能不让自己慈悲的潮汐,起伏不已、涨落不已呢?

人心,竟是那样地隔膜与陌生吗?人,生来世上,又活在世上,当是受苦受罪来的。大海是否可以听到,这颗张开着灵窍的心,正脆脆的如素简的陶埙,常常孤独地鸣咽?且不说生老病死、世事沧桑,单是社会的风雨和人置的荆棘,就会将这柔软而又无辜的心,吹淋、刺扎得伤痕叠摞了。真想撕开胸膛,如脚下的崖隙,让这涨落不已的潮水漫过。即使不能抚平叠摞的伤痕,起码也可以让大海知道,在这伤痕之下,仍然有着柔软的地方还在鲜活着。

极目天涯,水色弥望,层层的海潮,正缓缓地却又有力地向我涌来,涌来,一种开篇就将叠摞着伤痕的心照彻着。我的心,也就如这海潮般起伏不已、扑向前去。

此刻,大海的每一个浪头,都是一位可以悉心加持于我的上师。苦着的心,在这苦的海之潮水里滤过,一种证悟之后的安恬与怡和,就如春风般翕然煦然了。

但是海潮,越过我的脚下,还是向着不动声色的崖隙冲去,层出不穷、无止无息。是感于世人的痴聋,才在浪岩的相激间炸起着雷鸣?浅蓝的海潮,因为映了山崖的影子而变得墨绿。但是浪石相拥的瞬间,这墨绿的海潮,又陡然化作快乐激扬的银龙,并将这潮音洞自由腾跃得海阔天空了。

不知是什么机缘,让大海与山崖相遇?也不知是怎样的力量,令石崖骤然开裂?也许在石崖开裂之前,大海与山崖都有过漫长的观望与等待?

山崖是粗糙的,甚至还有些丑陋,被世所弃是必然的,被世误会也是必然的。那种寂寞,那种沉默,连同裸于风雪雷电之下的艰辛,甚至屡屡地蒙冤受屈——但是山崖更加地粗鄙朴拙了。如果它能够稍稍改变一下自己，屈屈膝、弯弯腰，或者现出点黎然，庶几可以得到世俗的青睐。但是它却固守着自己的善根，没有退让，也没有畏惧，更不会改了心性去屈服。

一个世纪，又一个世纪，多少轮回过去，天上阴晴圆缺，世上张王李赵，但是海潮自在地涌着，山崖沉稳地立着。涌、立之际，就有净信与悲悯成长在天地之间。当然还有梦想在飞，如在大海上飞掠、山崖上起落的海燕。

只有大海见证了山崖的开裂，那是在一个如墨的贪夜，是山崖自己撕开了自己的胸膛。它要用自己的血去洗涤这个龌龊的人世，它要用自己的心去点亮那无明的愚暗，它还要用自己坦白的胸襟，去迎接大海的善待与信任。

从此，每一层海潮，都有着山崖的峻峭。从此，这裂开的胸膛中，便奏鸣起整个大海的自由吟唱。

连骄傲的太阳，都化作彩虹，去亲近去触摸。我那蒙着厚厚尘埃而又疲惫的心，怎能不凝神谛听呢？江河行地的脚步声，雷车从天庭上轧过时的隆隆声，庄稼在夏雨中的拔节声，婴儿熟睡在妈妈怀中的安恬的鼾声，甚至还有流亡的孔子的磬声、流浪的阿炳的二胡声……都从这包容着大海的潮音洞里，飞翔开来。这个世界，竟是如此复杂、险恶，单纯的心，怎能不压抑而又沉重？好在生命短促，煎熬的时日，该是不会超过生命的长度。能够见到它，听到它，已经是上天的惠顾了，那就让潮音洞的涛声把我的身心淋个透湿吧。大海与山崖，不就是在悲苦中涅槃的吗？而这妙响涤尘的潮音洞，莫非就是天堂的使者，代表着受苦受难者的福田？

不用跳下舍身，心已在其中了。只要用心，还会发现，粗糙的崖壁，经过千年万年海潮的抚摸，已经有了玉的温润与光泽。潮音洞左壁的岩壑上,有一细细的、浅浅的天然小泉,在静静地流淌。虽纤细,却也在下端积起着清清的一泓,有名字刻在壁上:光明池。在这之前,这泓清泉还有过"甘露潭"的名字,只是山民百姓不管这些,古今都叫它"慧泉"。

再苦的心,也会有慧泉光明着。一个"慧"字,不仅示着开悟之后的光明,也含着开悟之时甘甜。而苦中的甜或苦后的甜,相较无边的苦海,哪怕只是细细的、浅浅的,却也有着独自的力量,令这个悲苦着的世界,有了生机与希望。

苦着,甜着;甜着,苦着——这就是人生了。不用回头,心即是岸。

2007 年 3 月 27 日于济宁里能集团三楼

俯首的鲁迅

俯首的鲁迅是美的,在女性面前俯首,在孩子面前俯首,更在母亲面前俯首。

在北京时,鲁迅有一个习惯:出门、回家总要到母亲跟前禀报一下,比如从外面回到家,先要到母亲的房间顺眉和悦地说一声"姆妈,我回来哉"。鲁迅喜欢甜点,常常地从外面买回家来,回到家总是先让母亲挑选,再让夫人朱安挑选,剩下的才放到自己的"老虎尾巴"。出"老虎尾巴"到堂屋,桌前隔扇上有一幅中国画,画着六岁早夭的他们的四弟椿寿。周作人曾为四弟作小传:"生而灵警……性孝友奇杰。三四岁教之唐诗,上口成诵,能属对,皆出人意表。教又能搦管作字,奇劲非常,人见之皆以为宿学者所书也。以是人咸以大器期之。"母亲思儿至痛,鲁迅便与周作人请绍兴名画师叶雨香画了四弟像,一直陪伴了母亲45个春秋。能看书,还新潮的母亲,虽不能完全理解长子的抱负,心总是相通的。女师大风潮与"三·一八"惨案中,母亲虽知儿子面临着的危险,却更加坚定地与儿子一起站在受压迫的学生一边。

事关母亲，鲁迅并不新潮，也不免俗，总是以一颗诚朴的孝心往母亲的心坎上做事。比如1916年7月13日是母亲的六十大寿，鲁迅不仅早早地捐了60块银圆给金陵刻经处刻印《百喻经》，提前寄家60元安排寿诞事宜，还于当月3日"归省发程"。日记就记着这种隆重与谨严：7日"晨到家"，11日"午后客至甚众"——当是商量安排庆寿活动。13日："晴。旧历十一月十九日，为母亲六十生辰。上午祀神，午祭祖。夜唱'平湖调'。"母亲喜爱，便将平湖调的演员专门请到家中为母亲演唱，难怪被许广平赞为"母亲最为欣慰的一天"。至翌年1月7日"夜抵北京正阳门"，鲁迅为母亲庆寿在老家整整欢聚了36天。壬寅之夏，我在西三条21号的后院里偎着鲁迅当年栽下的榆叶梅与那两株紫丁香白丁香，想象当年的鲁迅，一定是首先想到了母亲的喜欢花木才欢喜地植下。

鲁迅固然说过："然而我已经不但自己不敢再想做孝子，并且怕我父亲去做孝子了。家景正在坏下去，常听到父母愁柴米；祖母又老了，倘使我的父亲竟学了郭巨，那么，该埋的不正是我么？"（《二十四孝图》）当他自感来日苦短，却又百事丛脞，译著时少的时候，也会将对母亲的思念淡开一时。如1935年3月19日致萧军信，"这几天在给《译文》译东西，不久，我的母亲大约要来了，会令我连静静的写字的地方也没有。中国的家族制度，真是麻烦，就是一个人关系太多，许多时间都不是自己的"。

但是，从根本上讲，鲁迅正是一个真正的孝子，从他对母亲的爱与理解，我们看到一个"孝"字是可以这样书写的。父病母愁，全仗还未成年的鲁迅为母分忧，抓药请医跑当铺；父死母单，又是老大的鲁迅替母亲撑起家庭栋梁，去南京，赴日本，走新路。等到母亲为他娶来并不相爱的朱安，鲁迅知道不能伤了母亲的面与心，循规蹈矩，苦水全吞在自己肚里。不能相爱，始终不吐恶言，甚至在与许广平相爱生子之后，也维护着朱安"夫人""大太太"的局面，除了尊重朱安的人格、理解朱安的不易之外，相当重要的原因是对于母亲的爱护与敬重。"终于，因为我底母亲和几个别的人很希望我有经济上的帮助，我便回到中国来；这时我是二十九岁"（《鲁迅自传》），这样重大的决定也是因为母亲。

与二弟阋墙永诀，母亲搬出八道湾11号宽敞的庭院而迁入窄小的西三条21号，虽有跟随长子的因素，但大半还是对于长子的爱与信任。1925年4月11日鲁迅致赵其文信"而我有一个母亲，还有些爱我，愿我平安"，并说到自己对于母亲的感激等。10年之后，鲁迅又在给萧军的信里说到母亲的爱："前一辈看后一辈，大抵要失望的，自然只好用'笑'来对付。我的母亲是很爱我的，但同在一处，有些地方她也看不惯。"这里用了一个词"很爱"，还有一个"笑"字，是用来对待母亲"看不惯"时的态度。

鲁迅终于离开北京远去南方，既有上了黑名单规避风险的因素，也有离开朱安追就许广平之爱的原因。但离开母亲还是让他思念与牵挂，分别于1929年5月13日至6月5日与1932年11月11日至30日，两次离沪返京探望母亲。以鲁迅的影响，当然要会客与讲演，但他最重要的还是作为一个儿子与母亲的亲情与家常。1929年5月15日给许广平的信中写道："家里一切如旧，母亲精神形貌仍如三年前，她说，害马（许广平）为什么不同来呢？"——对于母亲身体的康健与母亲对于许广平的接纳，洋溢着欣慰与温馨的语调。两天后的17日给许广平的信，简直就是欣喜与幸福了："午前，我就告知母亲，说八月间，我们要有小白象了。她很高兴，说，我想也应该有了，因为这屋子里，早应该有小孩子走来走去。"等到白莽、柔石他们被捕被杀，北京的母亲也为儿子被捕的传言"急得生病了"，那句"梦里依稀慈母泪"的诗句，正凝结着生死相依的母子深情。当鲁迅将珂勒惠支的木刻《牺牲》

送去《北斗》杂志发表的时候，当是同时想到了自己与自己的母亲。

大处，关节处，当然重要。但是真正看懂人的心，最好的途径还是在大量的细微处，而书信正藏着这样大量的细节。从《鲁迅日记》，我们知道鲁迅与母亲来往信件271封，"得母亲信"151封，"寄母亲信"120封。现在只存有1932年至1936年鲁迅寄给母亲的50封信，其他都遗失了。但是仅这50封，就已见证着鲁迅的孝道，通过鲁迅的孝道，更感觉到这些信件的弥足珍贵。

这些信没有客套，全是母亲爱听想听的干货。

最细致入微的是说到他们的"小白象"海婴，鲁迅知道这是最能触动母亲心弦的地方。细说出疹子："海婴疹子见点之前一天，尚在街上吹了半天风，但次日却发得很好，移至旅馆，又值下雪而大冷，亦并无妨碍，至十八夜，热已退净，遂一同回寓。现在胃口很好，人亦活泼，而更加顽皮，因无别个孩子同玩，所以只在大人身边吵嚷，令男不能安静。所说之话亦更多，大抵为绍兴话，且喜吃咸，如霉豆腐、盐菜之类"（1932年3月20日）。向母亲诉诉甜甜的苦："惟每晚必须听故事，讲狗熊如何生活，萝卜如何长大等等，颇为费去不少工夫耳"（1933年11月12日）；"海婴仍不读书，专在家里捣乱，拆破玩具"（1933年12月19日）。还向母亲告状："海婴……议论极多，在家时简直说个不歇。动物是不能给他玩的，他有时优待，有时则要虐待，寓中养着一匹老鼠，前几天他就用蜡烛将后脚烧坏了"（1934年6月13日）。当然要忍不住地夸赞："良心也还好，好客，不小气，只是有时要欺侮人，尤其是他自己的母亲"（10月20日）"他的身材好像比较的高大，昨天量了一量，足有三尺了，而且是上海旧尺，倘是北京尺，就有三尺三寸。不知道底细的人，都猜他是七岁"（11月18日）。事无巨细详细汇报："海婴仍然每日往幼稚园，尚听话。新的下门牙两枚，已经出来，昨已往牙医处将旧牙拔去"（12月4日）；"他考了一个第一，好像小孩子也要摆阔,竟说来说去,附上一笺,上半是他自己写的,也说着这件事,今附上。他大约已认识了二百字,曾对男说,你如果字写不出来了,只要问我就是"(1936年1月21日)。儿子"摆阔",父亲不是也存在向自己的母亲炫耀的嫌疑吗?这是两个儿子的天真:鲁瑞的儿子与鲁迅的儿子。

想儿念孙,既然不能相见,照片当是母亲特别盼望的了,这50封信里,就有8次专门谈到照片。1932年7月2日的信,就附着上海一家三口的小照,"附上照片一张,是我们寓所附近之处,房屋均已修好,已经看不出战事的痕迹来,站在中间的是害马抱着海婴,但因为照得太小,所以看不清楚了"。1934年8月31日信又说到照片,"海婴这人,其实平常总是很顽皮的,这回照相,却显得很老实。现在已去添晒,下星期内可寄出"。这年的10月30日,则接到母亲寄来的照片,儿与孙都有些雀跃,"这张相照的很好,看起来,与男前年回家的时候,模样并无什么不同,不胜欣慰。海婴已看过,他总算第一回认识娘娘了"。

特别是自己,作为母亲的长子,一个担着重担又常常生病的儿子,既是母亲最大的依靠与骄傲,又是母亲常常的牵挂。会常常说到自己的身体与病,如眼花了要戴眼镜,光是胃疼就细说过多次,甚至小到伤风都要向母亲汇报。1934年11月18日的信终于说到病倒的事:"男因发热,躺了七八天,医生也看不出什么毛病,现在好起来了。大约是疲劳之故,和在北京与章士钊闹的时候的病一样的。卖文为活,和别的职业不同,工作的时间总不能每天一定,闲起来整天玩,一忙就夜里也不能多睡觉,而且就是不写的时候,也不免在想想,很容易疲劳。此后也很想少做点事情,不过已有这样的一个局面,恐怕也不容易收缩,正如既是新台门周家,就必须撑这样的空场面相同。"用新台门周家撑场面作比喻,用风趣减轻母亲的担心,又让母亲形象地了解自己儿子所负的责任。向母亲述说疾病的次数越来越多,直到 1936 年 9 月 3 日信,才没有保留地对母亲兜底说出:"男确是吐了几十口血,但不过是痰中带血,不到一天,就由医生用药止住了。男所生的病,报上虽说是神经衰弱,其实不是,而是肺病,且已经生了二三十年,被八道湾赶出后的一回,和章士钊闹后的一回,躺倒过的,就都是这病,但那时年富力强,不久医好了。男自己也不喜欢多讲,令人担心,所以很少人知道……肺病是不会断根的病,全愈是不能的,但四十以上人,却无性命危险,况且一发即医,不要紧的,请放心为要。"9 月 22 日,很快就要离开这个世界与自己年迈母亲的鲁迅,还在信中向母亲报告"有时还要发低热,所以仍在注射"。

在母亲面前,鲁迅始终是个孩子。一生常要面对冰冷而又诡谲的世界,只有在母亲面前才可以让长期绷紧的心松弛下来,诉诉苦与累、病与痛,甚至可以撒娇一样地让心软成春水。还有更深的一层:作为学医懂医的人,反复的病,鲁迅一定知道自己会走在母亲的前面。一个弟弟一个妹妹的早夭,已经在母亲的心上留下过伤痕,况且又中年丧夫。如果她所最爱的长子早她而去,将会是灾难性的打击。爱着母亲的鲁迅,在为母亲的以后着想,他要预先将自己将要消耗殆尽的身体与病情,一点点地告诉母亲,让她提前有一个精神上的过渡与准备,才能度过天塌地陷般的灾难。

让人感慨系之的,还有鲁迅为母亲买书,也是 50 封信中的重要内容。这样的时候,不管是什么流派,只要母亲喜欢,那就一个字:"买!"1934 年 5 月 16 日信:"三日前曾买《金粉世家》一部十二本,又《美人恩》一部三本,皆张恨水所作,分二包,由世界书局寄上,想已到,但男自己未曾看过,不知内容如何也。"读到此处,哑然失笑,分明自己不喜欢,却还是给母亲买,而且一买就是 15 本。这年 9 月 16 日信:"张恨水的小说,定价虽贵,但托熟人去买,可打对折,其实是不贵的。即如此次所寄五种,一看好像要二十元,实则连邮费不过十元而已。"不仅慷慨地买,还怕母亲心疼钱,认真地说着买书的便宜。

只要是母亲需要知晓的,鲁迅总会想到,都会盛放在书信里。比如与三弟周建人同在上海,明知三弟也会与母亲通信,却还是几乎封封信都会或多或少地提到"老三"。1934年8月12日的信,信息量大,直接讲到了三弟兄的关系:"老三是好的,但他公司里的办公时间太长,所以颇吃力。所得的薪水,好像每月也被八道湾逼去一大半,而上海物价,每月只是贵起来,因此生活也颇窘的。不过这些事他决不肯对别人说,只有他自己知道。男现只每星期六请他吃饭并代付两个孩子的学费,此外什么都不帮,因为横竖他去献给八道湾,何苦来呢?八道湾是永远填不满的。"这是毫无遮拦的诉说,也是知道母亲与他站在同一立场时的畅所欲言,同情三弟,自己对三弟的帮助与局限,以及对于"八道湾"奢华的不满。

事无巨细,又面面俱到,50封信犹如百宝箱,难怪母亲会常常再翻重看。母亲牙疼,就在多封信中反复叮嘱,并给出解决办法,"大人牙已拔去……惟此后食物,务乞多吃柔软之物,以免胃不消化为要"(1935年12月4日);老家修坟,鲁迅不仅及时寄去钱,还详细地向母亲汇报进展情况,并嘱咐母亲别去八道湾要钱免得"淘气";对母亲多有帮助的宋紫佩生日,鲁迅也想到并告诉母亲已经寄去10元贺礼;"酱鸡及卤瓜等一大箱,今日收到,当分一份出来,明日送与老三去"(1936年1月8日信)。在母亲面前,就连天气鲁迅也是津津乐道,如1934年春、冬都有"天气预报":"上海本已和暖,但近几天忽又下雨发风,冷如初冬,仍非生火炉不可。惟寓中均安,可请放心"(3月29日);"上海总算是冷了,寓中已装火炉,昨晚生了火,热得睡不着,可见南边虽说是冷,总还暖和,和北方是比不来的"(12月6日)。

鲁迅的死,是母亲有生以来遭受的最大的打击。记者来,她不哭,外人走她却腿抖得不能行走。床头儿子照片成了她夜间的陪伴，还有那些一封封的来信，一遍遍地展开重读。并将所有的报道，都一一收集阅读。头七那天，母亲终于放声恸哭，泪水也就打湿了这些一笔一画写来的信。这些信，也就陪着母亲又度过了7个春秋，直至母亲85岁离开这个人世。

仔细品味这50封寄母书，不仅字迹都比给其他人的信规整好看，字字都带着俯首的温情，连信纸也讲究，用些印有兰花的笺纸。也许，这些信也代表着鲁迅，他并不是冬天凛冽的风雪，而是能够催促万物发芽生长的春风。

那位被国民党特务杀害于1948年2月18日的许寿裳曾说过："鲁迅的伟大，不但创作上可以见到，就是对待其母亲起居饮食，琐屑言行之中，也可以见到他伟大的典范。"我倒觉得，无须用"伟大"，鲁迅就是一个俯首好儿子，是鲁瑞的，也是中国人民的。

2022年10月20日星期四写成于山东济宁

鲁迅的动物伦理

鲁迅有一个动物世界,热闹天真又深刻别致,至今流动着鲜活的鲁迅动物伦理。

"其实人禽之辨,本不必这样严。在动物界,虽然并不如古人所幻想的那样舒适自由,可是噜苏做作的事总比人间少。它们适性任情,对就对,错就错,不说一句分辩话。"(《狗·猫·鼠》)鲁迅的"动物伦理",至今熠熠有辉,与同时代利奥波德的"土地伦理",有着本质上的相通处:人类应当设身处地理解动物与土地。

他的动物世界,就是一面镜子,不仅照见一个更为真实也更为可爱的自己;同时,也折射着那时的中国,更因与动物的比较而凸显出人性的深度、嘴脸的真相、心灵的独白——"古今君子,每以禽兽斥人,殊不知便是昆虫,值得师法的地方也多着哪。"(鲁迅《夏三虫》)

蛇的真相与隐语

蛇,在鲁迅的动物世界里,是一个复杂的存在,乍看是爱恨交加,其实是在不同语境中的不同呈现,内质却是统一的。

在《野草·我的失恋》这首拟古的新打油诗中,作者用4种信物回赠自己追求的爱人:猫头鹰、冰糖壶卢、发汗药与赤练蛇,"爱人赠我玫瑰花;回她什么:赤练蛇。从此翻脸不理我,不知何故兮——由她去罢"。虽是"打油"的,讽刺的,"是看见当时'阿呀阿唷,我要死了'之类的失恋诗盛行,故意做一首用'由她去罢'收场的东西,开开玩笑的"(《三闲集·我和〈语丝〉的始终》),但这四种物事却是鲁迅所喜欢或者日常必备的。赤练蛇当然也是他的所爱,不然不会以此赠送自己的爱人。

这条赤练蛇,有着美的意味。早在他的百草园里就出现过,"长的草里是不去的,因为相传这园里有一条很大的赤练蛇"。而且这条很大的赤练蛇,又可以成为诱人的"美女蛇"。更早的时候,"赤练蛇",则出现在小说《补天》中,是由女娲挥舞的紫藤变幻而成。

写《我的失恋》是1924年10月3日,两年多后的1927年1月11日,鲁迅在给许广平的信中,又提到了蛇,当然是直抒对于蛇的爱:"我就爱枭蛇鬼怪,我要给他践踏我的特权。我对于名誉,地位,什么都不要,只要枭蛇鬼怪够了!"这里的"枭蛇鬼怪",更是指真正所爱之人许广平,态度决绝而坚定。早在1926年11月11日,在《写在〈坟〉后面》里,鲁迅就已经说到"枭蛇鬼怪":"我有时也想就此驱除旁人,到那时还不唾弃我的,即使是枭蛇鬼怪,也是我的朋友,这才真是我的朋友。"他回忆起那个用带着自己体温的钱买他书的青年学生,说"这体温便烙印了我的心",并决心"毫无顾忌地说话,对得起这样的青年"。

而在他如火如荼地写《野草》的 1925 年,鲁迅还写下过一篇名《杂感》的杂文,内中有这样已经成为名言的论说:"无论爱什么,——饭,异性,国,民族,人类等等,——只有纠缠如毒蛇,执着如怨鬼,二六时中,没有已时者有望。"这里,更直接请出"毒蛇",作为自己正面表达的象征,并进而深化地明确地说道:"见了酷烈的沉默,就应该留心了;见有什么像毒蛇似的在尸林中蜿蜒,怨鬼似的在黑暗中奔驰,就更应该留心了:这在豫告'真的愤怒'将要到来。"其实,"毒蛇"一词,最早是出现在《呐喊·自序》中。《呐喊·自序》是鲁迅对于自己前期思想、精神,以及生命历程的一次系统而又重要的梳理与总结,主旨是讲在一个无声的国度中觉醒者的呐喊得不到回应的寂寞:独有叫喊于生人中,而生人并无反应,既非赞同,也无反对,如置身毫无边际的荒原,无所措手的了,这是怎样的悲哀与寂寞啊:"这寂寞又一天一天的长大起来,如大毒蛇,缠住了我的灵魂了。"

在这些地方,蛇是鲁迅的喜爱所在,甚至就是他的自况。

从童年时代对于绘图本《山海经》的喜爱始,那种"人面的兽,九头的蛇,三脚的鸟,生着翅膀的人,没有头而以两乳当作眼睛的怪物",就让他与动物结下了不解之缘。那个"很高的眉棱在金黄色的长发之间微蹙了"的爱罗先珂的回忆,则让鲁迅体验到了音乐家的蛇,"在缅甸是遍地是音乐。房里,草间,树上,都有昆虫吟叫,各种声音,成为合奏,很神奇。其间时时夹着蛇鸣:'嘶嘶!'可是也与虫声相和协……"(《鸭的喜剧》);以至充分表现着自我的"游魂",可以"化为长蛇,口有毒牙。不以啮人,自啮其身"(《墓碣文》);到了"我的身上喷出一缕黑烟,上升如铁线蛇",那朵花儿一样美丽、终生反叛着地狱的死火，就是他的所爱了。

鲁迅属蛇，曾有笔名"它音"。对此许广平有过明确的解释："它，《玉篇》，古文佗，蛇也。先生肖蛇，故名。"鲁迅从八道湾搬去砖塔胡同暂居，与俞氏小姐妹有了10个月的相处，并在此留下了一个充满着童趣的外号：野蛇。其实，野蛇的获得，得益于他的调皮，是他先以属相分别称她们俩为"野猪""野牛"，遭到"反击"，才有了"野蛇"的回赠。

对蛇也有贬抑，那是在蛇凶残地杀死老鼠的时候，鲁迅称之为"可怕的屠伯"。鲁迅对于弱者有着天然的怜护，从而对于压迫与残害弱者的强者，便会腾燃起一种不可遏制的反抗与斥责。"咋，咋咋咋咋"，老鼠数铜钱的声音，正表现着老鼠的"绝望的惊恐"。戏耍、玩弄，而后将其吃之的猫也不会让鼠如此心胆俱裂，只有蛇才会让老鼠发出数铜钱的"咋咋"声。正是在这里，鲁迅称蛇为"可怕的屠伯"。他就是在这种鼠的咋咋声里，在梁上蛇的窥视之下，救下了他的"口角流血，但两肋还是一起一落的"的小隐鼠，并因小隐鼠而与另一个强者——猫——结下了梁子。

仇猫与打落水狗

在鲁迅的动物伦理中，动物与动物、动物与人类，是平等的，又是相互映照、对比，并牵动着也丰富着他的情感、精神与思想。而虐猫与"打落水狗"，则显示着鲁迅动物伦理的另一个层面。

在《兔和猫》与《狗·猫·鼠》里，猫是主角，兔与狗都是配角，而且鲁迅并不讳言他对于猫的厌恶与他的"仇猫"。那时的正人君子，学者名流之类正与鲁迅论辩正酣，其"仇猫"也便成为他的罪状之一。比如陈西滢说"看哪！狗不是仇猫的么？鲁迅先生却自己承认是仇猫的，而他还说要打'落水狗'！"直接将鲁迅比成了狗。鲁迅才不依了他们的葫芦画瓢，径直地说出自己仇猫的缘由来，而且觉得"理由充足，而且光明正大"：一、猫的性情与别的猛兽不同，凡捕食雀、鼠，总不肯一口咬死，定要尽情玩弄，放走，又捉住，捉住，又放走，直待自己玩厌了，这才吃下去，颇与人间的幸灾乐祸、慢慢地折磨弱者的坏脾气相同。二、它不是和狮虎同族的么？可是有这么一副媚态！三、交配时候的嗥叫，手续竟有这么繁重，闹得别人心烦，尤其是夜间要看书，睡觉的时候。四、"只因为它吃老鼠，——吃了我饲养着的可爱的小小的隐鼠"，"到了北京，还因为它伤害了兔的儿女们"。

在这里，鲁迅是将猫与人共论的，"幸灾乐祸，慢慢地折磨弱者的坏脾气相同"。他是亲见了青年们抛洒的鲜血与被虐杀的生命，"我失掉了所爱的，心中有着空虚时，我要充填以报仇的恶念"！"鸷禽猛兽以较弱的动物为饵，不妨说是凶残的罢，但它们从来没有竖过'公理''正义'的旗子，使牺牲者直到被吃的时候为止，还是一味佩服赞叹它们"。这里，虽然写的是动物们，却又是在写压迫者与压迫者的帮凶们。我们却可以结合了鲁迅的其他文章，细细地体味，将会更能真切地理解他的这些有关动物文字背后的深意。像1926年"三·一八"惨案之后所写的《记念刘和珍君》，柔石等左翼青年作家被枪杀于上海龙华之后所写的《为了忘却的记念》——"长歌当哭，是必须在痛定之后的。而此后几个所谓学者文人的阴险的论调，尤使我觉得悲哀"——这些，不是与鲁迅写猫的文字有着同质的吗？

鲁迅关于打落水狗的名篇《论"费厄泼赖"应该缓行》，与《狗·猫·鼠》可称姊妹篇，一个是打猫，"最先不过是追赶，袭击；后来却愈加巧妙了，能飞石击中它们的头，或诱入空屋里面，打得它垂头丧气",或者"我便要用长竹竿去攻击它们";一个是打狗,"但若与狗奋战,亲手打其落水,则虽用竹竿又在水中从而痛打之"。

落水狗之所以必须打,也是因为血的教训。那些在革命中被打落水之狗,终于"爬上来了,伏到民国二年下半年,二次革命的时候,就突出来帮着袁世凯咬死了许多革命人,中国又一天一天沉入黑暗里,一直到现在,遗老不必说,连遗少也还是那么多。这就因为先烈的好心,对于鬼蜮的慈悲,使它们繁殖起来,而此后的明白青年,为反抗黑暗计,也就要花费更多更多的气力和生命"。比起打猫论,鲁迅打落水狗的理论更加精细与完备,除了与狗激战亲手打落水必须继续痛打之外,还有两条十分重要。一条是"倘是咬人之狗,我觉得都在可打之列,无论它在岸上或在水中",也就是"无论其怎样落水……为坏狗也则打之"。

另一条是要"打叭儿狗论":"虽然是狗,又很像猫,折中,公允,调和,平正之状可掬,悠悠然摆出别个无不偏激,惟独自己得了'中庸之道'似的脸来。……叭儿狗如可宽容,别的狗也大可不必打了,因为它们虽然非常势利,但究竟还有些像狼,带着野性,不至于如此骑墙。"在《秋夜纪游》中,叭儿狗是躲躲闪闪"汪汪"叫得很脆,鲁迅仍然是一个"打"字,且是用石子,恶笑着,"举手一掷,正中了它的鼻梁"。而在《准风月谈·前记》中,则成了"只会做'文探'的叭儿们",虽然"翘起了它尊贵的尾巴",其卑鄙可憎的面目已经跃然纸上。

而《狂人日记》中那只"又叫起来了"的"赵家的狗",则是有着"狮子的凶心,兔子的怯,狐狸的狡猾",更是不管是在岸在水,都必须高度警惕,有机会便痛打不已,因为这是个"四千年来时时吃人的地方"养痈成患的恶狗。在《野草·狗的驳诘》,我们会听到鲁迅的呵斥:"呔!住口!你这势利的狗!"等到"连只会做'文探'的叭儿们也翘起了它尊贵的尾巴",则是对鲁迅眼花缭乱的笔名或疑似鲁迅的笔名,都要"呜呜不已"了(《准风月谈·前记》)。鲁迅一生都在为改革鼓与呼,他的"打落水狗论"有一个根本性的结论:"反改革者对于改革者的毒害,向来就并未放松过,手段的厉害也已经无以复加了。只有改革者却还在睡梦里,总是吃亏,因而中国也总是没有改革,自此以后,是应该改换些态度和方法的。"(《论"费厄泼赖"应该缓行》)

等到鲁迅写下《"丧家的""资本家的乏走狗"》一文,则三十年代的上海已经与二十年代的北京,有了某种相同的气味,甚至更加地"每况愈下":二十年代的北京共产党人李大钊被杀,三十年代的上海,国民党人杨杏佛,只因同情共产党人便被特务伏击枪杀。在赴杨杏佛的追悼会时,鲁迅是将开家门的钥匙都不带的,他的悲愤让他这位主张"壕堑战"的战士,也赤了膊迎着死亡昂首向前。悲愤还不能纾解,便又写下被泪水打湿的诗稿:"岂有豪情似旧时,花开花落两由之。何时泪洒江南雨,又为斯民哭健儿。"

打落水狗的精神,还体现在他的《夏三虫》中。蚤,蚊,蝇,当然都是害虫,皆在非打不可之列,虽然跳蚤"一声不响地就是一口,何等直截爽快"。鲁迅有个比较:为什么野雀野鹿"当初不逃到人类中来,现在却要逃到鹰鹯虎狼间"的山野中去?就是因为人类不仅像蚊蝇一样将细菌传播,却还要在传播的时候,嘤嘤"哼哼地发一篇大议论"。在鲁迅的心底,一直都期待并唤起人们的觉醒,能有一个如打落水狗一样的"捕蝇运动"的展开。

这些当然都是社会的狗。对于自然的狗,鲁迅则又有着别样的态度。比如他路过西四牌楼,"看见一匹小狗被马车轧得快死,待回来时,什么也不见了,搬掉了罢,过往行人憧憧的走着,谁知道曾有一个生命断送在这里呢"?悲悯与怜惜之意,让人动容。

一只中国的猫头鹰

人民文学出版社二十多年前曾出版过一套丛书"猫头鹰学术文丛",封底有这样的介绍:"在希腊神话中,猫头鹰是智慧女神雅典娜的原形;在黑格尔的词典里,它是哲学的别名;而在鲁迅的生命世界中,它更是人格意志的象征。鲁迅一生都在寻找中国的猫头鹰。他虽不擅丹青,却描绘过猫头鹰的图案。我们选取其中的一幅,作为丛书的标志。"

猫头鹰曾是鲁迅的自画像,也是他精神与意志的象征。早在1909年浙江两级师范学堂任教的时候,就曾在一本书上手绘过一只铁线描的猫头鹰,是男女两个站立的人组成全图,以男女两人的脸作为猫头鹰的两只眼睛,似乎既在观察又在解释这个世界。到了1927年,鲁迅为自己的论文杂文集《坟》所设计的封面上,更有了一只自己绘制的猫头鹰,刀刻般醒目:它站在封面图案的右上方,大大地睁开着一只眼睛,瞪着这个充满着罪恶与苦难的人间;而另一只眼睛则微微地虚闭着,对着各式的敌人,透露出强悍的不屑与轻蔑。

鲁迅有一篇名《夜颂》文字,是他之所以热爱猫头鹰最好的注解。猫头鹰,正好有"听夜的耳朵和看夜的眼睛,自在暗中,看一切暗";而白天,"却依然弥漫着惊人的真的黑暗",中国猫头鹰的鲁迅,当然也要在这光天化日的黑暗里,看见与揭露、批判与书写,"惯于长夜过春时,怒向刀丛觅小诗"。于是,中国便有了一个全天候都在大睁着醒惕眼睛的猫头鹰了,一只中国的猫头鹰。猫头鹰及它的延伸,曾被鲁迅用作各种笔名:隼、翁隼、旅隼、令飞、迅行等。鲁迅说,"迅即卂,卂实即隼之简笔"(致章廷谦信),许广平也曾说,"隼性急疾,则为先生自喻之意"。

沈尹默在《忆鲁迅》里说"豫才的话不多,但是每句都有力量,有时候要笑一两声,他的笑声是很够吸引人的,玄同形容他神似猫头鹰,这正是他不言不笑时凝寂的写真"。在《鲁迅生活中的一节》里,沈尹默有着更为灵动的记述:"他在大庭广众之中,有时会凝然冷坐,不言不笑,衣冠又一向不甚修饰,毛发蓬蓬然,有人替他起了个绰号,叫作猫头鹰。这个鸟和壁虎,鲁迅对他们都不甚讨厌,实际上毋宁说,还有点喜欢。"鲁迅一生最为忠诚的朋友许寿裳也说:"殊不知猫头鹰本是他自己所钟爱的。"喜欢,总会与爱相通着,《我的失恋》,猫头鹰直接成了赠给爱人的首选定情之物,"爱人赠我百蝶巾;回她什么:猫头鹰"。

鲁迅从心底热爱着猫头鹰。这种热爱,又缘自于他的"猫头鹰"式的夜间的清醒与发声。他当然常常处于绝望之中,但他又深信"绝望之为虚妄,正与希望相同",他要在沉默的中国发出"惨厉"的叫声——这个"惨厉",是他早在1912年的文言体小说《怀旧》里的话,"猫头鹰,鸣极惨厉"。他是旧中国,最大的一个守夜人,是他在几乎窒息的铁屋之中,发出了第一声呐喊,第一声毁了这摆着"吃人宴席"的铁屋子的呐喊,第一声"救救孩子"的呐喊。这是反抗的、批判的又是爱的呐喊——对青年、对中华、对民众没有尽头的爱与眷恋。

这只猫头鹰,更期待着唤醒与点燃更多的声音、多元的声音,"我们能够大叫,是黄莺便黄莺般叫;是鸱鸮便鸱鸮般叫。我们不必学那才从私窝子里跨出脚,便说'中国道德第一'的人的声音。我们还要叫出没有爱的悲哀,叫出无所可爱的悲哀。……我们要叫到旧账勾消的时候。旧账如何勾消?我说,'完全解放了我们的孩子!'"(《随感录四十》)他当然知道统治者的北洋军阀与后来的国民党政府,是要千方百计地阻止与扼杀他的声音,"我有时决不想在言论界求得胜利,因为我的言论有时是枭鸣,报告着大不吉利事,我的言中,是大家会有不幸的"《且介亭杂文二集·序言》。压迫愈烈,反叛的战叫也便愈加坚忍与长久,他执拗地要破坏"所谓正人君子的统一"局面,让他们"不舒服",偏"要在他们的好世界上多留一些缺陷"。"我且去寻野兽和恶鬼"(《失掉的好地狱》),他一生都在呼啸着"反狱的绝叫"。他的《秋夜》里,必定要"哇的一声,夜游的恶鸟飞过了";他的《希望》中,必定会有"星,月光,僵坠的蝴蝶,暗中的花,猫头鹰的不祥之言,杜鹃的啼血,笑的渺茫,爱的翔舞"。

鲁迅在《一点比喻》中曾塑造了一个山羊的形象,"脖子上还挂着一个小铃铎,作为智识阶级的徽章",走在一群绵羊前面,为了牧人的天下太平,带领他们,"挨挨挤挤,浩浩荡荡,凝着柔顺有余的眼色,跟定他匆匆地竞奔它们的前程"——屠宰场。鲁迅总想喝问:你们"往那里去?!"紧接着,鲁迅说到了野猪与野猪的那两颗"使老猎人也不免于退避"的獠牙,并告诉人们,"这牙,只要猪脱出了牧豕奴所造的猪圈,走入山野,不久就会长出来"。这里,仍然是对于奴役与压迫的反抗。《灯下漫笔》里对于中国历史有一个经典的概括:想做奴隶而不得的时代;暂时做稳了奴隶的时代。怎么办呢?鲁迅不容置疑地说:"扫荡这些食人者,掀掉这筵席,毁坏这厨房,则是现在的青年的使命!"

"假使我的血肉该喂动物,我情愿喂狮虎鹰隼,却一点也不给癞皮狗们吃"(《且介亭杂文末编·半夏小集》),这个中国的猫头鹰,比我们想象的还要彻底。

白象、害马及其他

在鲁迅的动物世界中,亦有温馨与柔情。

对于动物最早的亲近,是那个"胡羊尾巴"。许寿裳作于1937年5月的《鲁迅先生年谱》中记载:"其五六岁时,宗党皆呼之曰'胡羊尾巴'。誉其小而灵活也。"胡羊亦即绵羊,尾圆短灵动,可爱异常,是鲁迅家庭变故迭起时童年里的一点亮色。

那只小白象到来的时候,已经是在1929年的5月14日、鲁迅49岁的时候。鲁迅北京探母,上海的广平在思念的信的抬头便用了"象"的缩写字母"EL"(Elephant)。这个"象"字来源于林语堂的《鲁迅》一文,说鲁迅在厦门大学"实在是一只(令人担忧的)白象,与其说是一种敬礼,毋宁说是一种累物"。此文说鲁迅是"现代中国最深刻的批评家""少年中国之最风行的作者",而"白象",当然是说鲁迅的珍贵与稀有,也即许广平的"难能可贵"。白象,是深得鲁迅认可的,稀有倒在其次,主要是其可爱,不然他不会在回信的时候,在落款处再手绘两只长鼻之象,且一个长鼻高昂,一个头颈谦垂。不仅如此,还在第二天15日的回信中,直接以"害马"(HM)称呼爱人广平,并一定让他们共同回忆起北京相携战斗的日子。"十年携手共艰危,以沫相濡亦可哀;聊寄画图娱倦眼,此中甘苦两心知",题在《芥子园画谱》上的这首诗,当是白象与害马最为深挚情感与经历的记载。

在《柔石日记》中,有关于鲁迅和象的记述:"鲁迅先生说,人应该学一只象。第一,皮要厚,流点血,刺激一下了,也不要紧。第二,我们强韧地慢慢地走去"。强韧地慢慢地走去,不惧怕,不退缩,不妥协。等到他们的孩子海婴的出生,那个一身通红的婴儿便成了鲁迅的"小红象"。正是这个"怜子如何不丈夫"的中国白象,创有了哄睡儿子的摇篮曲:"小红,小象,小红象/小象,红红,小象红/小象,小红,小红象/小红,小象,小红红"。

还有百草园中的动物们——鸣蝉、黄蜂、叫天子、油蛉、蟋蟀、蜈蚣、斑蝥、飞蜈蚣、麻雀,那只在匾下卧在画中的肥大的梅花鹿,还有那个为"冤气所化的"怪哉虫——都会给他的生命带来欢乐与温馨吧？而故乡中的跳鱼与青蛙，月光下的獾猪、刺猬与猹，则会在这种温馨之中渗洇着一种淡淡的生命远去的忧伤。

鲁迅的爱，也会在一些小的动物身上，慈祥地降临。如果我们仔细体味乱飞的蝴蝶、唱着"春词"的蜜蜂，以及那个"苍翠得可爱，可怜"的小青虫，就会爱上他的那个秋夜，并理解《野草》的真谛。不是吗？就连山阴道上的野花鸡狗，都可以成为他的"好的故事"。哪怕是死后在他脊梁上爬着的蚂蚁、停在颧骨上的青蝇，都会让他感到着生人的活的气息。

鲁迅有一篇《战士和苍蝇》的杂文，很短，却精彩纷呈，如再现苍蝇的可恶，"战士战死了的时候，苍蝇们所首先发现的是他的缺点和伤痕，嘬着，营营地叫着，以为得意，以为比死了的战士更英雄"；还有著名的论断："然而，有缺点的战士终竟是战士，完美的苍蝇也终竟不过是苍蝇。"这篇文章写于孙中山逝世后的第9天，不久又写下《这是这么一个意思》，对《战士和苍蝇》有个说明："所谓战士者，是指孙中山先生和民国元年前后殉国而反受奴才们讥笑糟蹋的先烈；苍蝇则当然是指奴才们。"将近一百年过去了，鲁迅先生仍然还在被苍蝇式的奴才们叮咬讥笑糟蹋。但是，中国需要鲁迅，我们需要鲁迅，"有缺点的战士终竟是战士，完美的苍蝇也终竟不过是苍蝇。"

写于 2022 年 4 月初至 4 月中旬